D0362762

PAR-DESSUS BORD

Fille de Mary Higgins Clark dont elle a été pendant de nombreuses années l'assistante éditoriale et la documentaliste, Carol Higgins Clark est également comédienne de théâtre, de cinéma et de télévision. Elle vit à New York et Los Angeles.,

CAROL HIGGINS CLARK

Par-dessus bord

ROMAN TRADUIT DE L'AMÉRICAIN
PAR ANNE VILLELAUR

ALBIN MICHEL

Titre original :

DECKED
Warner Books, Inc., New York

À ma mère, Mary Higgins Clark,
et à la mémoire de mon père,
Warren F. Clark,

Avec tout mon amour.

« Vieux et jeunes, nous sommes tous embarqués sur notre dernière croisière. »

Robert Louis STEVENSON

PROLOGUE

Vendredi 23 avril 1982
Oxford, Angleterre

Athena descendait en courant à l'aveuglette le chemin de campagne obscur. Elle haletait bruyamment, le souffle court. La veste de son collège, avec l'écusson de Saint-Polycarp cousu sur la poche, ne la protégeait nullement de la pluie printanière qui s'était mise soudain à tomber à verse. Son sac à dos, accroché à ses épaules, la gênait dans sa fuite. Il ne lui vint pas à l'idée de s'en débarrasser.

Passé l'effet du choc qui l'avait abasourdie, elle se dit avec désespoir qu'elle avait été folle d'emprunter ce chemin. Le poste de police d'Oxford était bien plus proche. Elle y serait déjà en sécurité depuis plusieurs minutes.

Elle discernait mieux maintenant la route mouillée, inégale. Les arbres à l'épais feuillage dégoulinant d'eau cessaient d'être des silhouettes pour devenir des objets à trois dimensions qui lui faisaient signe.

Une voiture arrivait dans son dos. Athena se jeta sur le bas-côté, sentant d'instinct qu'il ne fallait pas qu'on la vît.

Elle fut prise dans le halo des phares. La voiture qui roulait à vive allure s'arrêta dans un crissement de pneus à quelques centimètres de ses pieds. La portière s'ouvrit.

Ses doigts essayaient tant bien que mal de se libérer du sac à dos tandis qu'elle reprenait sa course. Des sanglots lui montèrent à la gorge. Elle entendit les pas gagner du terrain.

Non... non. Elle venait d'avoir vingt et un ans et elle était enfin libre de vivre comme elle l'entendait. Elle ne pouvait pas mourir maintenant. Elle accéléra, ce qui la fit bénéficier d'une centaine de mètres encore avant que des mains ne la saisissent à la gorge.

Vendredi 19 juin 1992
En mer

Gavin Gray se hâtait le long du couloir, projeté violemment d'une rampe à l'autre alors qu'il s'efforçait de conserver son équilibre.

— Si je n'étais pas sur un bateau, je me croirais ivre, marmotta-t-il.

Mais il s'en fichait. Il avait une telle décharge d'adrénaline qu'il se sentait la tête vide. Encore une raison de rebondir contre les murs.

Le transatlantique sur lequel il naviguait, une superbe ville flottante, avait affronté ce soir-là une mer démontée. Il faudrait encore une journée et demie avant qu'ils ne touchent aux quais de Southampton en Angleterre. Pas trop tôt, pensa-t-il, tandis qu'il se précipitait vers le havre de sa cabine. Il mourait d'impatience de revoir la terre, et le temps qu'ils avaient eu pendant la traversée n'y était pour rien.

Il avait passé assez de temps sur cet énorme bateau à jouer le rôle d'animateur pour une bande de vieilles rombières.

Qu'elles se trouvent quelqu'un d'autre pour se ridiculiser en dansant le cha-cha-cha.

Finis pour moi les doigts de pied écrasés, pensa-t-il en étouffant un rire nerveux.

Sur ces longues traversées transatlantiques, il y avait toujours une pléthore de femmes seules. Dans l'espoir de compenser le manque d'hommes, la compagnie qui organisait les croisières l'avait engagé à soixante-deux ans pour tenir le rôle d'animateur — un compagnon qui serait tout disposé à les faire virevolter sur la piste de danse et à supporter leurs coups de pied malencontreux.

Ce matin même, il avait enseigné la polka à une octogénaire pleine d'enthousiasme qui portait de grosses chaussures noires. On aurait dit des canons de marine pivotant sur ses épaisses chevilles et prenant pour cible ses malheureux pieds. À cette seule pensée, il eut une grimace de douleur. Écraser les pieds de quelqu'un était censé être une forme d'autodéfense mais non une activité récréative.

Arrivé à la porte de sa cabine, il glissa sa clé dans la serrure de cuivre bien astiquée et soupira, soulagé et tout heureux. Il s'assit sur sa couchette, s'allongea et leva les yeux vers le plafond tout en essayant de reprendre son souffle. Curieux à quel point ces cabines sont plus petites que ne le laissent supposer les brochures, pensa Gavin. Vraiment incroyable que de pauvres ploucs dépensent des fortunes pour poser leur derrière sur ces couchettes pour une semaine de rêve en mer. Victimes de photographies truquées.

Il tourna la tête pour regarder la pendule digitale posée à côté de son lit. Vingt-trois heures trente-deux. Irait-il au casino prendre un dernier verre avant de se coucher ? Pour s'y montrer ? Pour séduire une des esseulées encore debout ? Il pourrait toujours boire un cognac pour se calmer les nerfs. Non, décida-t-il finalement, il ne valait mieux pas. La plupart des gens s'étaient retirés dans leurs cabines de bonne heure ce soir-là, moins à cause du marchand de sable que de la mer démontée.

— Non, je vais simplement rester ici, murmura-t-il.

Il avait eu assez de sensations fortes pour ce soir.

Il n'arrivait pas à en croire sa chance. Au moment précis où il sortait du bar Lancelot, il était tombé sur la vieille Mrs Watkins. Douce et modeste Beatrice Watkins avec ses bijoux qui vous en mettaient plein la vue et son haleine chargée d'alcool.

Des jours durant, elle n'avait pas fait mystère du fait qu'elle était bien seule dans la somptueuse suite Camelot. Il n'y avait nul besoin de photo truquée pour se faire une idée de ce petit nid douillet. Lequel s'enorgueillissait d'un salon, d'une chambre en contrebas, de deux salles de bains et d'une terrasse privée offrant une vue exceptionnelle sur le ciel et la mer dont on pouvait profiter à toute heure du jour et de la nuit. Bon Dieu, n'importe qui pouvait se faire baiser, dans ce décor. Gavin se demandait si Mrs Watkins avait déjà eu cette chance. Elle flirtait sans vergogne avec tout le monde. Glissant aux serveurs le numéro de sa chambre enveloppé dans des billets de cent dollars. Versant aux animateurs des verres et des verres de champagne comme si c'était de l'eau. Le capitaine lui-même n'y échappait pas.

Ce soir-là, à la réception du capitaine, elle était allée en clopinant se faire prendre en photo avec lui à quatre reprises. Elle exhibait ses plus beaux bijoux. Un diadème ancien en diamants et rubis était posé en équilibre instable sur son crâne osseux ; six bagues à ses doigts, chacune avec une pierre plus grosse que la précédente ; des bracelets de diamants et d'émeraudes assortis au poignet et à la cheville, ce dernier enroulé autour de sa patte d'échassier.

Le capitaine fut, comme à son habitude, charmant. Il inclina sa tête grisonnante vers la sienne tout aussi grisonnante et sourit joyeusement pour la photo. Il la remercia et la poussa un peu pour accueillir le couple suivant d'heureux croisiéristes. Il feignit même de ne pas remarquer qu'elle s'éloignait en titubant, saisissait une nouvelle coupe de champagne sur le plateau d'un serveur, et la vidait d'un coup avant de revenir d'une démarche incertaine faire la queue pour être prise une nouvelle fois en photo.

Comment peut bien faire le capitaine? se demanda Gavin. Ce sourire professionnel figé sur son visage alors qu'on le prenait des centaines de fois en photo, deux soirs de suite sur une croisière de cinq jours. Les deux réceptions du capitaine pour recevoir mille deux cents passagers. Mille deux cents doubles rangées de dents, la plupart maintenues en place par du Polygrip, avaient dû garder la position « souriez » avant que le capitaine, « mon capitaine », pût s'esquiver. Il devait s'éveiller avec un sourire sur les lèvres, pensa Gavin, et ce pour les plus mauvaises raisons du monde.

Après le dîner et quelques verres de plus, Mrs Watkins

décida que sa vieille carcasse avait besoin d'un repos bien mérité pour récupérer d'une des activités favorites sur tous les navires de croisière du monde : boire. Jusqu'à l'intoxication. Elle passait en titubant lorsque Gavin la vit et lui proposa de l'aider à rejoindre sa suite. Elle dit oui dans un hoquet et saisit son bras avec plaisir tandis que le fermoir de son bracelet s'accrochait au veston de Gavin.

— Oh, va falloir que je fasse arranger ce truc. Sinon je vais le perdre, dit-elle en minaudant.

Gavin se contenta de sourire à cette perspective.

Mrs Watkins avait les paupières lourdes pendant que Gavin l'aidait à rejoindre sa suite en titubant. Tu parles d'un boulot, pensa-t-il, songeur et triste : trimbaler les gens comme un imbécile sur ce bateau... Mais, toujours gentleman, il l'aida à ouvrir sa porte et la guida à l'intérieur. Elle s'écroula sur son lit tel un sac et, sitôt affalée, s'endormit comme une masse. Mais pas avant que le bracelet ne glissât de son poignet.

Il était resté là à le regarder, cloué sur place. Ne sachant que faire. Soudain, des visions d'indépendance financière se mirent à danser dans sa tête.

Qui ne croirait pas que le bijou était tombé à un moment quelconque de la soirée ? Elle n'avait cessé de bredouiller que le fermoir ne tenait pas. Tout le monde savait à quel point elle était bourrée. Elle pouvait l'avoir perdu n'importe où.

Pouvait-il se risquer à le prendre maintenant ? Et s'ils se mettaient à le chercher ? La compagnie adorait cette femme. Elle payait une petite fortune pour cette suite et la réservait souvent quand il lui en prenait la fantaisie. Si quelque chose la contrariait, ils faisaient immédiatement tout leur possible pour arranger les choses. Non, il fallait qu'il le cache ici dans cette suite, et puis, quand l'agitation causée par sa disparition serait retombée, il reviendrait le prendre. D'une façon ou d'une autre.

Tout étourdi par l'excitation, les aisselles trempées de sueur, le cœur battant la chamade, il essaya de résoudre le problème. Son altesse était vautrée en travers du lit aux dimensions royales. En montant trois marches sur la droite, on accédait à un living-room du genre loft, avec des divans pastel, un téléviseur grand écran, une chaîne stéréo hyper-sophistiquée et un bar. Une porte vitrée coulissante donnant sur le balcon occupait tout un mur. Puis son regard tomba dessus. Le placard pour les gilets de sauvetage. Ils avaient déjà fait leurs exercices de sauvetage sur cette croisière, aussi n'y avait-il aucune raison pour que quelqu'un entrât ici de nouveau.

Il revint vers le lit sur la pointe des pieds. Retenant son souffle, il se pencha pour ramasser l'étincelant bracelet de diamants et d'émeraudes. Pour un receleur, cette babiole devait valoir un million de dollars, pensa-t-il incrédule. Une idée bien tentante germait dans son cerveau. Peut-être que je devrais lui faucher quelques autres petites bricoles. Il réfléchit pendant un instant tout en caressant le bracelet. Comme d'habitude, son sens de la culpabilité de bon catholique irlandais l'envahit et l'empêcha de commettre un péché considéré comme un péché mortel. À ses yeux pourtant, voler un malheureux bracelet à quelqu'un d'aussi riche aurait dû être classé seulement dans la catégorie des péchés véniels.

Mrs Watkins remua et murmura quelque chose à propos du capitaine.

Je ferais mieux de sortir d'ici, pensa Gavin, inquiet. Il se pourrait que quelqu'un m'ait vu la raccompagner. Il valait mieux se contenter du bracelet que de se laisser tenter par d'autres idées. Après tout, quand il aurait quelques dollars, il pourrait rencontrer une belle femme plus jeune avec plein de bijoux et qui voudrait de lui. Il était assez intelligent pour savoir qu'il ne faudrait cependant pas que cela tarde trop et que cela ne se produirait que s'il avait un peu d'argent à dépenser. Son physique se dégradait rapidement. On pouvait même dire qu'il avait déjà pris un sacré coup de vieux. Ses cheveux grisonnaient chaque jour davantage et ses muscles commençaient à se relâcher et à ne plus lui obéir. Il avait éprouvé le choc de sa vie lorsqu'il était allé récemment voir un film et qu'on lui avait proposé la réduction troisième âge. Offre qu'il avait refusée en frôlant le ridicule.

Écartant cette horrible pensée, Gavin saisit la babiole bien-aimée dans ses mains soigneusement manucurées et se dirigea à pas de loup vers le placard. Il ouvrit doucement la porte et se fit tout petit quand une sorte de grincement plaintif lui annonça qu'il était arrivé aux gilets de sauvetage orange qui le contemplaient du haut de l'étagère en le narguant, comme pour dire : « Tu ne t'en tireras jamais. » Les nerfs à vif, il se hissa sur la pointe des pieds comme une vieille ballerine et lança le bracelet le plus loin possible derrière les gilets sur l'étagère du haut.

— Je reviendrai, murmura-t-il.

Il traversa la pièce en bondissant comme un chat, envoya un baiser affectueux à Beatrice Watkins et se glissa dehors.

L'équipage allait mettre le bateau sens dessus dessous pour chercher le bracelet. Mais quand le bateau accosterait dimanche, ils abandonneraient les recherches, certains que quelqu'un l'avait trouvé et gardé comme tout voleur digne de ce nom. Il essaierait de remonter furtivement à bord pendant la durée de l'escale. Mais si ça n'était pas possible, il trouverait le moyen de se rendre dans cette suite lors du voyage de retour vers New York et de le récupérer.

Rien ne l'empêcherait de reprendre ce bracelet.

Samedi 20 juin 1992
Oxford, Angleterre

Regan Reilly s'éveilla lentement, cligna des yeux avec l'impression que ses paupières étaient collées, et regarda autour d'elle en essayant de comprendre où diable elle pouvait bien se trouver. S'éclaircissant les idées, elle examina la chambre du foyer d'étudiantes avant de réaliser que les cheveux blond clair qui dépassaient des minces couvertures sur le lit étroit de l'autre côté de la pièce appartenaient à sa meilleure amie, Kit.

Regan se recoucha en soupirant, se tourna sur le côté et

regarda la lumière grise qui filtrait par la petite fenêtre dans le coin. Kit et elle étaient arrivées la veille au soir pour assister à la réunion célébrant le dixième anniversaire des anciennes élèves de sa promotion au collège Saint-Polycarp d'Oxford. Juste à temps pour profiter d'une nouvelle journée sinistre en Angleterre. J'espère que le temps s'améliorera cet après-midi, pensa Regan en tirant la couverture fine comme du papier à cigarette sur son corps qui baignait dans une humidité glaciale. Bien des choses avaient changé, mais certainement pas le temps. C'est ce qu'Athena détestait le plus ici.

Athena. C'était troublant de penser à elle. J'ai peine à croire que j'ai partagé cette chambre avec elle, pensa Regan. Jusqu'à ce qu'elle parte pour aller passer le week-end à Londres fin avril, dix ans plus tôt, et ne revienne jamais. Et personne n'avait eu de ses nouvelles à la fin du trimestre, en juin.

Athena n'était pas une personne particulièrement facile à vivre, toujours en train de se plaindre et de dire qu'elle voulait rentrer en Grèce. Se mettant en peignoir de bain après son cours d'anglais de dix heures les lundis, mercredis et vendredis, et restant dans la chambre toute la journée. Ne cessant de se moucher et ne laissant jamais Regan ouvrir la minuscule fenêtre pour avoir un souffle d'air. Refusant les propositions que Regan lui avait faites dès le début de se joindre aux autres pour prendre une bière au pub du coin. Alors, quand Athena avait eu vingt et un ans et hérité de l'argent de sa grand-mère, Regan n'avait pas été surprise qu'elle ne revînt jamais de sa balade du week-end. « J'ai appris assez d'anglès, disait-elle toujours à Regan, quoi qu'en pensent mes parents. »

Bref, elle n'a sûrement pas envie de revenir pour fêter cet anniversaire même si elle est au courant, pensa Regan. J'ai bien failli ne pas venir moi-même.

C'était Kit qui avait poussé Regan à faire le voyage. « Écoute, je sais que tu es libre. Pour l'amour du ciel, il y a un article élogieux sur toi dans le numéro de la semaine dernière de *People* sur la grosse affaire que tu as résolue. Je pense que nous devrions aller en Europe pour fêter ça.

Prends quinze jours de vacances. Ça sera drôle de revoir les vieilles copines. »

À l'origine, Regan avait prévu d'aller à la faculté de droit, mais au cours de sa dernière année de collège, elle avait finalement opté pour le métier d'enquêteur. Ses examens passés, elle avait travaillé chez un vieux détective de Los Angeles qui l'avait prise sous son aile. Depuis deux ans, elle travaillait enfin à son compte. Mais ses parents, Luke et Nora Reilly, n'aimaient pas qu'elle eût choisi cette carrière.

Son père, entrepreneur de pompes funèbres, protestait en disant que sa beauté ne pourrait que lui attirer de « mauvaises fréquentations ». Sa mère, célèbre auteur de romans à suspense, s'en jugeait responsable, ajoutant : « C'est à cause de tous ces procès auxquels je t'ai emmenée. Je n'aurais pas dû... »

Regan avait discuté avec eux. « J'ai un père qui possède trois entreprises de pompes funèbres et une mère qui écrit des histoires sur des auteurs de meurtres en série. Et vous voulez que j'exerce un métier "normal" ? »

À leur grand désespoir, Regan adorait son travail.

Sa dernière enquête avait consisté à retrouver la trace d'un homme qui avait disparu avec ses deux jeunes enfants. Comme elle l'avait dit à ses parents, assister aux retrouvailles de la mère et des deux petits garçons valait bien toutes les heures passées à suivre des pistes aboutissant à des impasses.

Kit et elle avaient commencé leurs vacances à Venise, puis avaient rejoint les parents de Regan à Paris. Nora venait juste de terminer un voyage de promotion pour son dernier roman. « Si quelqu'un me demande encore où je trouve des idées pour mes livres, je me tue », avait dit Nora en soupirant. Puis elle avait posé à Regan toutes sortes de questions sur les kidnappings. Nora et Luke s'embarquaient lundi sur le *Queen Guinevere* à destination de New York. Nora prendrait peut-être plaisir à passer quelques jours dans un transat, mais Regan savait qu'une nouvelle intrigue allait germer peu à peu dans l'esprit de sa mère, et que l'histoire comporterait probablement des bagarres pour la garde des enfants.

Pour l'instant, tandis que Regan examinait le contenu de la pièce, des bribes de souvenirs commençaient lentement à lui revenir à l'esprit. Eh bien, on ne pouvait pas dire qu'ils avaient beaucoup dépensé pour la décoration, ces dix dernières années. Moquette vert grisâtre usée jusqu'à la corde, vieux papier peint délavé, placards « temporaires » qui donnaient une nouvelle signification au mot, petit lavabo blanc tout ébréché avec au-dessus un miroir qui avait l'air couvert de brume, lucarnes auxquelles il fallait prendre garde de ne pas se cogner la tête en se levant le matin, et pour finir deux blocs de mousse avachis et montés sur roulettes qui étaient censés être des lits. Ah, le prix à payer pour entrer dans l'histoire, pensa Regan. Avoir fait ses études à Oxford... Bien que Saint-Polycarp ne fasse pas vraiment partie de l'université d'Oxford, si vous disiez que vous aviez fait vos études à Oxford, les gens étaient impressionnés. Ils auraient dû voir ces chambres, pensa Regan.

Les draps remuèrent sur le lit de Kit. Regan regarda de l'autre côté de la pièce et se mit à rire. Kit avait tiré les couvertures au-dessus de sa tête et se cramponnait au bord, la seule partie visible de son anatomie étant ses ongles.

— Pas mal comme tentative, mais il faut qu'ils soient noirs, dit Regan en souriant.

La position d'Athena quand elle dormait était célèbre dans le foyer des étudiantes. Elles l'avaient taquinée en lui disant que ses longs ongles noirs qui dépassaient quand elle dormait donnaient l'impression soit qu'elle allait attaquer quelqu'un, soit qu'elle était à un stade avancé de rigidité cadavérique. Cette vision avait surpris plus d'une fois Regan quand elle rentrait d'une soirée.

Kit relâcha les muscles de ses doigts et ouvrit les yeux.

— Ce lit. J'ai le dos brisé, gémit-elle.

— Quoi, le logement n'est pas à ta convenance ? demanda Regan sur un ton incrédule alors qu'elle s'étirait et se levait. Si tu tiens vraiment à sombrer dans la déprime, pense à la nourriture que nous mangions ici, « lavasse à la Saint-Polycarp ». Elle prit son savon, sa crème hydratante, son shampooing, son baume démêlant, son éponge et sa serviette dans ses bras et se dirigea vers la porte.

— Une chose qui ne me manque pas non plus, c'est d'avoir à transporter tout ce fourbi dans un seau jusqu'à la douche. Ça avait un côté tellement industriel. J'avais l'impression d'être une femme de ménage chargée d'une tâche et que mon corps était la première pièce d'une maison crasseuse. À tout à l'heure.

Quand Regan revint, drapée dans un peignoir de bain, elle annonça à Kit que le champ était libre.

— Apparemment il n'y a personne dans les parages. Mais si tu as un M. Propre dans ta Samsonite, invite-le à se doucher avec toi.

Kit gémit.

— Oh, ça ne peut pas être aussi moche qu'à l'époque.

— Pire, dit Regan en riant. L'écoulement est si lent que l'eau est vite refoulée et que tes pieds baignent dans la vase. Nous devrions installer une cabine pour pédicure avec un bain d'algues à la sortie de la salle de douche.

Regan s'habilla rapidement, enfilant un jean, des tennis et un sweat-shirt jaune ras du cou que lui avait donné un ex-petit ami après que sa bonne l'eut fait rétrécir au lavage.

S'approchant du miroir recouvert de buée, elle brancha son sèche-cheveux de voyage et se pencha. Aplatissant ses cheveux bruns permanentés, elle se souvint des heures qu'elle avait passées devant ce lavabo à sécher les longs cheveux séparés par une raie au milieu qui lui descendaient jusqu'à la taille, et implora silencieusement le ciel qu'aucune de ses anciennes camarades de classe n'ait apporté de vieilles photos.

Mais ce fut la même paire d'yeux bleus que lui renvoya le miroir quand elle se redressa et qu'elle vit son image. La seule fois où ils avaient eu l'air différents, c'était quand elle avait porté des verres de contact colorés pour éviter d'être reconnue lors d'une enquête. Et elle pensa que, Dieu merci, son jean taille 40 lui allait encore.

Elle tendit la main pour prendre sa trousse à maquillage. Quand elle l'ouvrit, l'odeur de White Linen flotta dans toute la pièce. Un flacon pour sac à main du parfum s'était répandu sur tout le contenu de son portefeuille, y compris sur sa monnaie anglaise. Elle étala quelques billets encore mouillés sur la table de toilette. Le visage de la reine Elizabeth qui paraissait maintenant plus vieux la regarda d'un air réprobateur.

— Mes excuses, Votre Majesté. Mais ça sent vraiment bon.

La porte de la chambre s'ouvrit et claqua violemment.

— J'ai glissé sur de la mousse dans la douche, lança-t-elle, furieuse. Et je me suis écorché le derrière sur le tuyau d'écoulement. Je me demande si Jacoby & Meyers ont un bureau à Londres.

Jacoby & Meyers était un cabinet d'avocats new-yorkais dont la publicité télévisée vous incitait à poursuivre votre grand-mère si vous trébuchiez sur son tapis crocheté à la main. Les cheveux décolorés par le soleil de Kit étaient encore humides de la douche. De l'eau dégoulinait de ses tongs bon marché. Son peignoir de voyage recouvrait jusqu'aux pieds sa fine silhouette d'un mètre soixante.

— Un vendeur de sanitaires mourrait de faim dans cette région, poursuivit Kit. Dire que Thomas Crapper, M. Chiottes, était anglais. Ils devraient rendre davantage hommage à sa mémoire.

— Je me sens responsable, dit humblement Regan. J'aurais dû te dire de porter des chaussures à clous. En tout cas, sortons d'ici et allons en ville.

Même en considérant qu'on était en Angleterre, il faisait froid pour la mi-juin. Le soleil essayait en vain de percer les nuages. Regan et Kit, qui mouraient toutes deux d'envie de boire une tasse de thé anglais bien chaud, pressèrent le pas quand elles entrèrent en ville et se dirigèrent vers le Nosebag. Regan poussa Kit du coude lorsqu'elles passèrent devant le Keble College, célèbre pour son style affreux au milieu de tant de beauté architecturale.

— Tu te souviens de notre dîner ici ? Vraiment incroyable. C'était tellement impressionnant de voir tous ces garçons dans leurs robes noires flottantes et d'assister au défilé du corps enseignant dans cette grande salle à manger ancienne avec les longues tables de bois.

— Je me rappelle seulement que Simon m'a fait remarquer que je ne me servais pas de la bonne cuillère.

— Oh ouais.

Au Nosebag, un restaurant confortable connu non seulement pour sa décoration style Laura Ashley et sa bonne cuisine, mais aussi pour sa musique classique en fond sonore, réglée au minimum mais juste assez fort pour créer une ambiance, elles trouvèrent quatre de leurs anciennes camarades qui étaient également revenues pour l'anniversaire. Elles se réunirent immédiatement autour d'une table en pin plus grande, passèrent leur commande et, devant un vrai petit déjeuner anglais, se lancèrent dans les inévitables « Vous vous souvenez ?... » pour en arriver aux « Avez-vous entendu dire ?... ». La nouvelle sensationnelle donnée par Kristen Libbey qui était arrivée trois jours plus tôt et avait eu le temps de se mettre au courant des potins, fut que le professeur Philip Whitcomb allait enfin se marier.

Regan fut la première à lancer sur un ton incrédule :

— Non, c'est des blagues !

Tout le monde l'imita.

— Après tout, dit Kit, pensive. Il n'a guère plus de quarante ans. Il n'est pas moche...

— Quoi ? l'interrompit Regan. Il a l'air ringard.

Kit feignit de l'ignorer.

— C'est vraiment un bon professeur.

Elles approuvèrent toutes de la tête. Regan lança :

— Il a toujours ressemblé au type même de l'éternel célibataire. Il passait tout son temps libre à s'occuper du jardin de sa tante. Et qui épouse-t-il donc ?

— Un professeur qui est arrivé le trimestre après notre départ, lui dit Kristen.

— Se sont-ils découverts récemment, ou ont-ils planté des pâquerettes ensemble durant ces dix dernières années ? Au fait, comment s'appelle-t-elle ? demanda Regan.

— Val Twyler. Selon la rumeur, ça faisait deux ans

qu'elle lui courait après. Elle enseigne la littérature anglaise, elle est de quelques années plus jeune que Philip, très intellectuelle et très efficace.

— Ma foi, elle a intérêt à l'être pour épouser Philip, ajouta Regan. Il portait toujours des chaussettes dépareillées et ne rentrait jamais correctement sa chemise dans son pantalon. Oh mon Dieu, regardez qui arrive !

Elles se retournèrent toutes pour voir Claire James se frayer un chemin parmi les nombreuses personnes qui faisaient la queue pour avoir des tables. Apparemment, elle les avait repérées. Comme dix ans plus tôt, elle avait toujours une prédilection pour les ensembles L. L. Bean avec des bandeaux assortis.

— Salut, les filles, dit-elle avec son accent traînant. Comment se fait-il que personne n'est venu me prendre ce matin ? Je ne dors jamais si tard.

De toute évidence, pensa Regan, Claire jouait toujours les beautés du Sud.

Claire regarda autour d'elle.

— Vous avez toutes l'air super. Oh, Regan, j'adore ta nouvelle coiffure. Tu es tellement mieux avec les cheveux courts.

Sous la table, Kit pressa le pied de Regan intentionnellement. Regan se servait une deuxième tasse de thé quand Claire, ne doutant pas un instant qu'elles mouraient toutes d'envie de connaître sa vie, leur raconta qu'elle avait été mariée, avait divorcé et qu'elle était maintenant fiancée de nouveau.

— Et j'ai voyagé, énormément voyagé, conclut-elle sur un ton dégagé. Je mets toujours dans mes bagages un des livres de ta mère pour le lire dans l'avion. Où prend-elle ces idées insensées ? Le dernier m'a fichu une de ces frousses. Savez-vous que je suis allée voir la famille d'Athena en Grèce l'année dernière ?

— Est-ce qu'Athena est rentrée au bercail ? demanda Regan.

— Non, non. Ils n'ont plus jamais eu de nouvelles d'elle. Vous ne croyez pas qu'elle aurait pu au moins envoyer une carte postale ?

— Elle ne s'est jamais manifestée ! s'exclama Regan. Et ils n'ont jamais essayé de retrouver sa trace ?

— Au bout d'un certain temps, ils ont essayé. Mais elle s'était purement et simplement volatilisée.

— Je regrette de ne pas l'avoir su, dit Regan. Personne ne se volatilise purement et simplement.

Claire écarta le sujet d'un geste de la main.

— Est-ce que l'une d'entre vous a consulté le programme de la réunion ? poursuivit-elle. Ce soir avant le dîner, la tante de Philip, cette douce et charmante vieille dame, nous a invitées à un cocktail chez elle. Vous vous souvenez qu'elle avait donné une soirée d'adieu en notre honneur il y a dix ans ?

Regan se souvenait. Elle se souvenait de la vieille maison exposée à tous les vents, du terrain boueux que Philip parvenait déjà à transformer miraculeusement en jardin anglais, des biscuits rassis tartinés de fromage, et, le mieux ou le pire de tout, de Lady Veronica Whitcomb Exner.

À quarante ans, il y avait quarante ans de cela, à la stupéfaction totale de ses parents et amis, Veronica avait épousé Sir Gilbert Exner, qui avait alors quatre-vingt-six ans. Il eut l'extrême amabilité de mourir d'une crise cardiaque quinze jours plus tard, laissant le champ libre à bien des interrogations : la libido de Veronica, qui n'avait jamais eu l'occasion de s'épanouir, s'était-elle libérée dans la chambre pleine de courants d'air du maître de Llewellyn Hall ?

Regan aimait bien Lady Exner. Elle ne l'avait d'ailleurs fréquentée qu'à petites doses. Il y avait dix ans, les seules personnes que recevait Veronica Exner étaient, semble-t-il, les étudiants que son neveu, le professeur, invitait à prendre du sherry. Regan se rendit compte que Claire continuait à parler.

— Je crois qu'ils vont annoncer les fiançailles de Philip ce soir, déclarait-elle.

— Je n'ai pas vu Philip depuis que nous avons quitté cette ville, ajouta Kit après réflexion.

Regan réalisa qu'elle n'avait pas revu Philip depuis cette dernière nuit où ils s'étaient lancés dans une discussion sur

Athena. Elle se rappelait maintenant que la façon qu'avait eue Philip d'envisager la situation l'avait écœurée, bien que, en un sens, cela l'eût réconfortée.

— C'est un des risques avec les héritières, avait-il dit. Dans un an ou deux, elle aura claqué son héritage et elle rentrera chez papa. Attendez, vous verrez.

Regan se surprit à se demander si Philip savait qu'Athena n'était jamais rentrée chez papa.

Après le petit déjeuner, toute la bande sortit se promener dans le Commarket, où les embouteillages légendaires et la cohue, auxquels s'ajoutaient trois chaînes de fast-foods, démentaient la légende qu'il suffisait de franchir les murs du collège situé aux abords du centre-ville d'Oxford pour être transporté dans un autre monde où le charme médiéval demeurait intact. Tradition et progrès étaient toujours brouillés l'une avec l'autre dans cette ville pittoresque avec ses flèches élancées, ses jardins exquis, ses rivières et ses vastes espaces. Connue comme la « ville des cyclistes », c'était aussi un centre très important de construction automobile.

Après s'être baladé pendant une petite demi-heure, le groupe décida de se scinder. Elles avaient toutes un programme différent et il leur était difficile de ne pas se perdre au milieu de tous les gens qui faisaient leurs courses du samedi.

— Louons des bicyclettes et allons faire un tour à la campagne, suggéra Regan à Kit.

— Un peu d'exercice me ferait du bien. Allons-y. Ils ont probablement les mêmes bicyclettes que celles que nous louions il y a dix ans, répondit Kit.

— Oh, mon Dieu, j'espère bien que non. Je n'ai pas envie de passer l'après-midi à remettre la chaîne en place, dit Regan, se souvenant que sa bicyclette avait le chic pour se déglinguer sur des routes désertes à cinq kilomètres de la ville.

Elles firent le tour d'Oxford, se livrant à des commentaires dégoûtés sur toutes les nouvelles constructions. Elles se dirigèrent vers le sud de la ville, passèrent devant Christ Church Meadow et, à une heure, elles s'arrêtèrent pour déjeuner dans un pub au bord de la Cherwell. Elles s'assirent à une table près de la fenêtre et respirèrent les effluves de la terre froide et humide que réchauffait lentement un soleil timide, et l'odeur de vieux chêne moisi du pub. Cela réveilla le souvenir des garçons de Keble avec qui elles faisaient la tournée des bars.

— Qui sait ce qu'il est advenu de ces garçons, dit Regan, pensive, en buvant une gorgée de bière rousse. Tu ne trouves pas que ça serait drôle de les revoir ?

— Oh, il est probable qu'ils travaillent tous à Londres et qu'ils gagnent beaucoup d'argent, répondit Kit en contemplant un groupe de jeunes gens qui descendaient lentement la rivière dans leur barque à fond plat.

— On a du mal à croire que les garçons que nous avons connus étaient les futurs dirigeants de ce pays. Tu te rappelles quand on frappait à la porte de Ian ?

— Si c'est un garçon, je m'habille. Si c'est une fille, qu'elle entre, dit Kit en imitant l'accent gallois, chantant de Ian. Je me demande ce qu'il dirait maintenant en te voyant sortir ton pistolet et passer les menottes à quelqu'un.

— Il me demanderait sans doute de les lui prêter.

En mangeant un hachis Parmentier, elles exprimèrent leur surprise devant la capacité qu'avait Claire de mettre le grappin sur un type alors qu'elle avait si peu de qualités pour racheter ses défauts.

— Mais Kit, nous n'avons jamais rencontré aucun d'eux. J'imagine très bien à quoi ils ressemblent.

— À l'inconnu avec qui tu avais rendez-vous et qui portait un gros bonnet de fourrure parfaitement incongru dans ce restau italien.

— Exactement. Et dire qu'il figurait, dans un magazine, sur la liste des dix meilleurs partis du pays.

— Tu ne m'as jamais dit ça. Quel magazine ? demanda Kit, tout excitée.

— J'ai oublié le nom, répondit Regan, mais je crois qu'il appartenait à sa mère.

A quatre heures, elles retournèrent au foyer de Saint-Polycarp, vérifièrent l'heure à laquelle elles étaient invitées à Llewellyn Hall, estimèrent qu'elles disposaient d'un peu de temps pour faire un somme et se précipitèrent dans leur chambre vers les petits lits aux couvertures vertes, froides et humides.

Deux cars scolaires, qui avaient perdu l'odeur du neuf vers la fin des années soixante, attendaient, à dix-huit heures, les quinze anciennes étudiantes venues assister à la réunion, pour les conduire, à trois kilomètres de là, chez Lady Exner. Tandis que le car bringuebalait, Regan entreprit de renouer avec certaines de ses anciennes condisciples qu'elle n'avait pas revues depuis lors. Dans un coin de son esprit, elle observait combien certaines paraissaient différentes alors que d'autres avaient si peu changé, en même temps qu'elle s'intéressait à ce qu'elles avaient fait ces dix dernières années. Pendant ce temps, une autre part d'elle-même ne cessait de lui remettre en mémoire, de façon insistante, un souci qui la taraudait depuis le matin, quand elle avait appris qu'Athena n'était jamais réapparue.

Le conducteur du car, un des nouveaux jeunes professeurs, manqua dépasser Llewellyn Hall et freina à mort, avant de repasser immédiatement en marche arrière, les projetant toutes en avant puis en arrière comme des grains de maïs se transformant en pop-corn. « Vraiment navré », couina-t-il, s'adressant plus à lui-même qu'aux autres, tandis qu'il remontait une grande allée bordée de chênes et s'arrêtait dans un bruit de ferraille devant la propriété.

Kit se tourna vers Regan :

— Est-ce qu'on va s'amuser ?

De faibles gémissements de douleur accompagnaient les mouvements des anciennes élèves en visite qui, penchées en avant, le dos rond, les membres meurtris, sortaient du car en trébuchant.

— J'ai besoin de boire un verre, entendit murmurer Regan.

Moi, il m'en faut deux, pensa-t-elle.

De toute évidence, Lady Exner avait guetté leur arrivée.

La grande porte d'entrée de Llewellyn Hall s'ouvrit et, poussant des cris de joie, Lady Exner se mit à sauter sur place d'allégresse, débitant leurs noms à toute allure comme si elle les avait vues la veille.

— Oh, mon Dieu, regarde-la.

La voix de Kit reflétait sa stupeur.

La dernière fois qu'elles avaient vu Lady Exner, ses cheveux gris acier étaient tirés en arrière en un chignon sévère et elle était toujours vêtue d'une stricte jupe de laine plissée, d'un corsage à manches longues et à col montant fermé au cou par une broche d'argent avec un portrait de sa belle-mère en médaillon et d'un chandail de laine écossaise. Aujourd'hui, elle arborait un chatoyant tailleur de soie dorée et un corsage assorti dont le col boule descendait bas sur sa poitrine.

Juste derrière son dos, Regan entendit Claire remarquer :

— Regan, je jurerais qu'elle va chez ton coiffeur.

Regan résista au violent désir de lui faire un croche-pied tout en remarquant que le chignon de militante de Lady Exner s'était transformé en une coiffure crépelée et permanentée de la même couleur or que son tailleur.

Lady Exner ne se fit pas prier pour parler de cette métamorphose tout en les conduisant vers la salle de réception qui donnait sur le jardin.

— J'ai eu une crise cardiaque il y a quatre ans, dit-elle sur un ton presque joyeux. Le médecin m'a prévenue : « Le cœur est fatigué et vous devez faire attention. » Vous savez ce que je lui ai dit ? Je lui ai dit que j'avais fait attention toute ma vie, à l'exception des quinze jours de mon odyssée avec Sir Gilbert. Je suis rentrée directement chez moi pour dresser la liste de tout ce que j'aurais aimé faire au cours de mon existence et que je n'avais pas osé entreprendre. Et maintenant, je fais tout !

Elle fit virevolter ses mains et ses poignets noueux, aux veines bleutées.

— Vous voyez ces bagues et ces bracelets ? J'ai toujours adoré les bijoux de mon amie Maeva. Je n'ai jamais eu de bijou, à part la broche avec le portrait de la mère de Sir Gilbert et mon alliance. Quand Maeva, l'année dernière, est partie pour un monde meilleur, je me suis dit : pourquoi pas ? On dut vendre ses bijoux pour payer les droits de succession. Et maintenant, tous ces bijoux sont à moi, tous. Charmant, n'est-ce pas ? Je me suis acheté de nouveaux vêtements, j'ai changé de coiffure et surtout, je fais des voyages. Philip voulait que j'aie une dame de compagnie. J'en ai une.

Elles étaient arrivées à l'entrée du salon. Ici, visiblement, Lady Exner n'avait rien changé. Des sofas de l'époque victorienne aux damas passés, un tapis d'Orient dont les couleurs étaient pratiquement indiscernables, des chaises recouvertes de crin près de la cheminée, des portraits des Exner depuis longtemps oubliés et qui semblaient atteints de psoriasis, et une table chargée de ce qu'on offrait habituellement aux cocktails de Lady Exner : des anchois sur des toasts d'aspect humide, un bol de chips molles et un monticule de pâté de poisson qui ressemblait de manière suspecte à de la fiente d'oiseau.

Une femme rondelette dont Regan pensa qu'elle avait la soixantaine, aux cheveux ultracourts, avec de grosses lunettes rondes et une expression d'anxiété, était en train d'examiner la desserte. Une grande perche d'une cinquantaine d'années, vêtue d'un uniforme de soubrette, se tenait à ses côtés.

— Tout cela semble parfait, déclara la femme, l'expression angoissée disparaissant de son visage.

Elle se retourna, souriante :

— Ah, Lady Exner, nous sommes fin prêtes pour vos invités.

Quelques instants plus tard, Regan se retrouva la main broyée par la poigne vigoureuse de Penelope Atwater.

— Les livres de votre mère ont rendu nos voyages tellement agréables. Lady Exner en achète toujours deux exemplaires reliés. Nous les lisons en même temps et celle qui découvre l'assassin paie à l'autre le premier sherry de la journée. Nous serions toutes les deux ravies de rencontrer Nora Regan Reilly, de discuter avec elle de ses intrigues, d'où lui viennent ses idées, et...

— Il y a dix ans, j'ai dit à Regan que sa mère devrait

écrire l'histoire de ma vie. Aujourd'hui, c'est encore beaucoup plus intéressant. J'ai rassemblé mes notes et mes journaux intimes, dit gaiement Veronica.

Regan, sachant que Lady Exner avait écrit par deux fois à sa mère en lui fournissant des idées sur la façon dont elles pourraient tirer un roman de ses Mémoires, résolut d'ignorer l'allusion.

— Parlez-moi de vos voyages, dit-elle.

Les deux femmes échangèrent un sourire rayonnant.

— Eh bien, nous avons commencé par l'Espagne, lui dit Lady Exner. C'était il y a quatre ans. Un voyage formidable. J'y ai rencontré tellement de gens merveilleux. Tout le monde dit que les Anglais sont réservés, mais pas moi.

Son rire jovial révéla qu'elle avait aussi investi dans un nouveau dentier.

— Le seul ennui est que j'ai eu tellement d'agida à cause de cette nourriture épicée, lui dit Penelope avec un soupir attristé.

— Et nous sommes allées à Venise en septembre dernier pour la bénédiction de la flotte, poursuivit Veronica. Toute ma vie j'avais voulu voir Venise, et je n'ai pas été déçue.

— Les scungilli qu'ils servent place Saint-Marc l'ont vraiment réactivé, les informa Penelope.

— Réactivé quoi ? demanda Kit en se mêlant à la conversation.

— Mon agida, répliqua Penelope avec véhémence.

Regan eut l'impression que l'agida de Penelope Atwater était un constant sujet de conversation au cours de leurs voyages.

— Eh bien, espérons que votre estomac tiendra le coup sur le *Queen Guinevere* la semaine prochaine, dit Lady Exner. Lorsque ce bateau quittera Southampton, il faudra que vous teniez encore cinq jours.

— Le *Queen Guinevere* ?

Regan essaya de ne pas laisser transparaître sa consternation.

— Vous embarquez la semaine prochaine ?

— Lundi. J'ai toujours voulu aller à New York, et la

fille de mon cousin m'a écrit si souvent ces dernières années. Je ne l'ai jamais rencontrée mais elle a l'air tellement adorable. Elle n'a que quarante ans, et elle a fait trois mariages avec des hommes qui ont profité de sa tendre nature. Aujourd'hui, elle se bat pour élever seule ses deux filles. Elle veut que nous passions quelque temps chez elle pour que nous puissions faire connaissance. Et puis j'espère la convaincre de venir ici pour le mariage de notre cher Philip, en septembre, et peut-être même de rester une année. Ses filles pourraient faire leurs études à Saint-Polycarp et elles pourraient vivre toutes les trois avec moi. Qui sait, peut-être qu'elles voudront rester ici pour toujours. Nous avons si peu de famille, n'est-ce pas ?

Les projets de Veronica concernant les cousines qu'elle venait de découvrir n'intéressaient pas Regan. Ce qui l'épouvantait, c'était que Luke et Nora feraient partie des passagers.

Il était évident que Kit avait eu la même pensée.

— Regan, est-ce que ce n'est pas le bateau où ta mè…

Regan pinça Kit pour la faire taire, en même temps qu'elle lançait :

— Nous sommes toutes tellement impatientes de revoir Philip et de connaître sa fiancée.

— Val me rend nerveuse, dit Penelope. Elle me donne de l'agida.

— Oh, elle est très bien, dit Veronica. Un peu autoritaire, bien sûr, mais Philip a besoin qu'on s'occupe de lui et je ne serai pas là éternellement. Maintenant il faut vraiment que j'aille recevoir les autres invités.

La bonne, avec une expression qui semblait empreinte d'une éternelle résignation, passait un plateau de sherry. Regan et Kit prirent chacune un verre et allèrent s'installer près de la fenêtre.

— Je suis désolée, j'ai failli vendre la mèche, lui dit Kit. Mais je suppose que ça n'aurait pas changé grand-chose. Elle apprendra certainement que ta mère est à bord et une fois qu'elle le saura, elle ne lui laissera pas une seconde de répit.

— Pas nécessairement. Lorsqu'elle n'est pas en tournée

promotionnelle, ma mère voyage sous le nom de Mrs Luke J. Reilly. Elle s'efforce d'éviter de jouer les célébrités quand elle est en vacances avec mon père.

— Tant mieux. Ta mère est tellement gentille, elle n'oserait pas dire à Veronica d'aller se faire voir, dit Kit. Ces jardins sont vraiment superbes, n'est-ce pas ?

Aussi loin que le regard pouvait porter, la propriété avait été cultivée pour composer un adorable jardin anglais avec d'impeccables massifs comprenant toutes sortes de fleurs, parmi lesquelles des mignardises, des soucis, des myosotis, des delphiniums, des pensées et des giroflées Brantom, tous ces massifs étant séparés par des allées de gravier. Sur le côté de la maison, une large bande de terrain avait été aménagée en potager.

— Je me demande comment Philip a pu faire ça tout seul. J'ai fait crever tellement de plantes avec trop d'eau, pas assez d'eau, trop de soleil ou pas assez, pas d'engrais ou le mauvais engrais. Même le chiendent ne survivrait pas dans mon appartement.

— Oh, Regan, je suis persuadée que tu exagères, lui roucoula Claire à l'oreille.

Regan pensa immédiatement que Claire possédait tous les traits caractéristiques d'un détective privé. Une aptitude à se pointer là où on ne souhaitait pas sa présence et à écouter ce qui n'était pas destiné à ses oreilles.

— Je parierais que tu parles à tes plantes, Claire, dit Regan gentiment.

— Et pas qu'un peu. Je n'arrête pas de leur faire la causette, reconnut Claire. Est-ce que tu ne penses pas que, vu la façon dont Philip a si joliment arrangé les massifs, la vieille dame devrait revoir un peu la décoration intérieure ? Je veux dire : il y a vieux et *vieux*. Enfin, quand Philip sera marié, peut-être que sa femme prendra les choses en main.

— Ce n'est vraiment pas à elle de les prendre en main, fit remarquer Regan.

— Oh, écoute, tu sais bien ce que je veux dire. Maintenant Philip vit pratiquement ici et un jour cette maison lui appartiendra. C'est une véritable oasis par rapport à toutes les nouvelles constructions que l'on voit en ville. Je me demande s'il projette de transformer en jardins les deux cents hectares de la propriété. Oh, tiens, le voilà — et c'est sans doute sa fiancée qui l'accompagne.

Il y eut un mouvement de foule pour saluer les nouveaux arrivants. Veronica s'exclama triomphalement :

— Te voilà, mon cher enfant ! Nous t'attendions tous pour que tu nous annonces ton mariage.

Le rouge monta au visage de Philip, jusqu'à la racine de ses cheveux blond roux un peu clairsemés.

— Oh, mon Dieu, on dirait qu-qu-que vous l'avez déjà fait.

Regan se souvint que Philip bégayait légèrement quand il se troublait. La femme qui se trouvait auprès de lui ne montrait aucun signe de nervosité. La première impression de Regan concernant Val Twyler fut qu'elle avait une tonalité beige : des cheveux blond roux presque de la même couleur que ceux de Philip, un teint cireux et des yeux d'un brun pâle. Elle avait des traits aigus, une silhouette raide et anguleuse. Elle portait une jupe de gabardine ocre, un corsage blanc à manches longues et des chaussures marron à talons plats. Le sourire qu'elle adressa à Veronica en réponse à son accueil révéla de grandes dents solides qui conféraient à son visage étroit un aspect chevalin, mais lorsque Regan lui fut présentée, Val Twyler lui parut sincèrement amicale.

— Philip et Veronica m'ont fait découvrir tous les livres de votre mère. Ils m'ont beaucoup plu.

Philip étreignit Regan et Kit.

— Saint-Polycarp a cessé d'être le même depuis votre passage.

Elles le félicitèrent de ses fiançailles.

— Je ne sais vraiment pas quel genre de mari je ferai, dit-il en riant nerveusement, mais Val est un amour.

La bonne commença à circuler à travers la pièce avec un plateau de canapés. Sa meilleure cliente était Penelope Atwater.

— Pas étonnant qu'elle ait des brûlures d'estomac, fit remarquer Regan, à l'adresse de Kit. Elle engloutit ces hors-d'œuvre répugnants, tartinés de ce pâté qui a l'air infect. Bon, peut-être que si elle les avale tous, on ne remarquera pas que personne n'a voulu en reprendre.

Les cars devaient venir les rechercher à huit heures pour les ramener à Saint-Polycarp pour le dîner. À huit heures moins dix elles commencèrent à faire leurs adieux à leurs hôtes. Le téléphone sonna au moment où Regan souhaitait bon voyage aux futures croisiéristes, tout en priant pour qu'elles n'apprennent pas, d'une manière ou d'une autre, que sa mère était à bord.

La bonne appela Philip.

— J'ai demandé si vous pouviez rappeler dans quelques minutes, mais on m'a dit que c'était très important.

Quelques instants plus tard, quand Philip regagna le salon, son visage était livide. Il dit :

— Je crains qu'il n'y ait un pr-pr-problème. Le commissaire de police est en route. Il veut s'entretenir avec vous toutes.

Sous le feu des questions, Philip dit tranquillement :

— Vous étiez toutes dans sa classe, voyez-vous.

La transpiration se mit à perler à son front. Regan vit Val glisser sa main dans la sienne et lui tapoter le bras.

— Il semble qu'ils aient retrouvé ce qui restait de son corps.

Il fit un geste vague en direction de l'arrière de la propriété de Veronica.

— Sur le chantier de construction. Il jouxte notre terrain au nord-est. Ils étaient en train de le dynamiter tout à l'heure. Un gardien a remarqué quelque chose et il a appelé la po-po-police.

— Remarqué quoi ? demanda Regan.

— Les restes d'une veste de Saint-Polycarp… le co-co-corps… sous les feuilles… un sac-à-sac-à-sac à dos avec sa carte d'étudiante…

— Athena ? demanda Regan, tandis que la douleur lui serrait la poitrine.

— Oui, oui, c'est ça. (Son bégaiement avait disparu.) Il semble effectivement qu'il s'agisse bien du corps d'Athena Popolous.

Dimanche 21 juin 1992
Oxford

Nigel Livingston était le commissaire de police d'Oxford depuis huit ans. Il n'était pas là quand Athena Popolous avait disparu. Après la découverte de son corps samedi après-midi et le premier entretien qu'il avait eu avec ses camarades de promotion à Llewellyn Hall, il avait étudié soigneusement le dossier. Une seconde entrevue était prévue le lendemain matin chez Lady Exner, et Livingston avait pris des notes sur les questions qu'il voulait poser et à qui.

Le soleil brillait avec éclat quand il se rangea dans l'allée de la propriété. Lady Exner s'était montrée généreuse en suggérant que tous les interrogatoires aient lieu chez elle, reconnut-il en s'extrayant de derrière le volant de sa voiture, au prix d'un effort qui lui fit pousser un léger grognement. Il avait grossi de douze kilos au cours des cinq dernières années, et maintenant qu'il avait dépassé la cinquantaine, il prenait conscience qu'il lui fallait soigner sa forme. Quand il se regardait dans la glace, il voyait le visage de son père. Un teint rougeaud, un front ridé, des mâchoires lourdes, le tout couronné d'une assez jolie masse de cheveux poivre et sel.

Il ferma la portière de sa voiture et resta un moment silencieux, appréciant le calme reposant de cette belle demeure. Difficile de croire qu'une propriété de cette valeur n'ait pas été engloutie dans le boom immobilier. Ce n'était pas comme si Llewellyn Hall avait été classé monument historique.

Il se dirigea vers la porte et se concentra de nouveau sur l'affaire en cours. En sonnant, il pensa aux gens qu'il avait rencontrés la veille au soir et à qui il tenait le plus à parler aujourd'hui. En tête de liste figurait Regan Reilly, qui avait été la compagne de chambre d'Athena Popolous et qui était maintenant détective privée. Et puis il y avait Philip Whitcomb. La fille qui s'appelait Claire lui avait confié qu'elle avait toujours pensé qu'Athena en pinçait pour Philip, et que, dix ans auparavant, Philip était beau garçon, dans le genre rêveur, poétique.

La bonne l'introduisit dans la maison.

— Ils sont au salon, monsieur.

Il était clair pour Livingston que le choc initial s'était dissipé et que les jeunes femmes rassemblées avaient passé la moitié de la nuit à parler de la morte. Certaines tenaient des tasses de thé, et il y avait un plat débordant des hors-d'œuvre qu'il avait refusés lorsqu'il était venu la veille au soir. On aurait dit qu'on les avait oubliés là toute la nuit.

Philip Whitcomb se tenait devant la fenêtre, regardant ses parterres de fleurs, comme si cette vue pouvait lui apporter un certain réconfort. Sa fiancée, Val Twyler, était à côté de lui, le tenant par le bras. Nigel remarqua qu'ils étaient exactement dans la même position que la veille au soir, et il lui vint l'idée saugrenue qu'ils n'avaient peut-être pas bougé depuis lors.

Lady Exner se précipita dans la pièce derrière lui. Ce matin-là, elle portait une sorte de combinaison d'aviateur rose vif qui aurait mieux convenu, pensa Livingston, à sa propre fille de quinze ans.

— Cher commissaire, s'écria-t-elle, comme c'est chic de votre part de ne pas avoir emmené ces charmantes jeunes filles à ce sinistre commissariat de police. J'espère vraiment que vous n'aurez pas besoin d'interroger Penelope bien longtemps. Elle a été sérieusement atteinte d'agida la nuit dernière. Cependant, brave fille comme elle est, elle nous rejoindra dans peu de temps.

Livingston pensa que comme Penelope Atwater n'avait pas mis les pieds à Oxford avant que Lady Exner ne l'engageât comme dame de compagnie quatre ans plus tôt, il n'eût guère vu d'inconvénient à ce que son indisposition la tînt à l'écart. La veille au soir, elle avait fait preuve d'un intérêt morbide pour le crime et était même allée jusqu'à demander si elle pourrait voir le corps. « J'ai une passion pour les romans à suspense », lui avait-elle dit avec un rire nerveux qui ressemblait à un braiment.

Murmurant ce qui, espérait-il, était les paroles de compassion appropriées, Livingston se dirigea vers la cheminée. Tous les yeux étaient fixés sur lui.

— On a terminé l'autopsie, annonça-t-il. Athena Popolous est bien morte par strangulation. La mort accidentelle est totalement exclue. Si vous vous souvenez, je vous ai demandé hier soir d'essayer de vous rappeler tout ce qu'aurait pu vous dire Athena, fût-ce en passant, qui pourrait vous faire croire qu'elle s'apprêtait à rencontrer quelqu'un, ou qu'elle avait peut-être simplement rendez-vous avec quelqu'un qui habitait ou travaillait dans le coin.

Comme il s'y attendait, la réponse fut unanimement négative. Il essaya une autre tactique.

— Revenons sur sa famille. Qu'en disait-elle ?

Il réentendit exactement la même chose que la veille au soir. Athena et ses parents, des gens riches et très en vue, ne s'entendaient pas. À deux reprises, Athena avait parlé à Regan du meurtre de sa tante, l'été avant qu'elle ne vînt à Saint-Polycarp, puis elle n'avait plus voulu en reparler. Apparemment, sa tante avait quitté la plage, était rentrée chez elle pour prendre ses lunettes de soleil et était tombée sur un cambrioleur en pleine action, un délit qui s'était terminé par un meurtre.

Athena détestait Saint-Polycarp, elle avait refusé de s'y faire des amies, et personne n'avait été particulièrement surpris de sa disparition, d'autant qu'elle venait d'hériter d'une grosse rente de sa grand-mère.

— Eh bien, je crois qu'il y a une personne qui a été surprise. (La voix de Claire était d'une exquise douceur.) Je sais que vous ne serez pas toutes d'accord avec moi, mais les filles du Sud sentent ce genre de choses. Athena avait drôlement le béguin pour Philip. Je regardais toujours son visage quand il lisait ces poèmes grecs si sexy.

Philip devint écarlate.

— Vous n'ê-ê-êtes pas sérieuse.

Val ferma à demi les yeux et pinça les lèvres, et le sang lui monta au visage.

— C'est absurde, dit-elle sèchement.

— Allons, ma chère Val, vous n'étiez même pas ici à

l'époque. Je n'ai pas dit que Philip avait le béguin pour Athena. Ça serait vraiment ridicule. J'ai dit qu'Athena avait le béguin pour lui. Je n'ai pas cessé d'y penser durant toute la nuit. Après tout, l'inspecteur nous a bien demandé de réfléchir au cas de la pauvre Athena, non ?

Kit et Regan étaient assises sur la causeuse qui grinçait.

— Je n'en crois pas mes oreilles, murmura Kit à Regan.

Instinctivement, Livingston regarda Regan pour voir sa réaction.

— Miss Reilly, vous étiez la camarade de chambre d'Athena. Pensez-vous qu'elle avait un faible pour le professeur ?

Regan pensait qu'à l'époque c'était Claire qui avait un faible pour Philip. Était-ce sa façon de semer la discorde ?

— Honnêtement, je ne peux pas le dire, je ne l'ai pas remarqué. Mais il faut que vous compreniez qu'il était impossible d'être intime avec Athena. J'ai renoncé à essayer.

Livingston avait posé son bras sur le dessus de la cheminée. Il se redressa.

— Eh bien, s'il vous revient à l'esprit quelque chose qui, à votre sens, pourrait m'aider, je vous en prie, tenez-moi au courant.

— Vraiment désolée, je suis affreusement en retard.

Penelope Atwater, le visage blême et perlant de sueur, fit son entrée dans la pièce, dans une tenue quelque peu débraillée. Les poches de son cardigan trop grand pour elle étaient bourrées de mouchoirs en papier froissés qui dépassaient et faisaient plutôt négligé. Sa jupe froncée et chiffonnée lui arrivait grosso modo à mi-mollet. Ses bas couleur chair tombaient en accordéon sur ses chevilles, effleurant le haut de ses Reeboks.

— Il faut absolument que je trouve où elle achète ses fringues, dit Kit à Regan.

— Val, vous êtes un amour. Ce thé a vraiment calmé mon vilain petit bedon.

— Petit bedon ? murmura Regan à l'adresse de Kit.

Tel un pigeon de retour au colombier, Penelope s'abattit sur le plateau de hors-d'œuvre.

— C'est pas croyable comme j'ai faim. Il y a quelques heures, la nourriture me faisait horreur. Comme on dit, il faut se remettre tout de suite en selle…

— Ce n'est pas en selle qu'il faut vous remettre, nous devons embarquer sur ce bateau demain.

Regan crut percevoir un certain agacement dans la voix de Veronica. Elle ne l'en blâmait pas. Elle savait que ce voyage tenait au cœur de Veronica et qu'elle avait besoin de la compagnie plutôt douteuse de Penelope. Elle regarda, impressionnée, celle-ci entasser une pile de canapés sur une serviette à thé qu'elle plia de façon à pouvoir les transporter dedans.

La voix de Livingston était empreinte de résignation et de lassitude quand il dit :

— Vous n'auriez vraiment pas dû vous donner cette peine, Miss Atwater. Et maintenant je tiens absolument à m'excuser auprès de vous toutes d'avoir pris tant de votre temps durant votre bref séjour à Oxford. (Il se tourna vers Philip.) Vous n'avez pas de projet de voyage, je présume, professeur ?

Le visage de Philip devint de nouveau écarlate.

— Absolument pas.

De nouveau, le visage de Val exprima l'indignation.

— Philip et moi avons la responsabilité du programme d'été à Saint-Polycarp. Nous resterons ici pour garder la maison en l'absence de Lady Exner. Vous pouvez le joindre à tout moment.

— Parfait, répliqua Livingston avec désinvolture, en se tournant vers Regan. Miss Reilly, de tous c'est vous qui avez eu le plus d'occasions d'entendre quelque chose qui a pu vous paraître dénué de signification. Je me rends compte que ça remonte à longtemps, mais vous avez l'esprit formé à repérer les détails d'une enquête…

Regan le rejoignit près de la cheminée tandis que les autres se resservaient du thé.

— J'ai essayé de me rappeler tout ce qui pourrait se révéler utile. Quand j'étais ici, je tenais un journal qui est chez mes parents dans le New Jersey, avec les photos que j'ai prises. Mes parents sont absents pour le moment, mais quand ils rentreront la semaine prochaine, je demanderai à ma mère de me l'envoyer à Los Angeles. J'ai l'impression qu'il pourrait déclencher quelque chose. (Elle sourit à Livingston.) À l'époque, je pensais qu'il serait idiot de ne pas essayer de consigner sur le papier mes impressions d'Oxford. (Son sourire s'évanouit et elle eut un air pensif.) Bien sûr, je n'aurais jamais imaginé que j'en arriverais à y rechercher des indices pour une enquête criminelle. Mais j'ai effectivement vécu avec Athena pendant huit mois et son nom y apparaît à maintes reprises. Il se pourrait qu'il y ait quelque chose… (Regan se retourna au moment où Val lui offrait une autre tasse de thé.) Non merci, Val.

— J'apprécie votre aide, dit Livingston en s'inclinant légèrement.

— J'ai prévu de partir demain, mais j'aimerais rester en contact avec vous et faire tout mon possible pour découvrir qui a pu faire ça à Athena.

— Bien entendu.

Regan eut soudain l'impression qu'on manquait d'air dans cette pièce. C'était comme si elle était imprégnée de l'odeur de la mort. Elle se rendit compte que le parfum de fleurs qui entrait par les fenêtres ouvertes lui rappelait les établissements de pompes funèbres Reilly. Elle se tourna vers Kit.

— Pourquoi ne rentrerions-nous pas ?

— Excellente idée. Nous pourrions nous arrêter au pub qui est en bas de la route, murmura Kit.

Elles s'empressèrent de réitérer leurs bons vœux à Philip et à Val.

— Je penserai à vous le jour J, dit Regan. Le 14 septembre, n'est-ce pas ? (Elle serra la main de Penelope et embrassa la joue empourprée de Lady Exner.) Je suis sûre que ce voyage à New York vous plaira, dit-elle.

— J'aurai soin de prendre des notes sur mon voyage, promit Veronica, de sorte que, quand je rencontrerai enfin votre mère, j'aurai un récit complet de cette nouvelle aventure de ma remarquable vie. Il faut que vous me donniez le numéro de téléphone de votre mère. J'ai cru comprendre que le New Jersey n'était pas très loin de l'endroit où vivent mes nièces à Long Island.

— Vos nièces ? Je croyais que c'étaient des cousines ? demanda Regan.

— Nièces, cousines, qu'importe.

— Eh bien, dit Regan en hésitant, peut-être pourriez-vous déjeuner avec ma mère à New York.

— MAGNIFIQUE ! s'écria Veronica. Penelope, appela-t-elle, apportez-moi un stylo.

Durant le reste de la journée, Regan et Kit essayèrent de se conformer au programme de la réunion interrompue. En fin d'après-midi, elles allèrent faire un tour en bateau sur la rivière, puis dîner chez le directeur qui avait préparé un buffet.

— Un vrai festin, fit remarquer Kit à Regan. Combien tu paries que nous allons recevoir la semaine prochaine des lettres nous demandant des dons en tant qu'anciennes élèves ?

— Tu es une cynique, dit Regan à voix basse en se servant de la salade de pommes de terre. Nous n'aurons qu'à faire comme si le courrier s'était perdu.

À ce dîner, un certain nombre de professeurs avaient connu Athena et la conversation roula immanquablement sur la découverte du corps et les questions posées par le commissaire Livingston.

Il était onze heures quand Regan et Kit montèrent les deux étages jusqu'à leur chambre.

— J'ai hâte de partir d'ici, dit Kit. Ce foyer semble encore plus déprimant que d'habitude. Au moins, nous nous sommes bien amusées à Venise et à Paris la semaine dernière. À quelle heure m'as-tu dit que ton avion décollait ?

— À une heure. Juste une heure après le tien.

Kit allait à New York, Regan à Los Angeles.

Elles arrivèrent à la chambre. Regan sortit la clé de sa

poche et ouvrit la porte. Elle trouva sur le plancher une enveloppe qui lui était adressée. « Téléphonez-moi quelle que soit l'heure à laquelle vous rentrez. Extrêmement important. » C'était signé Philip Whitcomb.

Tout en sachant pertinemment que c'était inutile, Philip Whitcomb avait tenté de dissuader sa tante Veronica de voyager seule sur le *Queen Guinevere.* Lui-même, Val, le médecin et Lady Exner, on ne peut plus résolue, étaient dans la petite salle d'attente qui donnait sur le couloir menant à la chambre de Penelope au Royal Oxford Hospital. Les gémissements de Penelope s'entendaient d'un bout à l'autre du couloir. Elle devrait rester là au moins deux jours à la suite d'une violente intoxication alimentaire et en aucun cas elle ne serait en état de partir en vacances, du moins jusqu'à la fin de la semaine.

— Je ne veux absolument pas remettre mon voyage, dit Lady Exner avec véhémence. Je me fiche qu'il y ait un départ dans quinze jours. Il est possible que je ne sois plus en vie dans quinze jours. Penelope pourra prendre l'avion pour New York quand elle sera rétablie. Moi, je pars demain.

Son visage exprimait cet entêtement que Philip ne connaissait que trop bien.

— Lady Exner, si je peux faire une suggestion..., commença le médecin.

— Vous ne pouvez pas me suggérer de rester chez moi, lui dit-elle d'un ton cassant. Remettre un voyage, c'est se priver d'un voyage. Celui qui hésite est perdu. Aujourd'hui est le premier des jours qu'il me reste à vivre, et demain est le premier jour de mes vacances.

Son sourire était plus forcé qu'aimable.

— Ne pensez-vous pas que Miss Atwater sera chagrinée si vous partez sans elle, suggéra timidement le médecin.

— Bien moins ennuyée que je ne le serai si je ne prends pas ce bateau. D'ailleurs, je lui ai dit hier de cesser de se goinfrer. (Elle se leva.) Il faut que je rentre pour terminer mes bagages. En réalité, Penelope va très bien, n'est-ce pas, docteur ?

— Elle est très mal en point, vraiment très malade, mais je crois que ça ira, approuva le médecin.

— Merci. Philip, Val, allons-y.

— Puis-je faire une suggestion, Lady Exner ? demanda Val.

— Ça dépend de ce que c'est.

— Ce n'est pas que vous restiez chez vous, dit Val d'une voix conciliante. Mais vous profiteriez bien mieux du voyage si vous aviez de la compagnie.

— Val, qui-qui-qui pouvons-nous espérer trouver dans un-un délai aussi bref ? demanda Philip avec impatience. Ce fichu bateau appareille dans treize heures.

Le sourire pincé de Val était triomphant.

— Quelqu'un qui a déjà fait ses bagages, qui, selon ses propres dires, vient juste de mener à bien une mission et qui serait probablement ravie d'avoir la chance de passer un certain temps avec la chère Veronica... Regan Reilly.

Regan écoutait avec une consternation croissante Philip la prier d'accepter la tâche consistant à jouer les anges gardiens auprès de Veronica pendant cinq jours et cinq nuits.

— Si elle embarque seule sur ce bateau, je s-s-sais qu'elle finira au milieu de l'Atlantique. Le deuxième sherry qu'elle prend lui monte tout de suite à la tête, et on m'a dit qu'on passe son temps à boire sur ces bateaux. Penelope adore manger. Elle viendrait à bout d'un chêne plus vite qu'une troupe de castors, a-a-alors elle empêche Veronica de boire en l'entraînant vers le buffet au lieu du bar. Je vous p-p-paierai double tarif. C'est un travail de vingt-quatre heures sur vingt-quatre. Honnêtement, je dois vous prévenir, elle a des habitudes de sommeil assez étranges. Parfois, elle adore rester debout la moitié de la nuit, ce qui veut dire qu'elle fera une sieste de trois heures. Si elle fait un somme l'après-midi, vous aurez au moins du temps à vous, poursuivit Philip.

Double tarif, pensa Regan. Et cinq jours en mer sur un bateau de luxe. Elle avait le temps. Elle avait même téléphoné à Livingston pour lui proposer de rester un peu, mais il avait dit qu'à ce stade de l'enquête il n'y avait vraiment rien qu'elle pût faire. Peut-être que, pendant la sieste de Veronica, elle aurait la possibilité de rendre en douce une petite visite à ses parents.

— D'accord, Philip. À quelle heure passe-t-on me prendre ?

— Tu fais quoi ? (Kit poussa de véritables cris d'orfraie quand Regan lui parla du coup de téléphone.) Reilly, je vais te dire : je pense que tu as vraiment perdu la tête cette fois.

— On me paie, ça fait passer la pilule. (Regan envoya promener ses chaussures d'un coup de pied.) Crois-moi ou non je vais jusqu'à Southampton dans un autocar de Saint-Polycarp, avec au volant Edwin qui a le chic pour vous secouer comme un prunier. Je ferais mieux de dormir un peu.

Kit, qui s'était déjà changée, bâilla en se mettant au lit.

— Ma foi, il y a une chose avec laquelle je suis d'accord. On ne devrait pas lâcher Veronica sans laisse. Mais je préfère que ça soit toi plutôt que moi. Je ferai un saut en voiture du Connecticut pour jouer les comités d'accueil quand le bateau accostera. Avec l'espoir que tu ne débarqueras pas sur une civière.

Lundi 22 juin 1992
Londres

Ce n'était pas la première fois au cours de leurs trente-cinq ans de mariage que Nora Regan Reilly aurait aimé que Luke eût appris à s'exprimer avec un débit normal. À peine avait-elle pensé cela qu'elle s'avoua qu'elle était tombée amoureuse dès leur premier rendez-vous, à cause de sa façon de s'exprimer et de son allure à la James Stewart. Elle l'observa tendrement, puis regarda sa montre avec inquiétude. Ils étaient sur le point de sortir de leur suite du Stafford Hotel de Londres quand le téléphone sonna.

C'était Herbert Kelly, directeur de la succursale de Summit des entreprises de pompes funèbres Reilly dans le New Jersey, et il avait un problème. La veuve âgée de quatre-vingt-dix ans, de l'ancien maire décédé à quatre-vingt-dix-huit ans, insistait pour que son mari soit exposé dans le salon central. Malheureusement, la semaine avait été funeste pour les politiciens à la retraite de Summit, et le grand salon devait être occupé à partir du lendemain et pour un jour et demi par un ancien membre du Congrès.

D'ordinaire, Kelly aurait réglé cette affaire sans importuner Luke, mais c'était une situation vraiment délicate. Mrs Shea exerçait une autorité matriarcale incontestée sur le clan extrêmement vaste des Shea et avait été sa première cliente importante quand il avait acheté le dépôt mortuaire qui marchait plutôt mal, l'année où Nora et lui s'étaient mariés. C'est-à-dire quand, comme disait Mrs Shea, sa mère octogénaire avait été « recueillie par Dieu ».

« Dans l'autre entreprise de pompes funèbres de la ville, les gens n'ont pas l'air beaux et naturels », avait-elle dit à Luke et elle lui avait donné l'occasion de « faire que sa mère soit aussi jolie et ait l'air aussi contente que lorsqu'elle regardait le show "Ed Sullivan" le dimanche soir. Elle attendait toujours cette émission avec impatience. »

Luke savait qu'elle avait aussi repéré son grand parking derrière le bâtiment. Il avait travaillé dur sur sa première cliente et cela avait porté ses fruits. La défunte donnait l'impression d'assister à un nouvel épisode de son show favori. Depuis lors, c'étaient les établissements de pompes funèbres Reilly de Summit qui étaient chargés de « préparer » les membres de la dynastie Shea, dont la plupart vivaient jusqu'à un âge très avancé. Certains avaient même vécu assez longtemps pour voir leurs visages fanés à la télévision, dans l'émission « Aujourd'hui » de Willard Scott.

Luke avait exposé en deux mots le problème à Nora pour qu'elle cesse de faire les cent pas devant lui.

La solution normale eût été de réunir les deux salles d'exposition de taille moyenne, qui étaient séparées par une porte coulissante. Nora n'ignorait pas que Mrs Shea considérerait cette solution comme un pis-aller.

— Dis-lui que les prochaines funérailles Shea seront aux frais de la maison, lança Nora. Luke, nous allons rater le bateau.

Luke lui jeta un regard plein de reproches et, comme d'habitude, il trouva une solution.

— Herbert, rappelez à Mrs Shea que la couleur préférée de Dennis était le vert et dites-lui que nous venons de redécorer ces deux pièces en vert. Il s'y sentira plus à son aise. Après tout, le vert et le blanc étaient les couleurs de sa campagne électorale.

— Tu es un vrai génie, dit Nora alors que Luke raccrochait le téléphone. Encore un problème de résolu aux Dépouilles Reilly.

— Ce n'est déjà pas drôle de devoir entendre notre fille tenir ce genre de propos, mais c'est carrément obscène dans la bouche de sa mère.

Ils échangèrent un sourire. Avec son mètre soixante, Nora avait souvent l'impression d'être une naine à côté de son mari qui mesurait trente centimètres de plus qu'elle.

— Tu me dépasses dans tous les domaines, aimait-elle à lui dire. Tu ne mens pas sur ton âge…

Luke avait soixante-cinq ans et elle cinquante-huit. Elle n'arrivait jamais à se souvenir de l'âge qu'elle donnait aux interviewers. « Mais Mrs Reilly, lui avait récemment dit l'un d'entre eux, il y a trois ans, vous m'avez dit que vous aviez cinquante-deux ans. » Et si Nora était blonde, c'était qu'elle avait les cheveux teints ; ceux de Luke étaient naturellement argentés.

— Et maintenant, nous pouvons partir ? implora-t-elle. (Le téléphone sonna de nouveau.) Je me fiche qu'ils cherchent une chambre pour le pape, il faut que nous partions.

Luke tendit la main pour décrocher, mais Nora le prit de vitesse.

— Allô, dit-elle avec impatience. Regan, ma chérie, il n'est rien arrivé, n'est-ce pas ?... Je ne peux pas parler maintenant. Nous t'appellerons du bateau. Tu quoi ?... Pourquoi ?... Quoi ?... Grands dieux... Je n'ai jamais pensé que je renierais ma propre fille, mais j'imagine qu'il n'est jamais trop tard... Nous filons. Je te verrai là-bas, chérie.

Elle raccrocha rapidement.

— Tu la verras où ? demanda Luke. Qu'est-ce que c'est que cette histoire ?

Nora se mit à rire.

— Tu ne le croiras jamais. Je t'en parlerai dans la voiture.

Southampton

L'enregistrement des passagers pour le *Queen Guinevere* se trouvait dans une vaste salle d'attente située entre le train de correspondance et le quai. Cameron Hardwick avait été informé que pratiquement toutes les cabines étaient réservées et il se demandait s'il n'avait pas manqué la vieille dame dans cette cohue de douze cents personnes qui s'efforçaient de trouver le bureau d'enregistrement approprié dont les zones se divisaient par classe de passagers puis par ordre alphabétique. Il avait été l'un des premiers à se faire enregistrer au bureau des premières classes, avant de s'asseoir sur un banc voisin, s'absorbant ostensiblement dans la lecture du journal du matin tandis qu'autour de lui les passagers s'agitaient, bavardaient, se plaignaient ou liaient connaissance en attendant l'ordre d'embarquement. Tous, sans exception, étaient surchargés de fourre-tout, de bagages à main et de sacs portant le nom de Harrod incrusté dans un blason doré.

Le premier appel pour l'embarquement retentit et la

foule se dirigea vers le quai. Les files d'attente du bureau d'enregistrement s'éclaircirent. La vieille dame allait-elle manquer le bateau ? Par haut-parleur, il fut demandé aux retardataires de monter immédiatement à bord.

Et c'est alors qu'il l'aperçut. Impossible de la manquer. La vieille dame donnait l'impression d'avoir revêtu un uniforme de marin. Pantalon blanc, veste bleu marine ornée de boutons de cuivre et d'ancres emblématiques, et casquette rayée bleu et blanc. Elle était alerte pour son âge. Elle se précipita vers le bureau des premières classes comme un coureur franchissant la ligne d'arrivée.

— Formidable ! Formidable ! s'écria-t-elle. Nous y sommes arrivés. Le car est tombé trois fois en panne sur la M 5. Ça a provoqué un embouteillage monstre. Et ces grossiers personnages qui n'arrêtaient pas de klaxonner.

Sa voix se répercutait dans la pièce caverneuse, couvrant presque les joucurs dc corncmusc écossais qui avaient attaqué bruyamment, sur le quai, leur morceau de bienvenue.

— L'invitée sur laquelle je comptais, Miss Penelope Atwater, est à l'heure actuelle dans un état épouvantable. (Elle eut un geste vague en direction de son ventre.) Des problèmes intestinaux, voyez-vous.

Il se rendait compte que tout le monde dans le secteur, y compris l'employé qui s'occupait de Lady Exner, avait la même expression d'ahurissement.

— Miss Regan Reilly fera le voyage avec moi. C'est parfait. Son passeport est en règle. Elle embarquera directement. Il y a quelques bagages à main. J'ai des tonnes de cadeaux pour mes chères petites-nièces que je ne connais pas encore.

L'employé parvint enfin à endiguer ce flot de paroles :

— Votre nom, madame ?

— Oh, mon Dieu. Bien sûr. Exner. Lady Exner. Veronica. Peut-être avez-vous entendu parler de mon mari, Sir Gilbert Exner ? Il est mort il y a quarante ans. C'était un poète non publié.

Les derniers retardataires se hâtaient pour monter à bord. Hardwick ne voulait pas qu'on le surprît à regarder Lady Exner. Il lui fallait attendre de voir son amie. Au moment où il se détournait, il entendit les ordres claironnant de Lady Exner :

— Eh bien, vous voilà, Regan. Pressez-vous. Il ne faut pas que nous rations le bateau.

Il jeta un coup d'œil par-dessus son épaule et s'arrangea pour bien voir la nouvelle amie de Lady Exner. De derrière l'amoncellement de paquets, il put se rendre compte qu'elle était jeune et jolie. Tandis qu'il cherchait sa carte d'embarquement, il sentit immédiatement, d'instinct, qu'elle était aussi très maligne. Ce ne serait pas facile.

À l'arrière-plan, il entendait toujours Lady Exner. Elle remerciait quelqu'un de l'avoir amenée ici en voiture.

— ... J'espère sincèrement que vous rentrerez sans trop de difficultés, Edwin. Il reste un peu de thé dans la thermos sur le siège arrière... oh, mon Dieu, Regan me dit que je l'ai bu.

À l'entrée des premières classes, il n'y avait qu'un couple devant lui. Un grand type dégingandé aux cheveux argentés et une petite blonde. Le photographe du bateau s'apprêtait à faire leur portrait. Hardwick jura tout bas. Il ne voulait pas qu'on le prenne en photo mais, s'il refusait, il risquait de se faire remarquer. Il insisterait pour garder ses lunettes noires.

Au moment où le photographe déclencha l'appareil, il tourna la tête de côté. Il essaya de se montrer aimable quand celui-ci dit :

— Prenons-en une autre.

— Non. Vraiment. Une, ça suffit.

Il gravit la passerelle et prit pied sur le bateau. Les membres de l'équipage avaient formé une haie d'honneur pour saluer l'arrivée des passagers. On entendait un piano en musique de fond. Il traîna à proximité du haut de la passerelle jusqu'à ce qu'il aperçût Lady Exner qui, tout excitée, le bras passé autour des épaules de sa jeune compagne, une marée de paquets à leurs pieds, posait pour le photographe. Le couple qu'il avait suivi en gravissant la passerelle se tenait près de lui. La femme riait.

— Ça va être un voyage passionnant, Luke.

Tu parles, pensa Hardwick, sinistre.

La suite Camelot était l'un des deux appartements de grand luxe situés tout en haut du bateau. Lady Exner papillonnait en admirant le décor bleu pâle tandis que Regan commençait à défaire les bagages. Elle mit de côté ses deux valises, préférant s'attaquer d'abord au plus gros, c'est-à-dire au contenu, des plus éclectiques, des bagages de Veronica.

Elle jugea que Veronica avait dû vider tous les placards de Llewellyn Hall pour remplir ses innombrables valises de chez Gucci. Elle en ouvrit une, énorme, et la referma sur-le-champ. La valise sentait la naphtaline et était pleine d'épais vêtements de laine, de tailleurs de tweed, de bottes fourrées, de gants de laine et d'une cape de velours noir.

— Veronica, vous êtes bien sûre qu'on ne fait pas le tour du monde ?

Veronica était en train d'examiner un des placards.

— Regan, si jamais nous heurtons un iceberg comme sur le *Titanic*, il faudra que nous nous précipitions ici pour prendre nos gilets de sauvetage. Croyez-vous que nous devrions les essayer maintenant ?... Que m'avez-vous demandé ?... Oh, mon Dieu... C'est une des valises que j'ai prêtées à Penelope... Philip a dû la mettre dans le lot par erreur.

Regan se sentit soulagée.

— Mes lainages sont dans une autre valise. J'ai pensé que nous pourrions laisser quelques vêtements d'hiver chez ma nièce en prévision d'autres visites et je crains toujours un coup de froid. Mais nous avons bien le temps de défaire les bagages. Vous n'êtes même pas sortie sur notre pont privé. Nous sommes sur le point de prendre la mer. Allons saluer ces malheureux, sur le quai, qui ne nous accompagneront pas.

À ce moment-là, Regan se demanda si le sort de ces malheureux n'était pas préférable, après tout. Si luxueuse que fût la suite, elle avait été surprise de constater qu'il s'agissait en réalité d'une vaste pièce à deux niveaux. Avec un grand lit. Devant la porte de la cabine, il y avait un petit vestibule avec, sur la gauche, une salle de bains. Juste en face, la chambre, avec une autre salle de bains indépendante. Trois marches plus haut, sur la droite, on découvrait le salon avec des baies coulissantes qui donnaient sur une terrasse privée. Les immenses fenêtres offraient une vue sur l'Atlantique à vous couper le souffle.

Je veux mon lit à moi, pensa Regan. Je veux pouvoir me retourner dix fois par nuit sans craindre qu'on me prenne pour Sir Gilbert. Dormir comme une personne bien élevée pendant les cinq nuits à venir lui semblait exiger un effort surhumain. Veronica était charmante, mais partager son lit était un peu trop demander. Regan pria pour que le canapé fût un convertible.

Elle suivit Veronica sur le pont, qui était la partie la plus haute du bateau et qui s'étendait pratiquement jusqu'à la proue. L'avant surplombait le toit du pont supérieur. Veronica le désigna du doigt.

— C'est de là que le capitaine et tous ces beaux officiers nous guident sur les flots bleus et tumultueux.

Le mugissement profond de la sirène du bateau marqua le début du voyage. Veronica se précipita au bastingage et commença à agiter vigoureusement sa casquette de navigatrice en direction du quai. Les joueurs de cornemuse écossais, dans un dernier sursaut d'énergie, firent couiner une version aigrelette de *Sailing, Sailing, Over The Bounty Main.*

Veronica huma l'air, semblant l'apprécier.

— Les brises marines ne sont-elles pas vivifiantes ?

— Le moment où l'on prend la mer a quelque chose de magique, Veronica, reconnut Regan, respirant l'air salé. Maintenant, je veux juste en finir avec les bagages.

— Et moi je vais rester ici et observer la gaieté des gens, en dessous.

De leur perchoir, elles pouvaient se pencher par-dessus le bastingage pour regarder le pont-promenade, deux étages plus bas où les passagers, tout excités, continuaient à faire de grands gestes et à s'époumoner à l'adresse de leurs amis et parents.

— Eh bien, ne vous penchez pas trop, lui enjoignit Regan en retournant à l'intérieur.

— Faites sauter le bouchon de cette bonne bouteille de champagne que le capitaine nous a envoyée, ordonna Veronica. Nous devons arroser notre voyage.

Regan pensa que ce devait être la meilleure idée que Veronica eût jamais eue depuis qu'elle avait décidé d'épouser un riche chevalier qui ne lui avait pris en tout et pour tout que deux semaines de son existence.

Veronica lampa le contenu pétillant de son verre avant même que Regan n'ait eu le temps de remplir le sien. Elle le lui tendit à nouveau :

— Maintenant, pour trinquer.

Regan se rappela que Philip l'avait avertie que Veronica supportait mal l'alcool. Mais, estima-t-elle, il lui était difficile de refuser et, ici, elle était en sécurité. Elle remplit les deux verres et fit docilement tinter le sien contre celui de Veronica, qui chantonna :

— Bon voyage, chère Regan, bon voyage.

Lorsque Regan but sa première gorgée, les bulles lui chatouillèrent le nez.

— Il est excellent.

— Ça se boit comme de l'eau, ma chérie.

Par prudence, Regan emporta la bouteille à l'intérieur. Elle ne prendrait pas le risque de la laisser à Veronica. Et elle voulait s'occuper. La vue de tous ces gens heureux qui disaient au revoir à ceux qu'ils aimaient l'avait brusquement remplie de tristesse. Que faisaient les parents d'Athena en cet instant précis, sachant que leur fille ne reviendrait jamais ? Elle s'efforça de chasser cette pensée tout en remplissant les tiroirs de la commode.

Il faut que je tire le meilleur parti de cette situation, se dit-elle. Ce sont les vacances de Veronica. La semaine prochaine je lirai mon journal par le menu. Peut-être y trouverai-je quelque chose qui puisse aider Livingston.

Ce qui l'amena à se demander si Jeff était revenu à Los Angeles. Quand elle était partie, il tournait au Canada les extérieurs d'un feuilleton. Au départ, Regan l'avait engagé pour qu'il l'aide au bureau et la seconde dans ses filatures lorsqu'il était entre deux tournages. « Tu es en train de devenir trop célèbre pour moi, lui avait-elle dit récemment. Je ne peux pas t'emmener parce que les gens te reconnaissent. » Mais il avait toujours l'art de lancer des idées et il lui avait été d'un réel secours pour résoudre certaines affaires. « Le travail du détective est comme celui de l'acteur, avait-il dit. Il faut arriver à comprendre les motivations du personnage. »

Elle venait de fourrer la dernière valise dans le placard du haut quand elle entendit Veronica crier :

— Monica, Monica, est-ce que c'est toi ?

Regan se retourna brusquement pour voir le corps de Veronica, qui avait pris la forme d'un fer à cheval, penché sur le bastingage. Elle se précipita, tandis que les cris de « Faites attention » s'élevaient à l'unisson du pont-promenade. Elle noua ses bras autour des cuisses pendantes de Veronica et tira en arrière d'un coup sec.

— Bon sang, Veronica, qu'est-ce que vous fabriquez ?

Veronica semblait inconsciente du danger.

— Finalement, cette dame au chapeau rose n'est pas Monica. Mais quelle stupéfiante ressemblance !

— Si vous vous étiez penchée un petit peu plus, vous vous seriez aplatie comme une crêpe, soupira Regan. Je vous en prie, Veronica, il faut que vous fassiez attention.

— Tout va bien, là-haut ? cria quelqu'un.

— C'est parfait, tout simplement parfait, hurla Veronica aux dizaines de visages lointains tournés vers elle.

Elle adressa à Regan un sourire vitreux.

— J'espère que le reste de champagne est encore bien frais, ma chérie.

Cameron Hardwick avait mené sa petite enquête pour savoir quelle salle à manger elles avaient choisie. Il fut extrêmement satisfait d'apprendre qu'elles avaient été placées à une table pour dix au King Arthur, le plus grand des restaurants de première classe. Cela résolut le problème de se retrouver près d'elle sans en avoir l'air. On lui avait attribué une table non-fumeurs et il avait demandé à changer pour la partie fumeurs.

Il étudia avec le maître d'hôtel le plan de la salle à manger. En s'efforçant de se montrer désinvolte, il désigna la table commune tout près de la fenêtre de tribord. Huit noms y étaient inscrits, dont celui de Lady Exner.

— Celle-ci me paraît jouir d'une vue superbe. Vous pourriez me réserver une place à cette table ?

Le maître d'hôtel, un homme mince, doucereux et qui semblait sourire perpétuellement, fut ravi de le satisfaire. Il calcule sans doute déjà son pourboire, pensa Cameron. Il éprouvait toujours un certain plaisir à couper au pourliche, chaque fois que c'était possible. Maintenant, c'était à lui de jouer pour entrer dans la salle à manger juste derrière la vieille chouette et Regan Reilly et de s'assurer qu'il serait assis à côté d'elles.

Finalement, Lady Exner s'allongea sur son lit pour faire la sieste, ce qui permit à Regan de s'octroyer une pause bien méritée. Elle avait pensé se glisser subrepticement jusqu'au pont voisin où Luke et Nora occupaient une cabine de première classe mais, après l'épisode du saut de l'ange presque réussi de Veronica, elle décida de ne pas la quitter. Elle s'installa donc dans un transat sur le pont et passa en revue les incroyables événements des dernières quarante-huit heures.

Prenant conscience qu'Athena n'avait probablement pas pris le train pour Londres ce vendredi soir mais qu'elle avait été assassinée à Oxford, elle commença à se sentir terriblement coupable. Athena lui avait demandé de descendre jusqu'au Bull and Bear, le pub à côté de la gare, pour y boire un dernier verre avant son départ. À mesure que le souvenir de ces ultimes instants lui revenait en mémoire avec de plus en plus d'acuité, Regan pensait : j'ai failli l'accompagner, mais je n'ai pas voulu en prendre le temps. J'étais si heureuse de la voir partir pour deux jours et de ne pas avoir à l'entendre se plaindre continuellement de Saint-Polycarp et du climat anglais.

Le navire progressait doucement. La brise était forte. Regan frissonna et enfila son sweat-shirt. Livingston lui avait demandé d'essayer de se souvenir du moindre détail qui pourrait être utile à l'enquête. Luke et Nora lui disaient toujours en la taquinant qu'elle était capable de se rappeler absolument tout depuis l'époque de ses trois ans. Regan reprit sa position initiale, ferma les yeux et, se plaçant du point de vue de l'enquêteur, passa en revue l'année d'études qu'elle avait vécue dans l'historique Oxford avec Athena comme camarade de chambre.

Athena allait très rarement à des soirées. Elle ne manifestait jamais le moindre intérêt pour les étudiants. Je ne me rappelle pas qu'elle soit jamais allée à un rendez-vous, pensa Regan. Alors, qui aurait voulu la tuer ?

Luke et Nora passèrent un agréable après-midi. Après avoir déballé leurs bagages dans la cabine, ils gagnèrent le pont réservé aux activités sportives pour boire un verre et prendre une collation avant de s'installer sur des chaises longues avec leurs livres.

— C'est le paradis, murmura Nora, regardant au loin, hypnotisée par le spectacle de la haute mer. C'est tellement agréable de lire le livre de quelqu'un d'autre au lieu de parler d'un des miens.

Elle avait prononcé le discours d'ouverture à un séminaire sur le roman policier en Espagne et avait enchaîné avec un programme chargé d'interviews pour les journaux, les magazines et la télévision, en Italie et en France.

Luke approuva d'un mouvement de tête.

— J'en avais marre de passer mon temps à attendre dans les coulisses. (Il fronça les sourcils.) À propos, je me demande si Mrs Shea est satisfaite des dispositions prises pour accueillir Dennis. Il vaudrait peut-être mieux que je téléphone pour savoir.

— Luke, ce n'est pas vraiment une question de vie ou de mort.

Luke gloussa, appréciant ce qui était devenu l'une des plus vieilles et, soulignait Regan, l'une des plus sottes de leurs plaisanteries.

— Je comprends ton point de vue.

Ils se replongèrent dans leurs livres. Luke commanda à nouveau des piñas coladas et ils restèrent confortablement installés jusqu'à quatre heures et demie, moment où la brise fraîchit brutalement. Il y eut un regain d'activité générale lorsque les gens qui se trouvaient assis sur les chaises longues disposées autour de la piscine ou sur le pont commencèrent à ramasser leurs affaires, abandonnant les lieux aux joueurs de palet et de ping-pong.

Tandis qu'ils revenaient sans se presser à leur cabine, ils croisèrent un groupe d'enfants, conduits par deux jeunes moniteurs qui leur faisaient faire le tour du pont.

— Ça paraît fou de savoir que Regan est sur ce bateau et que nous devons l'éviter, dit Nora avec une tristesse rêveuse.

— Peut-être pourrions-nous avoir une table pour quatre ; comme ça, tu pourrais passer ton temps à prendre des notes pour une biographie, dûment habilitée, de Lady Exner.

— Que Dieu m'en garde ! s'exclama Nora. À propos, Regan m'a bien recommandé de nous assurer que nous ne serions pas assis trop près d'elles dans la salle à manger. Lady Œil-de-lynx pourrait me reconnaître d'après les photos des couvertures de mes livres.

Le plan de la salle à manger leur apprit qu'ils se trouvaient dans la partie non-fumeurs, tout à fait hors de portée de regard de quiconque s'assiérait à la table de Lady Exner.

— Regan dans la partie fumeurs ? dit Nora, non sans surprise. Je me demande si Lady Exner n'a pas déjà partagé avec elle cette charmante manie.

— Elle s'en tirera bien, fit remarquer Luke. Connaissant Regan, après le dîner elle emmènera Lady Exner faire un tour sur le pont pour s'aérer les poumons.

— Une balade au clair de lune avec une dame de quatre-vingts ans, se lamenta Nora. Ce Walker qu'elle fréquentait était si gentil. Si seulement elle lui avait laissé l'ombre d'une chance. Je voudrais tellement avoir un petit-f…

— Je sais, je sais, l'interrompit Luke. Allons-y.

Gavin Gray s'habilla avec soin pour le dîner. Cela avait été un immense soulagement de voir ce matin-là Mrs Watkins quitter, titubante, le bateau, en se lamentant bruyamment sur la perte de son bracelet de un million de dollars. Elle avait offert une récompense de cinquante mille dollars, et tous les stewards, serveurs et larbins étaient partis en chasse, l'œil fureteur, comme une armée de joueurs de loterie espérant voir sortir leurs numéros.

Ne perdez pas votre temps, avait-il pensé. C'est moi qui vais gagner le million de dollars. Mais il n'y aura aucune conférence de presse pour le proclamer. Il détestait les apparitions stupides, à la télévision, des gagnants du gros lot, entourés de parents depuis longtemps perdus de vue et arborant des sourires béats.

Demeurait, bien sûr, le problème de savoir comment récupérer le bracelet dans la suite Camelot. Il avait déjà découvert qu'une certaine Lady Veronica Exner et son amie y séjourneraient. C'était une bonne nouvelle d'apprendre que la suite serait occupée par deux femmes. Tout au fond de lui-même, il avait craint qu'elle ne fût louée par un couple en voyage de noces qui n'aurait refait surface que lorsque se seraient profilées les silhouettes des gratte-ciel new-yorkais. Mais deux femmes… De toute façon, il finirait bien par danser avec elles.

La première soirée, on s'habillait de façon décontractée. Gavin sortit une veste de lin jaune citron et un pantalon blanc. Satisfait de son nœud de cravate, il enfila sa veste et examina son image dans le miroir en pied. Pas mal, se dit-il. Le lifting qu'il s'était fait faire deux ans plus tôt tenait encore. En fait, il paraissait même mieux. Ce chirurgien esthétique, qui pratiquait des tarifs avantageux, lui avait tellement tiré la peau sur les tempes que ses yeux ressemblaient à deux fentes.

La veste dissimulait une taille qui s'épaississait. Il fronça alors les sourcils. Le jaune accentuait le reflet orangé de sa récente teinture de cheveux. La fille du salon de coiffure du pont numéro deux avait été trop occupée à papoter à propos du bracelet perdu pour remarquer que le minuteur du séchoir était éteint. Gavin s'était assoupi et quand il s'était réveillé, on avait laissé la teinture vingt minutes de trop. Ma tête ressemble à une citrouille, pensa-t-il, furieux. Et merde, je m'en fous. La semaine prochaine, j'irai chez mon coiffeur, à New York. À cette pensée, une vague d'angoisse le submergea. Il n'avait pas d'autre engagement comme animateur avant septembre. S'il ne récupérait pas le bracelet dans les prochains jours, il n'aurait plus aucune occasion de pouvoir le faire.

En se dirigeant vers la porte de la cabine, il sentit s'accentuer le roulis du navire. Allait-on vers une autre traversée agitée ? Gavin sourit. Si tel était le cas, Lady Veronica Exner et sa compagne auraient peut-être besoin d'un bras solide pour les raccompagner à la suite Camelot.

À sept heures, vêtue de soie imprimée lavande et blanc de chez Mary Beth Downey, sa nouvelle styliste préférée, Regan attendait, assise sur le canapé dont elle avait découvert avec ravissement que c'était effectivement un convertible. Dieu soit loué, pensa-t-elle tout en regardant Veronica virevolter, essayant tour à tour divers accessoires. Regan avait convaincu Lady Exner que, le premier jour, personne ne portait de tenue de soirée. À contrecœur, Veronica avait renoncé à la robe de bal en lamé argent qu'elle avait projeté de mettre pour faire son entrée triomphale. À la place, elle s'était décidée pour une simple robe en crêpe bleu, l'un des rares articles de sa garde-robe qui ne ressemblait pas à un déguisement.

Avec une attention extrême, Veronica vaporisa ses cheveux blonds, déjà bien raidis par la laque. Regan avait fait le compte : c'était la douzième fois en un quart d'heure. Elle allait prévenir Veronica qu'elles risquaient d'être en retard quand elle la vit se précipiter sur son sac à main. Regan se leva d'un bond lorsqu'elle entendit Veronica crier d'une voix aiguë :

— J'ai failli l'oublier !

— De quoi parlez-vous, Veronica ? demanda Regan, angoissée. Vos médicaments ?

— Non, non. Mon fume-cigarette.

Veronica fouilla dans le premier tiroir de la commode et en retira une trousse en cuir. Elle ouvrit la fermeture à glissière et agita un fume-cigarette en argent finement poli et un paquet entamé de Benson & Hedges.

— Veronica, je ne vous avais jamais vue fumer.

— Mais je ne fume pas. Je m'en donne simplement l'air, répondit gaiement Veronica en enfonçant une cigarette d'apparence défraîchie dans l'instrument.

Incrédule, Regan demanda :

— Pourquoi ça ?

— Au cours de nos voyages, Penelope et moi nous nous asseyions à une table commune chaque fois que c'était possible. La table des non-fumeurs est toujours occupée par de sinistres fumeurs repentis qui ne veulent jamais s'amuser. Ceux qui sont à la table fumeurs ont un côté insouciant et téméraire que je trouve fascinant.

Une assez mauvaise publicité pour la Ligue américaine contre le cancer, pensa Regan en mettant dans son sac une autre pilule antiallergique.

Alors qu'elles suivaient le couloir en direction du petit ascenseur qui ne desservait que les deux suites, le steward de service le soir s'approcha d'elles. Grand, mince comme un fil, avec des lunettes rondes posées sur son nez luisant et des cheveux bruns peignés en arrière, il ressemblait, aux yeux de Regan, à un étudiant de première année. Sa voix avait une pointe d'accent cockney quand il leur demanda si tout était à leur convenance. Après lui avoir assuré que c'était bien le cas, Veronica s'enquit des personnes qui occupaient l'autre suite.

— J'ai tellement envie de les rencontrer, s'écria Veronica, tout émoustillée. Vous savez qui ils sont ?

L'ascenseur arriva et le steward leur tint la porte ouverte.

— Pour cette traversée, l'autre suite est vide. Vous ne serez pas dérangées.

Il lâcha la porte.

— Bon appétit.

À sept heures moins cinq, Cameron Hardwick était prêt à rejoindre le bar jouxtant la salle à manger King Arthur. Il savait que de nombreux passagers avaient coutume de prendre l'apéritif avant le dîner et, de toute façon, les personnes qui avaient leur table réservée au King Arthur devaient passer par le bar. Il voulait se trouver en un endroit d'où il pourrait suivre Lady Exner à l'intérieur de la salle à manger et se placer lui-même, sinon juste à côté d'elle, du moins le plus près possible. Sa compagne, pensa-t-il, devait avoir entre vingt-cinq et trente ans. Serait-ce astucieux de lui faire du gringue ? Cameron réfléchit. Peut-être.

Il examina avec soin son image dans le miroir et fronça les sourcils à la vue d'un léger faux pli à son col. Plus personne ne sait repasser une chemise, pensa-t-il. En tout cas, le valet de chambre avait correctement repassé sa veste et son pantalon. Il aimait porter cette tenue indémodable que constituaient un blazer bleu, une chemise bleu pâle, une cravate à rayures et un pantalon kaki. Ses mocassins de chez Bally avaient l'éclat de chaussures tout juste sorties de leur boîte. Ils n'étaient pas neufs, mais il se montrait méticuleux sur le moindre détail de sa garde-robe.

Avant de partir, il adressa un dernier regard d'admiration au beau type très bronzé dans le miroir. Comme toujours, le concert de louanges que lui adressaient les femmes retentit dans sa tête. La blonde à la table du croupier, à

Monaco, qui lui avait glissé son numéro de téléphone tandis que son petit ami perdait une nouvelle main au black jack. « Gardez toujours cet air renfrogné, Heathcliff », avait-elle dit d'une voix roucoulante. Et cette riche étudiante de Londres. « Les garçons de mon âge sont tellement immatures. Ce n'est pas comme vous. » Et la veuve d'une cinquantaine d'années à laquelle il s'était accroché au Portugal. « Ce n'est pas drôle d'aller seule au casino. Mon mari aussi était grand, mince et beau... »

Il avait baigné dans leur admiration exubérante ou chuchotée lorsqu'il les accompagnait aux tables où l'on jouait gros et ramassait plus tard sa part sur ce qu'elles avaient perdu.

Mais au cours des toutes dernières années, il avait compris que sa chance était subtilement en train de tourner. Il y avait trop longtemps qu'il n'avait pas gagné gros. Les femmes ne rechignaient pas à payer un dîner ou une suite, mais elles se montraient plus réticentes pour l'argent liquide. Il avait besoin de beaucoup de fric, pour lui redonner le sentiment d'avoir à nouveau un jeu gagnant en main quand on lui distribuait les cartes. C'est pourquoi, lorsque cette occasion s'était présentée à lui, il l'avait saisie. Ça doit être écrit dans les cartes, avait-il pensé. C'est mon premier bon filon.

Le trophée de ce premier travail était dans le coffre de son appartement à New York. Il ne l'avait portée qu'une seule fois en public, cette éblouissante montre de gousset avec sa chaînette d'une égale splendeur, toutes deux incrustées de pierres précieuses, très anciennes, d'une valeur inestimable, fabriquées au XVIe siècle pour un doge de Venise. Il avait prétexté qu'il serait trop dangereux de la vendre où que ce soit, qu'elle figurait sur toutes les listes de bijoux volés et qu'inévitablement on remonterait jusqu'à lui. Faux, naturellement. Il la voulait pour lui. Il désirait pouvoir la mettre quand il était seul, la porter avec la robe de chambre de brocart qui ressemblait tellement aux riches vêtements des doges et imaginer qu'il était le maître de Venise, celui qui avait construit la basilique Saint-Marc pour en faire sa chapelle privée.

Se détournant du miroir, Cameron se dirigea vers la table de toilette, passa avec un bruit sec sa Rolex, pâle ersatz de son trésor caché, et tendit la main vers sa boîte de cartes de visite. Non, pensa-t-il, en les remettant en place. Je ne les distribuerai à personne sur ce bateau. Ses cartes, discrètes, d'un goût exquis, gravées en relief sur un joli bristol, portaient l'adresse de son domicile, 66 Gramercy Park South, New York. Personne n'avait besoin de savoir qu'il habitait un immeuble sans ascenseur à loyer modéré. Techniquement parlant, il avait eu l'intelligence de vivre avec son père et de ne jamais prendre un logement à lui. Ces fumiers de propriétaires n'avaient jamais pu récupérer l'appartement quand le vieux pochard était tombé ivre mort pour la dernière fois. Sa profession déclarée était « conseiller en investissements privés », ce qui n'avait jamais manqué d'impressionner et avait satisfait la curiosité des gens concernant son absence de références professionnelles précises.

Cameron se sentait bien. Il avait l'impression d'être en veine. À la fin du voyage, deux corps seraient en train de ballotter sur l'Atlantique. Lorsqu'il se dirigea vers le bar, il imagina le moment où il toucherait deux cent mille dollars en liquide.

Gavin Gray entra dans le bar et y jeta un coup d'œil expert. Pas très intéressant, pensa-t-il. Il y avait là la brochette habituelle de couples, parmi lesquels il reconnaissait les voyageurs aguerris, et les autres, bien trop habillés pour la première soirée, rayonnants de joie, n'en revenant pas d'avoir la chance extraordinaire de faire partie des zéro virgule cinq pour cent de gens qui, sur terre, pouvaient s'offrir le luxe de traverser l'Atlantique en paquebot. Le ferry de Staten Island était probablement le plus gros bateau qu'ils eussent jamais pris jusque-là, pensa Gavin en les considérant avec dédain. Il serait facile d'éviter ces gens-là. Ils passeraient sans doute le plus clair de leur temps à écrire des cartes postales qui débutaient invariablement par « Nous aimerions que vous soyez ici ».

Il fut mécontent de voir que plusieurs tables du salon avaient été regroupées. Elles étaient occupées par une quinzaine de personnes qui commençaient déjà à rire grassement. Gavin déplorait la tendance qu'avaient les grandes sociétés à récompenser leurs meilleurs vendeurs par des croisières en première classe. Il y avait quelque chose de profondément vulgaire dans ce coude à coude avec des gens qui n'étaient à bord que parce qu'ils avaient réussi à fourguer un certain nombre de chasse-neige ou de systèmes d'ouverture de portes de garage à des clients naïfs. Après tout, quand la mode des croisières avait été lancée dans les années vingt, elles étaient en réalité destinées à la petite élite de ceux qui emmenaient leurs domestiques et étaient traités comme des rois. Il avait exprimé ces idées à quelqu'un lors de la dernière traversée et son interlocutrice, une blonde d'une vingtaine d'années tout en jambes, avait dit : « Au moins, ils paient. Un des officiers du bateau m'a dit qu'on vous offrait le voyage si vous acceptiez de danser et de jouer au bingo avec des vieilles dames aux cheveux teints en bleu. » Gavin avait découvert, mais trop tard, que la blonde tout en jambes était la fille du costaud qui dirigeait le Club des Supervendeurs.

Il commanda un gin-tonic et s'installa au bar. Il y avait trois ou quatre groupes de vieilles rombières qui sirotaient leurs vodkas. Il reconnut Sylvie Arden, la divorcée qui avait fait de multiples traversées à la recherche d'un riche mari. Deux voyages auparavant, elle lui avait confié que ses finances étaient au plus bas. Il lui fallait mettre sans tarder le grappin sur quelqu'un. « Vous y mettez trop de frénésie, ma chère, lui avait dit parfois Gavin pour la mettre en garde. Allez-y mollo. Vous leur rentrez dedans alors que vous devriez manœuvrer en douceur. » Mais il l'aimait bien. Sylvie était drôle et ils se comprenaient. Ils comparaient en catimini leurs notes sur les vieilles chouettes qu'il essayait d'enjôler et les vieux schnocks dont elle essayait de piquer la curiosité.

Gavin soupira. Au boulot, décida-t-il. Il avait remarqué

une table où deux dames d'une soixantaine d'années jetaient des regards avides sur la foule. Rhett Butler ne peut se libérer, mesdames, pensa-t-il en se dirigeant vers elles pour bavarder. Il s'arrêta brusquement quand il vit le couple qui se tenait à l'entrée du bar. Pas de doute. C'était elle. Nora Regan Reilly. Il n'y avait pas d'erreur possible. Cette petite silhouette svelte, ce joli visage, les cheveux blond cendré, courts et ondulés. Il l'avait reçue à la radio plusieurs fois et elle avait été une de ses dernières invitées avant que son émission fût supprimée il y avait un an de cela. Et lui, c'était son mari, l'entrepreneur de pompes funèbres. Tu parles d'un fichu boulot ! Gavin se précipita pour les accueillir, jouant immédiatement son rôle d'animateur de radio.

— Nora Regan Reilly, dit-il d'une voix retentissante.

— Chut.

Pris de panique, Nora et Luke tournèrent précipitamment la tête. Ils avaient repéré Regan et Lady Exner qui sortaient de l'ascenseur et ils se hâtaient de mettre une distance salutaire entre les arrivantes et eux. Il ne manquait plus que Gavin Gray, pensa Nora ; décidément, je n'aurai jamais un peu d'intimité au cours de ce voyage. Mon Dieu, les voilà.

Regan et Lady Exner étaient à moins de deux mètres. Regan croisa le regard de Nora et se mit à lui faire des signes désespérés de la main pour qu'elle file. Heureusement, Lady Exner s'était arrêtée pour allumer une cigarette et concentrait toute son attention sur le briquet dont la molette ne répondait visiblement pas à ses vigoureux coups de pouce.

Luke prit Gavin par le bras et le poussa vers une table isolée.

— Nous avons quelque chose à vous confier, expliqua-t-il à voix basse.

Ils lui dirent les choses carrément. Leur fille était à bord, jouant le rôle de dame de compagnie auprès d'une vieille dame, Lady Veronica Exner, dont le but dans la vie était d'amener Nora à collaborer à la rédaction de ses Mémoires. C'est pourquoi ils voulaient que personne ne reconnaisse en Mrs Luke Reilly Nora Regan Reilly, l'auteur de romans policiers.

— Je suis sûre que c'est une personne charmante, dit Nora, mais nous faisons vraiment cette croisière pour nous détendre et être ensemble.

Gavin eut la certitude d'être mort et de se retrouver au ciel. La fille de Nora Regan Reilly était la dame de compagnie de Lady Exner ! Et elles logeaient dans la suite Camelot. Il serait si facile de se lier d'amitié avec elles. Ses pensées allaient à la vitesse de l'éclair.

— Je comprends évidemment votre problème. Mes amis célèbres tiennent tous beaucoup à leur incognito.

Ses amis célèbres, pensa Nora. Les seuls auxquels il s'intéresse. On croirait qu'il a animé une émission de prestige à vingt heures trente au lieu de ce programme de radio ringard qui devait avoir trois auditeurs. Elle y était passée une fois et il avait consacré la moitié du temps à supplier le public de poser des questions. Luke et Regan avaient perdu une bonne demi-heure à essayer de capter ce poste. En vain, bien entendu. Quant à l'incognito, parlons-en. C'était plus fort que lui : il adorait glisser des noms de personnalités dans la conversation.

Gavin se pencha alors au-dessus de la table et leur fit un clin d'œil de conspirateur qui dura une éternité.

— Ce sera notre petit secret, affirma-t-il. En fait, je crois que je suis à la même table qu'elles. Dites à votre fille que je serai ravi d'accompagner Lady Exner dans certaines de ses activités. Il y a à bord une voyante qui attire invariablement les personnes âgées à ses séances. Pourquoi, mystère. (Gavin vida son verre et partit de son grand rire d'animateur de spectacles.) Sa spécialité est de prédire l'avenir, mais comme nombre d'entre elles donnent l'impression qu'elles ne vivront jamais assez longtemps pour revoir la terre, ses prédictions devraient se limiter au choix de ce qui, sur le menu du dîner, sera le plus facile à mastiquer. (Il se leva.) En vérité, elle devrait leur prédire à quel moment elles auront besoin des services de quelqu'un comme vous, hein, Luke ?

Non, pensa Luke. S'il y a quelqu'un de fichu par ici, c'est toi.

Je viens de l'échapper belle et je ne tiens pas à ce que ça se reproduise, pensa Regan ; je ne veux pas me trouver là au moment où le maître d'hôtel découvrira que la cigarette de Veronica a roussi le dos de sa veste quand il s'est penché pour vérifier le numéro de notre table.

— Belles dames, suivez-moi, dit-il avec un sourire.

Trois personnes avaient déjà pris place à la grande table ronde : un couple entre deux âges qui les accueillit chaleureusement, et une blonde platinée maigre comme un clou, élégamment vêtue, qui pouvait avoir entre cinquante et soixante ans. Elle était assise en face du couple. Joli coup, pensa Regan. Pas de doute que la femme seule avait laissé beaucoup de sièges vides autour d'elle dans l'espoir qu'ils seraient occupés par cet article rarissime sur les bateaux de croisière : des hommes seuls.

Le maître d'hôtel fit asseoir Veronica et installa Regan à sa gauche.

Des présentations générales suivirent. Mario et Immaculata Buttacavola avouèrent qu'ils en étaient à leur première croisière, aussi avaient-ils décidé de ne pas regarder à la dépense et de voyager en première classe.

Et Mario d'expliquer :

— Je travaille pour un hôtel ultrachic à Atlantic City, alors je me suis dit qu'il était grand temps pour moi et ma dame de goûter à la belle vie. En plus, vu que je m'occupe des banquets, peut-être que je pourrai me faire bien voir en ramenant des idées nouvelles sur la cuisine style croisière et le service des boissons. Tout le monde me dit que tout ce qu'on fait en croisière, c'est manger. (Il donna une tape sur son ventre généreux.) Je suis prêt.

Immaculata le regardait avec un tel air d'adoration que le regard pâmé que posait Nancy Reagan sur Ronald en devenait maussade.

— C'est comme une seconde lune de miel pour nous, gloussa-t-elle.

Sylvie Arden était de Palm Springs.

— J'adore voyager, dit-elle dans un soupir, mais je déteste faire et défaire mes bagages. C'est pourquoi la croisière est la solution idéale pour moi. Vous défaites vos bagages et vous vous amusez.

— Bonsoir.

Regan et les autres se retournèrent pour voir arriver un homme brun à l'allure élégante d'une bonne trentaine d'années. Les yeux de Sylvie se mirent à briller quand il choisit un siège entre Veronica et elle.

— Puis-je ? demanda-t-il.

— Je vous en prie ! répondirent en chœur Veronica et Sylvie.

Un peu plus tard, le siège à la gauche de Regan était occupé. Un homme à peu près de l'âge de son père, portant une veste jaune citron, se présenta sous le nom de Gavin Gray et salua la blonde platinée avec la familiarité d'un vieil ami.

— Ravi de vous voir, Sylvie, dit-il.

— Vous vous connaissez tous les deux ? s'écria Veronica en faisant de grands gestes avec le fume-cigarette qu'elle agitait sous le nez de Regan.

— Oh oui, répondit Gavin. Nous avons vécu ensemble nombre de ces aventures en mer. Vous comprenez, je suis originaire de Manhattan. Pendant de nombreuses années, j'ai été l'animateur des « Invités de Gavin », une émission de radio en vogue à New York. J'ai interviewé des milliers de célébrités. Maintenant, je suis à la retraite et l'intérêt que je porte aux gens m'a conduit à offrir mes services à la compagnie qui organise les croisières. Je suis l'un de vos hôtes.

Gavin Gray, pensa Regan, Gavin Gray. Je connais ce nom. Naturellement ! Elle était à New York quand sa mère était passée à cette émission. Nora l'appelait Gavin le Blablateur et disait qu'elle doutait qu'il eût jamais lu un livre avant d'interviewer l'auteur. Le cœur de Regan se serra. S'il repérait Nora et en parlait à Veronica, ça serait fichu.

Le brun à la droite de Veronica lança :

— Je suis Cameron Hardwick, de New York.

Il avait un joli sourire.

Veronica parla en son nom et en celui de Regan.

— Je suis Lady Veronica Exner, veuve du regretté Sir Gilbert Exner, et voici mon amie, Regan Reilly.

Les grands yeux bruns d'Immaculata Buttacavola s'emplirent de compassion.

— Avez-vous perdu votre mari récemment ? demanda-t-elle avec délicatesse.

— Il y a quarante ans, répondit vivement Veronica, avant d'ajouter : Parfois, j'ai l'impression que c'était hier.

Oh, bon sang, pensa Regan, pourvu qu'Immaculata je ne sais quoi ne demande pas à Veronica pendant combien de temps ils ont été mariés.

Regan Reilly, murmura Gavin Gray d'un ton rêveur. Quel nom charmant !

Il lui lança un regard entendu et lui fit un clin d'œil.

Le maître d'hôtel s'approcha, bloc en main.

— Aimeriez-vous commander quelque chose à boire maintenant ?

— Bonne idée.

Il était évident que Veronica s'était déjà désignée elle-même comme porte-parole.

— Mais, dites-moi. Est-ce que ces deux sièges resteront inoccupés ?

On sentait une nuance d'espoir dans sa question.

Regan ne put s'empêcher de remarquer que Sylvie Arden attendait la réponse en frémissant d'impatience.

— Bien sûr qu'ils seront occupés, lança un des deux hommes qui faisaient le tour de la table en se dirigeant vers les sièges vides.

Environ un mètre soixante-quinze, de corpulence moyenne, avec des cheveux bruns légèrement grisonnants et un peu clairsemés, il portait des lunettes à monture d'écaille qui agrandissaient ses yeux intelligents où perçait une lueur d'amusement. Son compagnon avait quelques centimètres de plus que lui, il était un peu plus trapu, et ses cheveux noirs brillants étaient tirés en arrière en une queue de cheval retenue par une barrette en diamants. Tous deux semblaient avoir à peine dépassé la quarantaine.

Regan vit les espoirs de Sylvie s'évaporer plus vite qu'une goutte d'eau sur un trottoir brûlant quand elle comprit que les nouveaux venus étaient un couple.

— Oh, vous arrivez à point nommé, lança Veronica avec exubérance. Nous allions commander notre sherry.

— Je ne prends pas de sherry, rétorqua Mario.

— Ça lui donne mal à la tête, se hâta d'expliquer Immaculata. Nous prenons généralement un cocktail avant le dîner. Une tequila surprise, ou bien un rye au gingembre, ou encore un old-fashioned. Dans les grandes occasions, je sors le mixer et je fais...

— Si nous commandions? intervint Cameron Hardwick, avec une note d'impatience dans la voix.

Le premier des nouveaux arrivants était assis à côté d'Immaculata. Il se tourna aussitôt vers elle avec un sourire chaleureux.

— Votre idée de prendre un old-fashioned est merveilleuse. Qui en prend un avec nous? Ça te plairait, Kenneth?

Le moment de tension disparut quand ils passèrent leurs commandes. Vous êtes un chic type, pensa Regan en souriant au nouvel arrivant de l'autre côté de la table. Quant à vous, Cameron Hardwick? se demanda-t-elle. Vous êtes beau, bien habillé, à un âge où les femmes devraient vous courir après, et vous voyagez seul. Pourquoi? Vous devez être un sale coco.

Les présentations recommencèrent. Regan fut soulagée de constater que, lors de ce tour de table, les gens ne donnaient que leur nom. Les derniers arrivés se présentèrent eux aussi.

— Je suis Dale Cohoon, dit celui qui portait des lunettes et qui avait fait tous les frais de la conversation, et voici mon ami, Kenneth Minard.

— Ravi de vous connaître. (Tout en tapotant ses cheveux derrière ses oreilles et en ajustant ses manchettes, Kenneth les gratifia d'un sourire nerveux.) Quelle précipitation! Dale et moi étions sur le pont à parfaire notre bronzage et nous étions si épuisés que nous nous sommes endormis profondément. Nous n'avons eu guère le temps de nous habiller correctement pour le dîner.

— Pauvre Kenneth. (Le ton de Dale était affectueux et compatissant.) Je l'ai traîné à travers toute l'Europe pour dénicher des antiquités pour mon magasin. Nous vivons à San Francisco.

— Des antiquités ! (Les yeux de Veronica s'animèrent.) J'adore flâner chez les antiquaires.

Flâner, ça doit être votre passe-temps principal, pensa Regan. D'après ce qu'elle avait vu à Llewellyn Hall, la seule véritable antiquité était l'installation sanitaire.

— Et quelle est votre profession, Kenneth ? s'enquit Veronica.

Elle pourrait remplacer Barbara Walters comme superstar des médias, pensa Regan.

— Je suis dans la haute coiffure, lui dit fièrement Kenneth.

Les apéritifs arrivèrent. Cameron Hardwick se mit à bavarder avec Lady Exner. Gavin écoutait les questions que lui posaient Mario et Immaculata sur les activités à bord. Regan regardait autour d'elle, appréciant le doux balancement du bateau alors qu'il fendait la nuit avec grâce. La pièce était décorée d'un motif bleu-vert rappelant l'océan qui lui servait de cadre. D'immenses baies vitrées allaient du sol au plafond aussi bien à bâbord qu'à tribord. La lune était claire et étincelait sur la mer ténébreuse. Les tables étaient maintenant toutes occupées, maîtres d'hôtel et serveurs s'affairaient à prendre les commandes et à faire circuler des plats en métal argenté. Le sommelier, une clé impressionnante accrochée autour du cou, débouchait une bouteille de Dom Pérignon avec des gestes théâtraux. Aux tables pour deux, certains couples souriaient, d'autres semblaient n'avoir plus rien à se dire depuis vingt ans. Un violoniste serpentait entre les tables, tenant fermement son instrument sous le menton. Que font les violonistes qui ont de petits mentons ? se demanda Regan. Ils passent leur vie à avoir mal au cou ?

Elle regarda par-dessus son épaule. D'où elle était assise, elle ne pouvait repérer Luke et Nora.

— Ils sont à la table du coin derrière le pilier, murmura Gavin Gray.

Regan le dévisagea.

— Pardon ?

Une fois encore, l'œil de Gavin se trouva réduit à une fente.

— Je suis un grand ami de votre mère et de votre père, dit-il d'une voix sifflante. J'ai bu un verre avec eux au bar et j'ai compris qu'ils se trouvaient dans une situation difficile. Ce sera notre petit secret.

Il lui saisit la main et la serra. Il cligna une nouvelle fois de l'œil et Regan se demanda si cela n'était pas chez lui un tic. Elle essaya de lui rendre son clin d'œil, mais eut l'air ridicule.

— Regan, vous avez quelque chose dans l'œil ? demanda Veronica.

— Non, ça va.

Regan prit nerveusement son verre de vin. J'espère au moins que je peux lui faire confiance, pensa-t-elle.

Le maître d'hôtel prit les commandes pour le repas. Regan, Lady Exner et Gavin optèrent pour le coq au vin. Kenneth et Dale commandèrent un carré d'agneau. Cameron et Sylvie préférèrent le steak au poivre. Mario et Immaculata mirent un temps fou pour choisir entre l'agneau et le steak. Ils tombèrent finalement d'accord pour commander un de chaque et partager. Ils commandèrent aussi une soupe à l'oignon. Alors que le serveur était sur le point de s'éloigner, Mario le retint et dit :

— Pourriez-vous aussi nous apporter quelques amuse-gueule au crabe ?

Tout au long du repas, la conversation oscilla entre une discussion générale et des échanges particuliers. Sylvie Arden se remit de sa déception initiale devant la piètre moisson d'hommes dignes d'intérêt et parla en connaisseur avec Dale Cohoon de meubles Régence. Mario se contenta de quelques grognements de satisfaction, sans dire un mot de tout le repas. Il sauçait méticuleusement son assiette avec un petit pain au levain.

Kenneth écoutait avec une patience d'ange la description que faisait Immaculata de ses adorables petits-enfants, « Concepcione dont le nom est en quelque sorte tiré du mien », et Mario III, « tout le portrait de son père ». Elle demanda au gros Mario de sortir son portefeuille et de faire circuler leurs photos à la ronde. Regan sourit et murmura quelques compliments polis sur les deux jeunes enfants aux joues rebondies.

Veronica était bien trop occupée à essayer d'allumer une de ses cigarettes éventées pour jeter davantage qu'un coup d'œil aux photos des jeunes Buttacavola. Elle les fit passer à Cameron Hardwick, qui eut l'air visiblement attristé et refila la collection à Sylvie. Un serveur se précipita pour aider Veronica, qui se mit à souffler et à haleter jusqu'à ce qu'une pâle lueur au bout de sa cigarette récompensât ses efforts. Cet acte accompli, Veronica raconta avec extase à quel point feu Sir Gilbert avait toujours raffolé du coq au vin. Elle poursuivit en décrivant par le menu la vie de son mari, déclarant que c'était un homme de la Renaissance qui écrivait de magnifiques poèmes. Lorsqu'elle fut enfin à bout de souffle, Sylvie changea rapidement de sujet en demandant à Gavin si le bracelet qui avait disparu lors de la dernière croisière avait été retrouvé.

— Pas que je sache, dit Gavin d'une voix un peu brusque.

— Un des stewards m'a raconté toute l'affaire, leur confia Sylvie. J'ai fait plusieurs traversées avec Mrs Watkins. Elle porte tellement de bijoux qu'elle ressemble à une vitrine de joaillier. Mais ce bracelet qu'elle a perdu valait vraiment une fortune. Ils ont annoncé qu'il y aurait une récompense de cinquante mille dollars pour celui qui le trouverait.

— Qu'est-ce qui s'est passé ? demanda Veronica, d'un air tout excité.

— Gavin, vous étiez là. Racontez-nous, répliqua Sylvie.

— Eh bien, j'étais sur le bateau, répondit Gavin, sur la défensive, mais il ne tarda pas à retrouver l'attitude d'un animateur plein de bonne humeur. Apparemment, il a glissé de son poignet. C'était le jour de la soirée du capitaine. Qui sait, n'importe qui peut l'avoir pris.

— D'après ce que m'a dit le steward, ils ont fouillé le bateau de fond en comble pour le retrouver, insista Sylvie. Mrs Watkins voyage fréquemment sur cette ligne, expliqua-t-elle à l'intention de toute la tablée. J'ai dû la rencontrer au moins une dizaine de fois. Elle jette l'argent par les fenêtres et elle réserve toujours la suite Camelot.

— C'est là que nous sommes, s'écria Veronica. Regan et moi sommes toutes seules là-haut. J'espérais que nous aurions des voisins, mais la suite de l'autre côté du couloir est inoccupée. (Elle tira une bouffée de sa cigarette.) Je vais ouvrir l'œil pour essayer de retrouver le trésor caché.

— Le steward est persuadé que le bracelet a quitté le bateau dans les bagages de quelqu'un, poursuivit Sylvie. Ils sont sûrs que celui qui l'a retrouvé l'a gardé. Je sais qu'il vaut une fortune, mais il me semblait terriblement voyant.

— Les bijoux anciens sont les seuls joyaux vraiment dignes de ce nom, fit remarquer Cameron Hardwick. Les vrais artistes en la matière sont morts il y a deux cents ans.

— J'ai un ami qui est spécialisé dans la vente de bijoux anciens et qui est d'accord avec vous, dit Dale. Êtes-vous collectionneur ?

— J'ai une ou deux pièces intéressantes, répondit Hardwick avec un sourire entendu.

Ce ne fut que lorsque Mario et Immaculata eurent fini leur corne d'abondance, un dessert présenté sur le menu comme « une symphonie de fruits frais dans une pâte feuilletée avec son coulis de framboise » et siroté leur cappuccino qu'Immaculata intervint dans la conversation, la reprenant là où Sylvie l'avait laissée :

— Il n'y a rien de pire que d'être volé. C'est comme une invasion. L'année dernière, quand nous avons rendu visite à Mario junior, à Roz et aux enfants — ils habitent à trente kilomètres de chez nous —, nous y avons en fin de compte passé la nuit. Par la grâce de Dieu, la voiture n'a pas démarré. Mario junior nous a proposé de nous prêter sa voiture, mais elle a un changement de vitesses à levier et le gros Mario n'a pas conduit de ce genre de voiture depuis trente ans. Alors en définitive nous avons couché dans la chambre d'amis. Comme ça nous pouvions faire réparer la voiture dans la matinée et reprendre la route. Les gamins aiment que nous passions la nuit chez eux. Cette nuit-là, notre maison a été cambriolée. Notre voisin a remarqué une voiture arrêtée devant chez nous vers onze heures. C'est exactement l'heure à laquelle nous serions arrivés si notre voiture avait démarré. Qui sait, nous aurions pu tomber sur les voleurs et nous faire tuer. J'ai su que quelque chose n'allait pas à l'instant où nous nous sommes arrêtés devant notre maison. Il y avait le vieux dentier de Mario sur le paillasson. Avec le neuf, il a plus de mal à mordre, alors il garde le vieux pour s'en servir à la maison. Il était dans le coffret à bijoux avec ses beaux boutons de manchettes et sa montre en or massif, et vous savez quoi ? Nous avons pensé que les voleurs devaient avoir de bonnes dents et qu'ils n'en avaient pas besoin. (Elle rit de bon cœur de s'être montrée si spirituelle.) Et ils ont pris tous mes bijoux, la bague que Mario m'avait offerte quand Mario junior est né, ils ont aussi pris l'argent liquide et l'argenterie... (Elle hocha la tête.) Mais je persiste à dire que si Roz n'avait pas insisté pour que nous restions... En fait, le moteur a commencé à tourner puis il a calé. Mario allait essayer encore, mais Roz a dit : « S'il rend l'âme sur l'autoroute, avec cette pluie, vous pourriez avoir un accident. » Elle n'a pas voulu nous laisser repartir. Et je pense qu'elle nous a sauvé la vie. Affreux, vraiment affreux. Savez-vous qu'une personne sur quatre aux États-Unis sera victime d'une agression dans sa vie ?

Regan était sur le point de donner étourdiment les statistiques exactes, ne fût-ce que pour endiguer le flot de paroles d'Immaculata, mais elle sut fermer son clapet à temps. Lors de ce voyage, Regan jugeait préférable d'éviter de parler de son métier.

Le sommelier se présenta à la table.

— Quelqu'un veut-il un cordial ou une liqueur ?

D'une seule voix, Kenneth, Dale, Sylvie, Cameron et Gavin dirent non, renversant presque leurs chaises en se levant précipitamment. Veronica fut d'accord pour prendre une crème de menthe avec les Buttacavola.

Regan se demanda à combien de kilomètres de l'Hudson ils se trouvaient.

Après le dîner, Cameron Hardwick se réfugia sur le pont. Il en avait plus qu'assez d'entendre Mario et Immaculata émettre des « ooh » et des « aah » à chaque bouchée de nourriture ou à chaque morceau de violon. Et il en avait sa claque de cette vieille chouette, de ce moulin à paroles qui lui agitait sous le nez son foutu fume-cigarette. Les cendres avaient atterri dans sa salade et son potage avant qu'elle ne le repose enfin pour attaquer son propre dîner.

Il espérait que lorsque le moment serait venu de se débarrasser d'elle, elle aurait mis son fume-cigarette et ses clopes dans sa poche et qu'ils disparaîtraient avec elle.

La brise nocturne était forte. Quelques personnes déambulaient, bras dessus bras dessous, sur le pont, mais la plupart des femmes, remarqua Cameron, faisaient demi-tour dès qu'elles sentaient le souffle d'air glacé. Elles craignent pour leur mise en pli, pensa-t-il dédaigneusement tandis qu'il croisait les bras sur le bastingage et observait les eaux sombres et le bouillonnement de l'écume sur le flanc du navire. C'est alors que, venant de sa gauche, il entendit une voix maintenant familière :

— Regan, ma chérie, quelle que soit la fraîcheur de l'air, sur terre comme en mer, je ne manque jamais de faire ma promenade quotidienne. Humez ce merveilleux et vivifiant parfum. Il témoigne de marées millénaires, montantes et descendantes. J'ai toujours adoré ce poème « Je dois à nouveau descendre vers la mer ».

— Veronica, moi aussi j'aime marcher. Mais remontons pour vous prendre une veste.

— Attendez, attendez. Voici notre cher Cameron Hardwick. Regan, si vous y tenez, allez donc chercher ma veste. J'attendrai avec Cameron et nous pourrons bavarder.

Hardwick sentit une main se poser sur son bras. Se montrant aussi charmant que possible, il tapota les doigts tachés de son.

— Quelle charmante surprise !

Il se demanda si Reilly pouvait lire dans ses pensées. Malgré l'obscurité, il voyait bien qu'elle l'observait.

— Je n'aime pas laisser Lady Exner seule dehors, lui dit-elle. Veronica, je souhaiterais vraiment...

— Ne vous inquiétez pas pour elle.

Cameron essaya de se montrer rassurant.

— En fait, je crois que nous devrions continuer à marcher. Nous irons jusqu'à la proue et, ensuite, nous ferons demi-tour. Nous resterons de ce côté-là du pont.

Le bras de Veronica était à présent fermement coincé sous le sien.

— Quel homme fort, minauda-t-elle.

— Vous me flattez, Lady Exner, dit-il d'un ton qui se voulait badin.

— Mais c'est vrai. Ce cher Gilbert était quelqu'un d'assez fragile. Un géant intellectuellement, mais un corps qui le faisait souffrir. Allez-y, Regan, ordonna-t-elle impérieusement. Ce cher Mr Hardwick me protège très bien.

Cela ne semble pas le déranger, pensa Regan. Je ne serai absente que cinq minutes, il peut bien rester auprès d'elle pendant ce temps. Et si je ne vais pas chercher sa veste, elle finira à l'infirmerie avec une pneumonie.

— Si vous n'y voyez pas d'inconvénient..., dit-elle en s'esquivant vers le salon.

— Quelle fille charmante et quelle angoissée, dit Veronica à Cameron alors qu'ils commençaient à se diriger vers la proue. Et quels gens intéressants nous avons à notre table. Ce cher Mr Gavin a offert de m'accompagner à la séance de mise en forme, demain matin. Ce cher Mr Cohoon va me donner quelques idées pour apporter un peu de lustre à Llewellyn Hall. Il a proposé de me rendre visite lors de son prochain voyage à Londres, en septembre. J'ai l'intention de demander à ce cher Mr Kenneth des conseils pour ma coiffure. Cela fait quatre ans que j'ai la même et il serait peut-être temps que j'en change. J'ai peur que le couple ne devienne un peu ennuyeux avec ses anecdotes sur ses petits-enfants, mais peut-être qu'au voyage de retour je serai moi-même intarissable sur mes nièces. J'ai hâte de les voir et de les faire entrer dans la famille. Philip, mon neveu, est un être adorable, dénué de sens pratique, mais une femme souhaite toujours avoir une fille, n'est-ce pas ? Évidemment, la fiancée de Philip est une pure merveille — si efficace, si réfléchie —, mais j'ai l'impression que je lui tape sur les nerfs. Et puis, la voix du sang est la plus forte, pas vrai ?

À présent, il n'y avait plus qu'eux sur ce côté du pont. Il faisait sombre. Lady Exner ne devait pas peser plus de quarante-cinq kilos. En un instant, il pourrait l'assommer d'un coup de poing pour empêcher qu'elle ne crie et la balancer ensuite par-dessus bord. Lorsque Regan Reilly reviendrait, il prétendrait qu'Exner était rentrée pour aller aux toilettes, puis il se débarrasserait d'elle de la même façon. Qui le soupçonnerait ? Ils venaient à peine de se rencontrer. Il était venu seul. Reilly et Exner étaient venues seules sur le pont...

Devait-il... ?

Oui.

Une occasion aussi parfaite ne se représenterait pas. Ils étaient arrivés à l'endroit où le pont était le plus obscur. Cameron écarta sa main restée libre.

Et entendit un bruit de pas.

De l'autre côté de la proue, venant de tribord, un couple s'approchait. Il entendit leurs voix avant de distinguer leurs silhouettes.

— Nora, tu n'es pas habillée assez chaudement. Allons à l'intérieur.

Quand ils se rapprochèrent encore, Hardwick constata que c'était le couple qu'il avait suivi le matin en montant à bord. Lorsqu'ils le virent près de la rambarde, en compagnie de Lady Exner, ils se détournèrent sans un mot et s'éloignèrent.

Le moment était passé. Cameron avait compris qu'en aucune façon il ne pouvait prendre le risque de se débarrasser de Lady Exner et de Regan Reilly sur un pont ouvert au public. Il lui fallait trouver une autre solution.

Avant de regagner leur suite, Veronica et Regan s'arrêtèrent près du piano-bar pour boire un dernier verre.

— J'ai besoin d'un petit quelque chose pour me réchauffer la moelle des os, ma chère Regan, et je crois qu'une goutte de scotch ferait l'affaire.

Veronica accapara les sièges près du piano et ses yeux commencèrent à s'embrumer tandis que le pianiste en smoking jouait des extraits du *Fantôme de l'Opéra*.

— Sir Gilbert aurait adoré ce spectacle, murmura-t-elle à l'oreille de Regan.

Une demi-heure plus tard, après que Veronica eut demandé qu'on lui joue *I Love You, Truly* et *Memory*, elles regagnèrent leur suite où le steward avait déjà préparé les lits.

— Il devrait y avoir assez de place pour nous deux dans les bras de Morphée, cette nuit, gazouilla Veronica, et puisque je n'ai pas reçu d'autres propositions, je devrai m'en contenter.

À ce moment-là, Regan comprit que Veronica avait vraiment réussi à chasser le froid de son corps. Tandis que Regan se déshabillait puis entrait dans la salle de bains et en sortait, Veronica continuait son monologue sans se laisser décourager par le bruit du robinet grand ouvert.

— Et disons une prière pour ce cher Gilbert. Je dois reconnaître qu'il était quelque peu agnostique, mais il versait une contribution annuelle à l'Église d'Angleterre et offrait toujours quelque chose à notre pasteur pour Noël.

Regan gravit les trois marches qui conduisaient à la salle de séjour et se glissa dans les draps avec gratitude, se demandant comment Veronica avait fait pour arriver à en apprendre autant sur Sir Gilbert en deux semaines de mariage.

Les prières de Veronica pour Sir Gilbert avaient dû

atteindre leur but. Trente secondes environ après que sa tête eut touché l'oreiller, les ronflements commencèrent. En fait de ronflement, se surprit à penser Regan, celui-ci était assez original. Un toussotement suivi d'un gargouillement liquide qui lui rappela qu'elle devait prendre rendez-vous chez le dentiste pour un détartrage.

Regan se mit en boule, se tortilla et essaya de trouver une position confortable. Ces oreillers sont trop durs, pensa-t-elle, en les bourrant de coups de poing. Ils seraient parfaits pour les clients de papa, marmotta-t-elle en s'allongeant sur le dos, mais en se retrouvant sans le vouloir bien trop redressée. Elle les tira par-dessous et les appuya contre ses oreilles, se nichant dans un petit fortin pour tenter d'assourdir la cacophonie qui émanait du grand lit.

D'habitude, elle sombrait rapidement dans le sommeil mais, ce soir-là, son esprit se refusait au calme. La première journée était passée et elle comprenait parfaitement pourquoi Philip tenait tant à ce que Veronica ne voyageât pas seule. Si Regan n'avait pas été là, Veronica aurait plongé du haut du bastingage. Pendant les quatre jours et demi à venir, jusqu'au moment où elle la confierait à sa nièce, Regan ou bien une autre personne de confiance ne devait pas lâcher Veronica d'une semelle.

Curieusement, elle était moins préoccupée par la journée mouvementée qu'elle venait de vivre que par certaines scènes de ce week-end à Oxford qui continuaient à s'insinuer dans ses pensées. La façon dont Kit et elle avaient plaisanté au sujet d'Athena. Sa propre conviction que, dix ans auparavant, Athena avait choisi de ne pas revenir au collège. C'était comme si elle pouvait sentir la présence d'Athena, entendre sa voix, rapide, chargée d'émotion. Il faut que j'appelle Livingston, pensa Regan, pour savoir s'il y a du nouveau. Mais c'est trop tard, pour ce soir.

Recroquevillée dans une position fœtale, Veronica ne se réveilla pas de la nuit. Pendant des heures, Regan resta éveillée, les yeux grands ouverts, tournés vers la terrasse, observant les ombres qui n'arrêtaient pas de changer à mesure que le bateau glissait sur l'Atlantique. Elle ferma les yeux un court instant puis les rouvrit et aperçut une ombre ressemblant à une silhouette humaine qui s'encadrait dans la baie de la terrasse. Elle se redressa brusquement et sentit son cœur bondir dans sa poitrine et sa gorge se nouer. En une fraction de seconde, la lune sortit de derrière les nuages et l'ombre disparut. Regan frissonna. Elle qui n'avait pratiquement jamais peur venait de traverser un moment de terreur à l'état pur. Elle déglutit rapidement. Est-ce que c'était ainsi que ça s'était passé pour Athena dans les derniers instants de sa vie ? Des larmes lui brûlèrent les yeux.

Qui avait bien pu la tuer ? En Grèce, les journaux locaux allaient s'en donner à cœur joie avec la mort d'Athena, d'autant plus qu'elle était survenue seulement huit mois après le meurtre de sa tante. Deux membres d'une famille riche et influente mourant de mort violente, ça faisait vendre les journaux. Si je pouvais lire une transcription de ce qui s'écrit dans la presse grecque, cela me remettrait peut-être en mémoire quelque chose que j'ai laissé échapper, pensa brusquement Regan. Lorsqu'elle appellerait Livingston dans la matinée, décida-t-elle, elle lui demanderait de se procurer les comptes rendus des journaux grecs et, après traduction, de les lui faxer sur le bateau. Ce projet était réconfortant. C'était au moins un début.

Elle finit par sombrer dans un sommeil agité où, dans ses rêves, les craquements et les grincements du bateau se transformaient en un bruit de pas lancés à sa poursuite. Ce fut Veronica qui la réveilla à huit heures.

— Réveillez-vous, l'endormie. Oh, comme j'aimerais pouvoir dormir avec l'abandon des jeunes. J'ai à peine fermé l'œil de la nuit.

Regan ouvrit les yeux pour voir Veronica vêtue d'une combinaison à rayures blanches et orange avec un bandeau assorti.

— Tout de suite après le petit déjeuner, il y a le cours de remise en forme. Je brûle d'impatience de rencontrer les gens qui y participent. Dépêchez-vous de vous préparer. Nous descendrons au pont Lido pour prendre notre café avec des petits pains. Je ne veux pas gaspiller une minute de cette aventure.

Regan prit une douche rapide, ses rêves à demi oubliés mais la pensée d'Athena continuant à l'obnubiler. Elle avait le sentiment de se trouver dans un long couloir aux nombreuses portes sans savoir laquelle ouvrir. Elle aurait aimé pouvoir en parler avec Jeff. Elle l'utilisait parfois pour tester ses impressions, ce qui lui permettait de clarifier ses idées.

Quand elle ouvrit la porte de la salle de bains, elle faillit bousculer Veronica qui avait la main sur la poignée.

— Ne prenez pas des douches aussi longues, Regan. Cela va dessécher votre jolie peau de jeune fille. Et maintenant, allons-y. Notre public nous attend.

Mardi 23 juin 1992

Gavin Gray ne put jouir d'une nuit de sommeil complète. Des visions d'un bracelet en diamants et en émeraudes dansèrent dans ses rêves. Quand il le récupérerait et le convertirait en espèces, il aurait au moins un million de dollars. Net d'impôts. Bien investi, cela pouvait signifier des revenus annuels de quatre-vingt-dix mille dollars. Avec ça, il pourrait louer un château et vivre comme un roi sur la Costa del Sol, en Espagne. Loin des semblables de Veronica Exner et de la vieille Mrs Watkins, sans parler des Buttinsky ou Machinchose. Il n'aurait plus jamais à poser les yeux sur une carte de bingo.

À six heures et demie, lorsque le soleil filtra à travers le brouillard, Gavin se leva, se doucha et passa un survêtement. Il décida d'aller prendre son petit déjeuner au buffet près de la piscine. De cette manière, il était sûr de manger rapidement. Il avait besoin de plusieurs tasses de café serré avant d'aller se contorsionner comme un singe en compagnie de Veronica et des autres vieux débris du cours de remise en forme.

C'était une sage décision. Il disposa avec soin le café, le

jus d'orange pressée et un croissant feuilleté, tout chaud, sur un plateau qu'il emporta à une table près du bastingage. La brise était fraîche et l'odeur piquante du sel dissipa les débuts d'un mal de tête qui menaçait de s'aggraver. Regardant l'océan bleu-vert avec sa houle mouchetée d'écume, Gavin fut à nouveau frappé de stupeur devant la solitude du navire. L'immense étendue d'eau qui léchait ses flancs s'étendait sur des kilomètres et des kilomètres sans qu'aucun autre signe de vie vienne la troubler. Gavin but une gorgée de son jus d'orange. Difficile de croire que partout, en ce moment même, des barges étaient probablement en train de déverser des tonnes de déchets dans les profondeurs de l'océan.

Revigoré par sa seconde tasse de café, Gavin consulta sa montre. Il était temps de gagner le salon où devait se tenir le cours de remise en forme. Il arriva juste au moment où Regan Reilly et Lady Exner entraient dans la salle par la porte opposée. Gavin remarqua que Lady Exner avait les yeux terriblement brillants alors que Miss Reilly paraissait manquer de sommeil. Après les avoir saluées chaleureusement, il prit le bras de Lady Exner en un geste possessif et congédia Regan d'un clin d'œil, l'assurant que tout irait bien.

Dès que le moniteur frappa dans ses mains et lança : « À vos places, tout le monde », Regan quitta la salle. Lorsqu'elle avait pris sa douche, elle avait donné un coup de fil rapide, depuis le téléphone de la salle de bains, à Luke et Nora et elle savait qu'ils l'attendaient dans leur cabine.

Nora et Luke prenaient tranquillement leur petit déjeuner dans le salon de leur suite. Il y avait un couvert supplémentaire et Regan s'assit avec un soupir de soulagement tandis que Nora versait le café dans sa tasse. Nora portait une robe de chambre en soie rose et Regan pensa, admirative, combien l'absence de maquillage lui allait bien. Luke avait déjà revêtu un survêtement bleu marine qui, sur lui, ressemblait presque à un complet veston.

La suite était décorée dans les tons ivoire et pêche. Le soleil entrait à flots par les hublots et Regan sentit qu'elle commençait à se détendre.

— J'ai exactement trois quarts d'heure avant d'aller chercher Veronica, prévint-elle.

— Comment ça se passe, mon chou ? demanda Nora avec une expression amusée.

— Ça me rappelle quand on va à un premier rendez-vous et qu'on sait au bout de dix minutes qu'on a commis une grosse erreur et que la soirée sera longue.

— Le problème, c'est qu'ici, ce premier rendez-vous va durer cinq jours, observa Luke.

— Merci papa. Je croyais que dans ton travail, on était là pour apporter une certaine consolation. (Regan bâilla.) Veronica ne me laisse pas une minute de répit. La réception qu'elle avait organisée pour nous ce week-end a pris un tour tout à fait inattendu. Vous vous souvenez de ma compagne de chambre, Athena, à Saint-Polycarp ?

— Ongles Noirs ? murmura Nora. Elle s'est enfuie, ou quelque chose comme ça ?

— En fait de « quelque chose comme ça », elle a été assassinée, dit Regan.

Tandis qu'ils l'écoutaient, les traits bouleversés, elle raconta comment on avait découvert le corps d'Athena.

— Le commissaire Livingston m'a demandé d'essayer de me rappeler tout ce qu'Athena aurait pu me dire de ses projets de rendez-vous. Ça a été le grand trou de mémoire, mais je vais récupérer mon journal dans le grenier, à la maison, et voir si ça peut m'aider, et j'ai aussi une autre idée…

Regan leur parla de son intention d'appeler Livingston et de lui demander d'envoyer par fax les articles des journaux grecs concernant la mort d'Athena.

— C'est une bonne idée, dit Nora, pensive. C'est comme un enquêteur reprenant, des années plus tard, le dossier d'un crime non élucidé, et découvrant quelque chose qui lui a échappé la première fois.

Regan demanda un appel mer-terre depuis leur téléphone. En attendant que la liaison fût établie, elle s'assit sur la causeuse.

— Vous me direz combien ça coûte. Je ne veux pas qu'on le mette sur la note de Veronica.

Nora et Luke sourirent.

— Bien sûr qu'on t'enverra la note, dit Luke d'une voix traînante. À propos, tu as pris deux tasses de café, un jus d'orange et un demi-petit pain au son.

Regan surveillait nerveusement la pendule quand l'opérateur rappela pour lui dire qu'elle avait le commissaire Livingston en ligne. Elle déclina rapidement son identité et expliqua ce qu'elle envisageait à propos des journaux grecs.

— Je vous les envoie tout de suite, lui dit l'officier de police. Nous pouvons les faire traduire rapidement et peut-être y a-t-il un journal en langue anglaise dans la région où habite la famille. De notre côté, nous n'avons rien découvert d'intéressant. Mais il faut que vous sachiez autre chose. Miss Atwater l'a échappé belle. Elle s'en tirera, mais nous avons trouvé des traces de poison dans son organisme.

— Penelope a été empoisonnée ? (Regan étreignit le combiné, elle n'en croyait pas ses oreilles.) Mais comment ça ?

Le ton de Livingston devint circonspect :

— Apparemment elle avait préparé une pâte à tartiner pour le cocktail de Lady Exner. D'après ce qu'elle nous a dit, elle a mangé les derniers canapés dans sa chambre, dimanche soir. La bonne a trouvé des miettes sur le couvre-lit. Cela me rappelle la bonne vieille blague « Venez manger des biscuits dans mon lit quand vous voulez. » Mon Dieu ! Lorsqu'on a découvert le poison dans son organisme, nous avons ouvert immédiatement une enquête et nous avons eu la chance qu'elle soit, si j'ai bien compris, une dame un peu désordonnée, d'où les miettes.

— Est-il possible qu'elle ait commis une erreur et qu'elle ait mis elle-même quelque chose dans la pâte ? demanda Regan.

— La plupart des gens n'entreposent pas de l'arsenic sur une étagère de l'office, fit remarquer Livingston. Très curieux, toute cette affaire. Je vous faxe les coupures de presse dès que je les reçois et j'espère bien qu'elles vous aideront à faire travailler votre mémoire.

Regan raccrocha. En toute hâte, elle mit Luke et Nora au courant de ce qui était arrivé à Penelope avant de dire :

— Il faut que j'y aille. Gavin le Blablateur doit ramener Veronica à notre suite, et les exercices de sauvetage à bord commencent dans un quart d'heure.

Alors qu'elle franchissait la porte en trombe, Nora lui lança :

— Regan. Je suis inquiète. Le corps d'Athena a été découvert près de la propriété des Exner et c'est là que cette Penelope a été empoisonnée. Pour l'amour du ciel, sois prudente !

— Contractez bien ces fesses-là. Et tenez la position. Et un et deux et trois. Et maintenant, relâchez, et deux et trois. Contractez, et deux, fort, plus fort, relâchez...

Gavin regarda autour de lui. Ces gens pouvaient rester assis là jusqu'au Jugement dernier à se contracter les miches, ce n'était pas encore ça qui leur raffermirait le cul. Remise en forme. Quelle plaisanterie ! Autant demander à un téléspectateur avachi de se faire des muscles en appuyant d'une main sur la télécommande et en portant des chocolats à sa bouche de l'autre. Mais à voir l'expression des visages de tous les vieillards qui entouraient Gavin, il était évident qu'ils pensaient que ça en valait la peine. Peut-être à cause de toutes ces contractions.

Trois quarts d'heure plus tard, le jeune moniteur musclé hurla : « Merci à vououous tououous ! » tandis qu'il applaudissait avec enthousiasme. « À demain et faites attention à toutes ces nourritures qui font grossir qu'on vous sert à longueur de journée. Amusez-vous ! Sortez et allez prendre un bol d'air marin ! »

— J'y vais, j'y vais, s'écria Veronica. Mais il faut d'abord que nous nous préparions tous pour l'exercice de sauvetage.

Cette proclamation tomba dans les oreilles de ses compagnons d'exercices qui hochèrent la tête en signe d'assentiment et murmurèrent :

— Oh ouiiii, mummmm, c'est vrai.

Veronica sauta sur ses pieds.

— Gavin, on va voir qui arrivera le premier à ma suite.

Elle disparut en un éclair.

Gavin extirpa son corps, ni trop lourd ni trop svelte, du fauteuil et s'élança derrière elle. Veronica courait en zigzag. Son corps changeait souvent de cap, allait de tribord à bâbord puis revenait à tribord dans le dédale des couloirs et des escaliers, au rythme des craquements et des oscillations du navire. Au moment où elle atteignait sa porte, il lui saisit le bras.

— Lady Exner, j'ai eu rudement du mal à vous suivre.

Il eut un rire forcé. Cette femme est en train de me précipiter dans ma tombe, pensa-t-il. Ou sinon, de me rendre cinglé.

— L'exercice libère l'endorphine qui procure une sensation de bien-être et d'énergie. C'est exactement comme pour le sentiment amoureux : manger du chocolat est un excellent substitut. Tiens, à propos. J'ai une barre de Mars que je vais partager avec vous.

Elle lui sourit.

Peut-être que Clovis, mon ex-femme, n'était pas si mauvaise après tout, pensa Gavin.

Quand ils pénétrèrent dans la suite, le cœur de Gavin se mit à battre encore plus fort. Peut-être que j'aurai la chance de piquer le bracelet, pensa-t-il. On n'était que mardi, mais si l'occasion se présentait…

— Excusez-moi, mais comme on dit en mer, il faut que j'aille aux latrines.

Veronica rougit. Avec un rire idiot, elle ferma la porte de la salle de bains.

Gavin resta là, n'en croyant pas sa chance. Il regarda autour de lui et repéra le petit tabouret devant la coiffeuse de la partie chambre à coucher. C'était le moment ou jamais. Il faudrait bien quelques minutes à Lady Exner pour s'extraire du survêtement qu'elle portait et quelques minutes de plus pour le remettre.

Il se précipita, saisit le tabouret à deux mains et escalada vivement les marches jusqu'au placard. Il était naturel qu'il aille chercher les gilets de sauvetage pour elle. Il pouvait les prendre sans difficulté, mais il savait qu'il avait poussé le bracelet si loin sur l'étagère du haut qu'il lui fallait monter sur quelque chose pour pouvoir l'atteindre. Ce qui paraîtrait louche même à une idiote comme Lady Exner.

Ouvrant la porte du placard, il se trouva une fois de plus confronté au méchant regard des bouées orange. Je n'aurais jamais dû balancer ce bracelet sur l'étagère du haut, pensa-t-il avec colère. Il approcha le tabouret et, assurant soigneusement son équilibre, posa les deux pieds sur le coussin habituellement réservé à des postérieurs fortunés. Saisissant le chambranle, il se hissait quand il entendit au même moment le bruit de la chasse d'eau annonçant le retour imminent de Lady Exner. Il allongea le bras et fouilla à la recherche du bracelet. L'eau coula une nouvelle fois dans la cuvette et il entendit à l'extérieur la voix de Regan Reilly bavardant avec le steward tout en mettant sa clé dans la serrure. N'étant pas assez près pour repérer son trésor caché, il sauta en arrière, referma nerveusement la porte, se précipita vers le divan avec le tabouret, le posa et y étendit sa jambe gauche.

— Regan, vous arrivez pile. Mr Gray est ici afin de nous donner des instructions personnelles pour l'exercice de sauvetage. Il est si gentil.

Comme Veronica se dirigeait vers le séjour, elle ajouta :

— Oh, mon cher, vous avez mal à la jambe ?

— Je crois que c'est à cause de toute cette gymnastique. J'ai dû réveiller une ancienne blessure que je me suis faite au mollet quand je faisais du ski nautique dans les Hampton lors d'une réception donnée par une grande célébrité. Mais ça ira.

Regan se demanda si c'était une première. Elle ne pouvait imaginer qu'il y eût beaucoup de gens, en dehors de

Gavin le Blablateur, capables de quitter une séance de remise en forme avec des douleurs.

— Préparons-nous, tant qu'à faire, dit Regan gaiement. Allons sortir ces gilets de sauvetage.

Cameron Hardwick n'était pas content de voir que Gavin Gray avait été affecté au même poste de sauvetage que lui. Hardwick se tenait délibérément un peu à l'écart du groupe, agacé par les gloussements nerveux que poussaient ses compagnons en s'aidant mutuellement à serrer les sangles de leurs gilets de sauvetage et en se racontant des histoires de gens de leur connaissance dont le bateau avait dû être évacué. Un idiot se mit à chanter : « Plus près de Toi mon Dieu » en l'honneur du *Titanic*, mais il se décida finalement à se taire après avoir été foudroyé du regard par l'officier de service qui récitait son couplet sur les procédures d'urgence.

Gray se tenait près de l'officier et Hardwick pouvait l'observer tout à son aise. Ses yeux se réduisirent à des fentes quand il se rendit compte que Gray avait le visage congestionné et un tic sous l'œil. Il lui était sûrement arrivé quelque chose, pensa Hardwick, et il se demanda ce que cela pouvait être. Ce matin, posté de l'autre côté du pont, Hardwick avait épié Lady Exner et Regan Reilly pendant qu'elles prenaient leur petit déjeuner et il les avait suivies de loin jusqu'au bar. Lorsqu'il s'était avéré que Gavin Gray allait rester avec Exner au cours de culture physique, il était parti. Maintenant, alors qu'il continuait à observer le visage tendu, affolé, de Gray, la contrariété fit place à la curiosité. Il savait qui était Gray. Un de ces cavaliers professionnels que les bateaux engagent pour faire danser les femmes seules et vieilles. Mais il n'était certainement pas dans les attributions de Gray de tortiller du cul dans un cours de culture physique. Pourquoi s'intéressait-il tant à Exner : allait-il poser un autre problème ? Cameron estima qu'il était temps de mettre la main sur une clé de la suite d'Exner et sur celle de la suite vide de l'autre côté du couloir. Il s'éloigna en catimini du poste de sauvetage et entra dans le bar. Comme il l'espérait, il était désert. S'assurant que personne ne l'observait, il alla jusqu'à l'escalier et monta au pont supérieur. Lorsqu'il y arriva, le silence le convainquit que le steward de service assistait aux exercices de sauvetage. Hardwick se rendit sans bruit jusqu'à la petite pièce qui lui servait d'office tout au bout, au détour du couloir et juste après la suite de Lady Exner. La porte n'était pas fermée à clé. Il se glissa à l'intérieur, son regard passant rapidement du bureau à la chaise, et du classeur au panneau mural qui devait s'allumer quand un passager sonnait.

Cameron fouilla les tiroirs du bureau. Il y avait un tas de bordereaux et de règlements plutôt en désordre, des trombones et des stylos, des miettes et des bonbons. Le tiroir du bas contenait une demi-bouteille de Jack Daniels. Cameron leva les sourcils. Un steward qui picolait pendant son service était probablement assez négligent. Pourvu que le steward de nuit aime boire.

Il se dirigea vers le classeur. Comme il l'avait espéré, il n'était pas fermé à clé. Il n'y avait qu'une dizaine de dossiers, mais dans le dernier, il trouva ce qu'il cherchait. Un trousseau de clés avec trois doubles de clés pour les deux suites. Il en vola une de chaque.

Quand il quitta l'office du steward, il entendit le ronronnement de l'ascenseur. L'escalier était au bout du long couloir. Il n'aurait pas le temps d'y arriver sans être vu. À pas de géant, il courut jusqu'à la suite inoccupée et entra. Il venait juste de fermer la porte quand il entendit la voix haut perchée de Lady Exner disant à Regan que l'exercice de sauvetage avait été absolument sensationnel.

Hardwick s'appuya contre la porte et laissa échapper un sifflement silencieux. Si Reilly l'avait vu ici, cela aurait déclenché des signaux d'alarme dans sa tête. Il avait pris un risque, mais en sentant les clés dans sa main, il savait que ça en valait la peine.

Les doubles rideaux étaient tirés, mais il était possible de distinguer la disposition de la suite. Il l'étudia soigneusement. Indubitablement, c'était la réplique de celle qu'habitaient Exner et Reilly. Il n'y avait nulle part où se cacher. Le seul espoir qu'il avait d'arriver jusqu'à elles était de se glisser dans leur suite au milieu de la nuit et de jouer sur la surprise. Il ne serait pas difficile de s'occuper de la vieille dame. C'était Reilly qui pourrait poser un problème.

Il étudia le canapé. C'était de toute évidence un convertible. Ça devait être là que dormait Reilly dans l'autre suite. Même en supposant qu'elle fût éveillée et l'entendît entrer, en profitant de l'effet de surprise, il pourrait l'assommer avant qu'elle eût eu le temps de crier ou d'atteindre le téléphone. Du canapé, il courut jusqu'au vestibule. Huit secondes. C'était tout le temps qu'il lui fallait.

Il y avait un seul problème. Si du sang éclaboussait l'un ou l'autre lit, personne ne croirait que les deux femmes avaient disparu alors que Reilly essayait d'empêcher Exner de tomber de la terrasse.

Un oreiller. Sur leurs visages. Ainsi, pas de traces. Dans la pénombre de la suite silencieuse, Cameron Hardwick sourit. Les gouttes qui rendaient les gens lentement inconscients et qui lui avaient été si utiles dans les casinos lui serviraient de nouveau. Il fallait deux heures pour qu'elles fissent complètement leur effet. Il ne serait pas très difficile d'en verser dans le verre d'Exner au dîner, ou alors il s'arrangerait pour boire un dernier verre avec Reilly et elle dans un des bars. Il serait imprudent de les droguer toutes les deux. Si elles commençaient à perdre conscience en même temps, cela éveillerait la méfiance de Reilly.

Il avait quatre nuits pour agir, mais ce serait au cours de la dernière, celle de vendredi, qu'il y aurait le moins de danger. Dans la confusion créée par l'entrée à quai tôt dans la matinée de samedi, on ne remarquerait pas immédiatement leur absence.

Le plan marcherait. Il s'en assurerait. Et la semaine prochaine, il ramasserait les deux cent mille dollars qui l'attendaient dans le coffre-fort.

Hardwick colla son oreille contre la porte extérieure de la suite et écouta. Il entendit un léger bourdonnement, puis la voix du steward :

— Des fleurs pour vous, Lady Exner.

Hardwick entrebâilla la porte. Lorsque le dos du steward disparut dans l'autre suite, il enfila en vitesse le couloir jusqu'à l'escalier et alla se perdre dans l'anonymat des pièces communes.

Oxford

À son quartier général d'Oxford, le commissaire Livingston avait été très content d'avoir si tôt des nouvelles de Regan Reilly. Après lui avoir dit au revoir, il raccrocha le téléphone, fit pivoter son siège pour se trouver face à la fenêtre et se renversa dans son fauteuil, sa position favorite pour réfléchir. Il approuvait la suggestion de Regan de se procurer les articles publiés dans les journaux locaux grecs sur la mort d'Athena Popolous. L'avocat de la famille Popolous avait pris des dispositions pour qu'on rapatriât le corps en Grèce. Apparemment les parents vivaient retirés du monde. Bien qu'ils n'eussent pas vu leur fille depuis plus de dix ans, ils s'étaient toujours raccrochés à l'espoir qu'elle reviendrait un jour.

En revoyant le vieux dossier aussi bien que lors de ses conversations avec l'avocat, il avait acquis la certitude que la famille Popolous était à la fois riche et influente. La découverte du corps de la jeune fille disparue constituerait à coup sûr une nouvelle de première importance pour les médias à Athènes. Repoussant l'irritation qu'il avait ressentie parce qu'il n'avait pas pensé le premier à se procurer les journaux, Livingston décrocha à nouveau le téléphone. Lorsqu'il quitta son bureau un quart d'heure plus tard, c'était avec l'assurance que les exemplaires des journaux rendant compte de l'affaire Popolous seraient traduits, et envoyés par fax à lui-même et à Regan Reilly sur le *Queen Guinevere*.

Il ne lui fallut que cinq minutes pour se rendre en voiture

au chevet de Penelope Atwater au Royal Oxford Hospital. Il s'arma de courage pour affronter la vision plutôt désagréable de Penelope, telle qu'il l'avait vue la nuit précédente, pâle comme la mort, les lèvres craquelées et sèches, des tubes d'intraveineuses attachés à ses bras grassouillets, une chemise d'hôpital révélant un état presque inconcevable, le tout baignant dans une puanteur diffuse qui ne laissait aucun doute sur la condition épouvantable de ses intestins.

Après avoir laissé sa Renault dans le parking, Livingston respira quelques bouffées d'air frais avant de pousser résolument la porte à tambour pour pénétrer dans l'entrée presque vide. Le concierge qui passait la serpillière sur le sol carrelé utilisait un produit d'entretien vert foncé qui lui brûlait à chaque fois les yeux et faisait apparaître de petites cloques sur son cou déjà irrité par le feu du rasoir. Livingston se précipita vers l'employée chargée de distribuer des laissez-passer aux visiteurs. Celle-ci portait un uniforme à rayures rouges et blanches et un badge proclamant qu'elle avait consacré volontairement dix mille heures de son temps au Royal Oxford Hospital.

Quelle vie, pensa Livingston en demandant un laissez-passer pour rendre visite à la pauvre Penelope. Il se précipita vers l'ascenseur en se grattant le cou. Si je devais passer dix mille heures dans cette entrée, je serais atteint d'urticaire à vie, pensa-t-il.

Penelope Atwater était dans la chambre 210. Pour autant que ce fût possible, estima Livingston, elle avait l'air plus mal en point ce jour-là que la veille au soir. En approchant une chaise du lit, il éprouva vraiment des scrupules à l'interroger. Quand elle respira, tournée vers lui, il se prit lui-même en pitié. Il attendit patiemment, alors qu'en réponse à ses questions sur son état de santé, elle le submergeait de renseignements précis dont il n'avait nul besoin.

— Mais, dit-elle d'une voix rauque, au moins je suis en vie ; je ne peux pas en dire autant de ma bonne vieille compagne de chambre.

Livingston regarda le lit défait sous la fenêtre.

— Je suppose qu'elle est sortie de l'hôpital.

— C'est une façon de parler, éructa-t-elle. Oh, je vous demande pardon.

— Hum, oui, bien sûr. (Livingston en vint à l'affaire qui l'occupait.) Miss Atwater, ça m'ennuie vraiment de vous tourmenter, mais vous semblez tellement convaincue qu'il est absolument impossible que vous ayez pu mettre de l'arsenic par erreur dans vos hors-d'œuvre.

— Je les appelle mes délices sur canapés, dit-elle d'une voix chevrotante.

— Bon, bon. Maintenant, si mes notes sont exactes, vous avez monté dans votre chambre le reste de… de vos délices sur canapés. Cela indiquerait que, puisqu'ils viennent tous de la même fournée, s'ils avaient été tous mangés par les invités le samedi soir ou le dimanche après-midi, quelqu'un d'autre aurait été malade. Le fait que vous soyez la seule à avoir été malade après avoir emporté ce qui restait dans votre chambre est plutôt curieux.

Livingston sortit son carnet de notes et le feuilleta rapidement.

— Vous ne vous sentiez pas particulièrement bien samedi soir, mais vous étiez suffisamment remise pour déguster encore quelques-uns de vos canapés le dimanche après-midi et prendre un dîner normal.

— Oh oui ! (Les yeux de Miss Atwater brillaient.) Pour le dîner de dimanche, après votre départ et celui des jeunes dames, Lady Exner, Val, Philip et moi avons mangé des saucisses-purée. Vous comprenez, samedi soir, je n'éprouvais qu'une légère indisposition, tout à fait normale pour quelqu'un qui a une constitution fragile. C'était très différent dimanche soir. Ce n'est qu'après être montée dans ma chambre et avoir mangé les derniers canapés qui étaient sur ma table de nuit que je me suis sentie sérieusement malade.

Livingston la regarda d'un œil pénétrant.

— J'avais cru comprendre que vous aviez apporté les canapés restants quand vous étiez allée vous coucher dimanche soir. Voulez-vous dire que vous les aviez laissés dans votre chambre plus tôt ?

Penelope prit un air coupable.

— Vous comprenez, ils avaient un tel succès que je craignais que les filles ne les mangent tous, alors, quand je me suis excusée un moment, j'en ai glissé six ou sept dans une serviette et je les ai emportés dans ma chambre.

— Ils étaient donc dans votre chambre à portée de vue de tous durant presque tout l'après-midi et la soirée ?

Penelope sembla finalement comprendre le sens de cet interrogatoire. Elle ouvrit de grands yeux. Sa bouche forma un O. Ses mains grassouillettes étreignirent la chemise d'hôpital.

— Vous voulez dire que quelqu'un pourrait les avoir saupoudrés d'arsenic quand ils étaient dans ma chambre ? Mais qui ? Et pourquoi ?

Livingston se leva. Il lui tapota l'épaule.

— C'est ce que j'ai l'intention de découvrir.

En quittant l'hôpital, Livingston prit une décision rapide. En tournant à droite, il se dirigerait vers Llewellyn Hall. En tournant à gauche, vers la grand-rue d'Oxford et le pub Kings Arms. Il opta pour la dernière solution, estimant qu'un sandwich et une tasse de thé avalés en vitesse lui feraient le plus grand bien avant de rencontrer Philip Whitcomb, sa fiancée, Val Twyler, et la bonne pour un nouvel interrogatoire. Philip leur avait affirmé qu'il resterait à Llewellyn Hall toute la journée.

Il était encore tôt pour déjeuner et le pub était presque vide. Livingston commanda un sandwich fromage-tomate et du thé. Le garçon venait juste de le servir quand la porte s'ouvrit et qu'il entendit crier son nom. Claire James se précipita vers sa table.

— Bonjour, commissaire. Quelle surprise de vous voir ! Oh, vous avez pris exactement ce que j'avais l'intention de commander. Puis-je me joindre à vous ?

Elle n'attendit même pas qu'il lui fît un signe d'assentiment pour se glisser sur le siège en face de lui.

Livingston avait espéré prendre un déjeuner tranquille, ce qui lui aurait permis de réfléchir, mais d'un autre côté, pensa-t-il, cette jeune femme avait été au collège avec Athena Popolous, et l'occasion de parler en tête à tête avec elle pouvait se révéler fructueuse. Toute nouvelle information, si mince fût-elle, pouvait certainement être utile ; de plus, il dut s'avouer que Claire James était très séduisante dans sa tenue moulante de cycliste.

Tout en faisant signe au serveur, Claire expliqua qu'elle devait rester à Oxford encore deux jours après la réunion.

— Je m'ennuie un peu, maintenant que toutes les autres sont parties. Mais mon fiancé doit me retrouver ici demain, ensuite nous partirons pour l'Écosse. J'adore voyager.

Le garçon arriva.

— Je prendrai la même chose que ce charmant monsieur, dit-elle en adressant un sourire faussement timide à Livingston.

Après quoi, Claire se pencha en avant, prit un air de conspiratrice et baissa la voix jusqu'à ce qu'elle ne fût presque qu'un murmure :

— Avez-vous déjà découvert qui a étranglé la pauvre Athena ?

Livingston essaya de ne pas avoir l'air contrarié.

— L'enquête suit son cours.

— Eh bien, j'imagine que la piste doit être rudement froide au bout de dix ans. Qui sait, peut-être que son assassin est mort.

Claire ouvrit de grands yeux, apparemment séduite par cette possibilité.

Livingston mordit rageusement dans le sandwich qu'il aurait bien aimé pouvoir savourer.

— J'ai entendu parler de la pauvre Penelope. Quand je l'ai vue fourrer tous ces canapés dans une serviette, j'ai su qu'elle serait malade.

Les yeux de Livingston se plissèrent.

— Vous l'avez vue ?

— Qui aurait pu ne pas la voir ? Elle a marqué son chemin de miettes bien mieux que ne l'ont fait Hansel et Gretel.

Livingston se rappelait que Hansel et Gretel s'étaient perdus dans la forêt parce que les oiseaux avaient mangé ces miettes. Quel oiseau ou quel vautour avait suivi la trace des miettes de Penelope ?

Livingston choisit soigneusement les mots qu'il prononça ensuite. Feignant d'y attacher peu d'importance, il dit :

— Miss James, l'autre jour vous avez répété que vous pensiez qu'Athena éprouvait un intérêt sentimental pour le professeur Philip Whitcomb. Naturellement, il l'a nié avec véhémence et j'ai remarqué que les autres jeunes femmes ne semblaient pas d'accord avec vous. Qu'est-ce qui vous a donné cette idée ?

— Ce n'est pas seulement une idée. Pendant que je me promenais à bicyclette aujourd'hui, je me suis souvenue d'une balade à vélo avec Athena. Justement le dimanche avant sa disparition, Athena et moi sommes allées nous promener à bicyclette et pour finir nous sommes passées devant Llewellyn Hall. Comme d'habitude, Philip s'occupait de ses fleurs. Bien qu'il ait eu son propre appartement à l'école, tout le monde savait qu'on pouvait le trouver ici pendant les week-ends. Athena s'est arrêtée pour lui dire bonjour. Quand je l'ai taquinée plus tard en lui disant qu'elle avait pris cette route à dessein, elle est devenue rouge comme une tomate. J'ai eu l'impression qu'il se passait quelque chose entre ces deux-là et, en y repensant, je crois qu'il n'était pas surpris de la voir.

— Il ne vous est pas venu à l'esprit d'en parler il y a dix ans ?

— Juste ciel, non ! Tout le monde pensait qu'Athena était partie seule et Philip, de toute évidence, était resté. Il était encore là, continuant à travailler dans le jardin. Mais maintenant qu'on a découvert son corps dans la propriété qui jouxte Llewellyn Hall, on en vient à s'interroger..., vous ne croyez pas ?

Oui, certainement, pensa Livingston, en demandant l'addition. Malgré sa timide protestation, il paya le déjeuner de Claire, estimant qu'elle avait bien gagné son sandwich fromage-tomate.

Alors qu'il approchait de Llewellyn Hall, Livingston ralentit, imaginant Athena Popolous parcourant à bicyclette ce paisible chemin de campagne dans l'espoir d'entrevoir Philip Whitcomb. Il ne comprendrait jamais rien aux goûts des adolescentes. Y compris dans ses rêves les plus fous, il ne pouvait imaginer Davina, sa fille de quinze ans, tomber amoureuse d'un type comme Philip. « Beurk, dégueulasse », dirait-elle avec une moue dédaigneuse. Mais il se dit qu'à ses yeux, même Philip était cent fois mieux que ces créatures aux allures préhistoriques, ces prétendues stars du rock dont les images immortalisées sur des posters tapissaient chaque centimètre carré des murs de la chambre de Davina.

Athena Popolous avait été vue pour la dernière fois au pub Bull and Bear près de la gare. Aucun témoin n'avait été capable de dire si elle avait pris le train, ce qui bien entendu ne prouvait pas qu'elle n'y était pas montée. Le vendredi soir, des dizaines d'étudiants d'Oxford partent pour Londres. On savait maintenant que même si elle avait eu l'intention de prendre le train, il s'était probablement passé quelque chose entre le pub et la gare.

La grille du domaine Exner était ouverte. Livingston tourna pour prendre l'allée et s'arrêta devant la maison. Il sonna, l'esprit en alerte. Cela ferait bientôt quarante-huit heures qu'il était venu ici pour interroger les camarades de classe d'Athena Popolous, qui avait été assassinée. La dame de compagnie de Lady Exner, Penelope Atwater, n'avait pas connu Athena Popolous, mais à peu près au moment de cette visite, on avait tenté de l'empoisonner. Pourquoi ? Y avait-il un lien entre les deux crimes, et, si oui, quel pouvait-il être ?

La bonne vint ouvrir. Livingston se rappela son nom lorsqu'il entra dans le vestibule : Emma Horne. Il récapitula rapidement les renseignements qu'elle lui avait fournis le samedi précédent. Elle travaillait tous les après-midi à Llewellyn Hall et cela depuis douze ans. Sa tante avait été l'intendante de Sir Gilbert et était restée au service de Lady

Exner jusqu'à sa retraite. C'est à cette époque qu'Emma l'avait remplacée. Livingston trouva que son visage maigre exprimait une certaine humeur désabusée. Il estima qu'avant de partir, un petit tour dans la cuisine pour bavarder avec elle ne serait pas inutile.

En réponse à sa question, Emma lui dit que le professeur Whitcomb et Miss Twyler étaient sur la terrasse arrière et l'attendaient.

La terrasse, comme tout dans la maison, aurait eu besoin d'un bon coup de peinture. Le mobilier se réduisait à une vieille balancelle et à des fauteuils à bascule assortis avec une table ronde en verre branlante encombrée de tas de journaux. Val Twyler était vautrée sur la balancelle et se balançait légèrement en la poussant de la pointe du pied. Elle était vêtue d'une blouse kaki et une jupe assortie, ce qui, pensa Livingston, lui donnait l'air d'une éclaireuse collet monté. Encore une organisation à laquelle sa fille refusait d'adhérer. Son sourire, quand elle l'accueillit, était plus poli que chaleureux.

Quant à Philip Whitcomb, il était visiblement affligé. Ses cheveux blond roux étaient ébouriffés, comme s'il avait oublié de se peigner ce matin-là. Les genoux de son pantalon de coton bleu clair portaient des traces de boue, suggérant qu'il avait fait du jardinage. Il avait un visage affable aux traits réguliers et il ne cessait de s'humecter les lèvres avec sa langue.

— Commissaire, je dois vous dire que je suis consterné. (Livingston attendit.) Penelope a téléphoné de l'hôpital après votre départ. Le laboratoire a sûrement commis une erreur. Vous ne pouvez sérieusement croire que quelqu'un a essayé d'empoisonner cette femme. Elle a constamment des maux d'estomac.

— Pas de cette importance, dit calmement Livingston.

— Mais quelle raison aurait-on eu de l'empoisonner? dit Twyler sur un ton dédaigneux. Ça n'a aucun sens.

— Apparemment aucun, approuva Livingston ; c'est pourquoi, s'il y a une réponse simple, j'aimerais la trouver. Comme personne d'autre n'a été malade après avoir mangé les…

Il hésita.

— Les délices sur canapés, dit Philip avec obligeance.

— Exact. J'admets volontiers que Miss Atwater aurait pu se tromper d'ingrédient en préparant les amuse-gueule, mais puisque personne d'autre n'a été malade, cela indique que le poison a été ajouté après qu'elle en eut emporté six ou sept dans sa chambre comme en-cas pour la nuit. J'aimerais jeter un coup d'œil à sa chambre, si vous n'y voyez pas d'inconvénient.

Il sembla à Livingston que l'expression de Philip passait de l'affliction à la contrariété.

— Je pensais qu'hier soir vos hommes s'étaient livrés à une fouille très minutieuse.

— Professeur Whitcomb, quand nous recevons un rapport de l'hôpital indiquant que du poison a été trouvé dans l'organisme d'un patient, nous devons mener une enquête bien plus approfondie. Le laboratoire a confirmé ce matin que les canapés trouvés dans son lit contenaient des traces d'arsenic. Maintenant, si vous permettez, j'aimerais y jeter un coup d'œil moi-même.

— Bien sûr, bi-bi-bien sûr.

Philip ouvrit la porte et appela Emma.

C'était plutôt un coup de chance, estima Livingston, que Whitcomb et Twyler eussent préféré ne pas l'accompagner. Il monta l'escalier en colimaçon jusqu'au deuxième étage, soufflant un peu sous l'effort. Le vieux tapis était usé jusqu'à la corde et il remarqua qu'il manquait des morceaux de papier peint dans le vaste couloir.

— Dans un triste état, qu'elle est maintenant cette maison, dit Emma Horne d'un ton réprobateur. Elle-même voudrait la garder telle qu'elle était du temps de Sir Gilbert, et Philip ne vaut pas mieux. Il ne remarque pas que tout s'effondre autour de lui.

En haut de l'escalier, elle le précéda et tourna à droite.

— Toutes les chambres dont ils se servent sont dans cette aile, annonça Horne. Celle de Lady Exner est la première, puis il y a celle de Philip, après, une chambre d'amis et la dernière est celle de Penelope. La porte qui suit est celle des toilettes.

— Les toilettes ! s'exclama Livingston. Lady Exner n'a pas de salle de bains particulière ?

— Non, dit sèchement Emma en le conduisant à la chambre de Penelope. N'importe qui aurait transformé en salle de bains un de ces immenses placards ou une des chambres d'amis, mais ce qui était assez bon pour Sir Gilbert est assez bon pour elle. Elle s'en fiche. Penelope et elle ont des toilettes communes. Il y a deux toilettes dans l'autre aile et deux au premier étage, mais à présent, c'est la seule qui soit utilisable. Madame a finalement pris des dispositions pour commencer à réparer les sanitaires, mais il faudra plusieurs mois avant qu'on n'ait livré les appareils.

Ils étaient devant la porte de la chambre de Penelope. On avait refait le lit. Les bagages que Penelope avait prévu d'emporter en voyage étaient entassés dans un coin. Le dessus de la commode était encombré de bricoles, ce qui évoqua pour Livingston une boutique de cadeaux abandonnée. Des ours en peluche de formes et de tailles diverses étaient éparpillés dans la pièce. Le lit et la table de nuit étaient juste en face de la porte.

Livingston retourna dans le vestibule.

— Est-ce à dire que si quelqu'un a voulu aller aux toilettes le dimanche après-midi, il a dû monter jusqu'ici ?

Il désigna les cabinets qui se trouvaient à la droite de la chambre de Penelope.

— Oui, monsieur. Ridicule, n'est-ce pas ? Vous devez savoir que cette propriété vaut beaucoup d'argent. Une chaîne d'hôtels a harcelé Lady Exner pour qu'elle leur en vende au moins la moitié. Une fortune qu'elle pourrait en tirer, puis elle pourrait rénover cette maison et en profiter. Philip ne vaut pas mieux. Lui et son jardin ! Je dois dire pourtant qu'en vieillissant, il semble se soucier un peu plus du confort matériel.

— En effet.

Livingston revint sur ses pas et s'engagea dans le couloir comme s'il se dirigeait vers les toilettes. Il se rendit compte qu'à la vue d'une porte ouverte la plupart des gens regardaient instinctivement dans une pièce. Cela signifiait qu'en se rendant aux toilettes, n'importe qui parmi les gens présents ici dimanche avait pu voir les canapés dérobés sur la table de nuit de Penelope. Il inspecta la pièce et redescendit, comprenant qu'il avait établi les circonstances dans lesquelles on avait agi mais certainement pas le motif.

Lorsque Livingston rejoignit Twyler et Whitcomb sur la terrasse, il eut la certitude qu'ils s'étaient disputés. Le visage normalement pâle de Philip Whitcomb était empourpré. Son front était marqué de rides profondes, ce qui accentuait l'expression d'érudit perplexe qui lui était apparemment habituelle. À ceci près, pensa Livingston, qu'il est maintenant un érudit perplexe très en colère, à moins qu'il n'en donne une excellente imitation. Livingston se rendit compte qu'il ne savait pas pourquoi cette pensée avait jailli spontanément de son subconscient.

Val Twyler semblait être moins en colère que débordante d'énergie. Elle était penchée en avant sur son siège, les mains jointes, les yeux résolument fixés sur le visage de Whitcomb. Elle ne semblait pas avoir remarqué le retour de Livingston quand elle dit :

— Philip, mon cher, je sais à quel point c'est désagréable et horrible pour vous, mais vous devez simplement admettre que c'est une sérieuse éventualité, et plutôt que de laisser Livingston chercher un possible assassin, nous devons arrêter immédiatement cette absurdité.

— Mais Val, c'est tellement dé-dé-déloyal.

Est-il vraiment possible que ni l'un ni l'autre n'aient entendu mes pas ? pensa Livingston. Il se demanda si cet échange de propos lui était destiné. Peut-être pas, après tout.

— Je crois que j'aurais dû marcher plus bruyamment, dit-il alors qu'ils levaient tous deux les yeux, l'air surpris. Je n'ai pu m'empêcher d'entendre ce que vous venez de dire et je vous rappelle que s'il y a quelque chose que vous savez et qui peut éclairer l'enquête, il est de votre devoir de m'en faire part.

— Philip.

Twyler tendit la main et lui tapota l'épaule.

— Oh, al-al-allons-y s'il le faut, mais, commissaire

(Philip se leva et fourra ses mains dans ses poches), ça doit res-res-rester confidentiel. Je veux dire que vous n'iriez tout de même pas jusqu'à inculper une femme de qua-qua-quatre-vingts ans, hein ?

— Une femme de quatre-vingts ans ?

Livingston ne put dissimuler sa surprise.

— Hum. (Philip hocha la tête.) Bien entendu, de sa part, c'était une plaisanterie, un... je ne-ne-ne sais pas.

— Philip, permettez. (Val se tourna vers Livingston.) Commissaire, combien d'arsenic a-t-on trouvé sur ces canapés et combien dans le corps de Penelope ?

— Des traces, dit Livingston. Très peu, en vérité.

— Certainement pas assez pour la tuer intentionnellement.

— Intentionnellement... difficile à dire. Ne l'oubliez pas, Miss Atwater est une femme qui souffre d'embonpoint et qui n'a jamais pris grand soin de sa santé. Elle a des problèmes digestifs, de l'hypertension, un cœur fatigué, un taux élevé de cholestérol. Elle aurait très bien pu avoir une crise cardiaque causée par l'angoisse extrême qu'elle a éprouvée, et dans ce cas, la personne qui a mis de l'arsenic sur les canapés aurait pu être coupable de meurtre. Heureusement pour cette personne, Miss Atwater va se remettre. Maintenant, que vouliez-vous me dire ?

— Veronica... Lady Exner... souhaitait vivement faire ce voyage sans Penelope. Pour être franc, Penelope lui tapait sur les nerfs ces derniers temps. Elles avaient beaucoup voyagé ensemble et bien que d'une certaine façon elle appréciât cette compagnie, cela commençait à lui peser. Plus Penelope vieillit, plus elle mange. En fait, elle a pris douze kilos au cours des dix derniers mois. Veronica dit parfois qu'on devrait donner son nom à une usine de conserves.

« La semaine dernière, Veronica se trouvait avec Philip dans la remise où il fait ses boutures. Il a une boîte d'arsenic, dûment étiquetée, et Veronica a dit que la prochaine fois où Penelope ferait ses délices sur canapés, il devrait y glisser une pointe d'arsenic. Ainsi, lorsqu'elle passerait la nuit à courir aux toilettes et à tirer inlassablement la chasse d'eau, elle aurait au moins une raison d'être malade.

— Vous n'insinuez quand même pas...

— Que ce bon mot a été suivi d'un acte, l'interrompit Philip. Val, je vous ai parlé de cela comme d'une plai-plai-plaisanterie. Veronica n'était pas sérieuse.

— Je sais qu'alors elle n'était pas sérieuse, mais dimanche matin, quand Penelope est allée assister à l'office, Veronica a dit que sa nièce supporterait sans doute très mal d'avoir Penelope sur les bras pendant un mois. Elle a remis sur le tapis l'idée d'envoyer Penelope en vacances de son côté et d'aller seule aux États-Unis. Philip ne voulait pas en entendre parler. Puis, quand Penelope a été transportée d'urgence à l'hôpital, Veronica a dit qu'elle en était certes désolée mais que dans la vie chaque chose avait son bon côté. Maintenant, elle pourrait, comme elle en avait envie, voyager sans Penelope et ne pas lui faire de peine.

— Seulement, vous lui avez donné à la place Regan Reilly comme compagne de voyage, fit remarquer Livingston.

— Oui, dit Philip. En fait, ma tante n'a soulevé aucune objection. Elle trouve Regan très drôle, et bien sûr, quand elle arrivera aux États-Unis, sa cousine prendra le relais. J'ai averti Regan que Veronica était très imprévisible et qu'elle devrait vei-vei-veiller sur elle comme sur un enfant.

— Mais vous comprenez, Veronica est arrivée à ses fins, fit remarquer Val.

— Oui, je comprends.

Livingston se dirigea vers la balustrade de la terrasse et regarda le jardin. Incroyable, la somme de travail que doivent nécessiter ces massifs tracés avec une telle perfection. Franchement, le jardinage l'ennuyait à mourir.

— Manifestement un acte d'amour, commenta Livingston.

— Nous avons trois floraisons par an, dit Philip en rejoignant Livingston. C'est une grande joie que de travailler de ses mains, de sen-sen-sentir la terre sous ses doigts, de voir les semis germer.

Livingston l'observa, puis suivit le regard de Philip

Whitcomb. Il ne regardait pas les massifs de fleurs, mais au-delà, vers la gauche, là où commençaient les bois et d'où venaient les bruits assourdis du chantier de construction. C'était là qu'avaient été découverts les restes du corps d'Athena Popolous.

Philip, sentant apparemment le regard dubitatif de Livingston, se retourna nerveusement.

— Je prendrais bien une tasse de thé, déclara-t-il. Commissaire ?

Ce n'était pas la plus aimable des invitations, mais Livingston accepta sur-le-champ, de même qu'il remarqua sur-le-champ l'air contrarié de Whitcomb.

— Je vais demander à Emma de servir.

Val se leva de la balancelle. Visiblement, elle partageait le déplaisir de Philip en voyant que Livingston leur imposait encore sa présence.

Lorsqu'elle eut quitté la terrasse, Livingston dit :

— Professeur Whitcomb, il y a quelque chose que je dois vous demander mais je préfère le faire en l'absence de Miss Twyler. On a de nouveau laissé entendre qu'Athena Popolous avait un attachement d'écolière à votre égard. Je dois vous demander d'être absolument franc avec moi. Vous a-t-elle jamais, d'une façon ou d'une autre, couru après, ou essayé de vous faire jouer le rôle de confident ?

Philip rougit.

— Ab-ab-absolument pas. Je ne voulais en rien me mêler de ses affaires.

— Alors, elle a essayé de vous voir en particulier, dit vivement Livingston.

— El-el-elle avait pris l'habitude de venir faire du vélo par ici le di-di-dimanche après-midi quand j'étais dans le jardin de devant. C'était très embêtant.

— Est-elle passée fréquemment ici, à bicyclette, s'est-elle arrêtée souvent ?

— Plusieurs fois. J'es-es-essayais de me débarrasser d'elle au plus vite. J'avais pitié d'elle. Elle était de toute é-é-évidence si malheureuse. J'aurais dû être sévère avec elle.

— Professeur, je vous en prie, comprenez-moi. Mes

questions ont pour seul but de savoir si Athena Popolous aurait pu vous faire des confidences ou essayer du moins de vous en faire sur une histoire d'amour malheureuse ou un quelconque problème qui pourrait nous conduire à son assassin.

Philip se mordit nerveusement les lèvres.

— Quand elle par-par-parvenait à me coincer, c'était pour dire qu'elle ne pouvait se remettre de la mort de sa tante. Naturellement, il était difficile de ne pas l'écouter. Je lui disais de se lier da-da-davantage avec les autres étudiantes… de se faire des amies à qui elle pourrait se confier. Quand j'insistais sur le fait qu'il n'était pas convenable de ve-ve-venir me voir en dehors de Saint-Polycarp, elle venait de toute façon. C'est ar-ar-arrivé cinq ou six fois quand je travaillais dans le jardin devant la maison, le dimanche après-midi.

— Alors, la dernière fois où vous l'avez vue, c'était…

— Le dimanche avant sa disparition.

— Pourquoi ne pas me l'avoir dit simplement le samedi, quand Claire James a affirmé qu'Athena éprouvait de l'attachement pour vous ?

— Parce que je n'éprouvais pas d'attachement pour elle et que c'était très gênant.

— Je ne crois pas que la gêne soit vraiment le problème quand il s'agit d'un meurtre. Professeur, si vous pouviez essayer de vous rappeler ne fût-ce qu'une de vos conversations avec Athena Popolous dans laquelle elle aurait mentionné un nom ou parlé de projets qu'elle pouvait avoir, je vous en serais très reconnaissant. Ah, voilà Miss Twyler et Miss Horne avec le thé, je crains de ne pouvoir rester, finalement.

Livingston exprima ses regrets à Val, conscient que les excuses étaient absolument inutiles. Parvenu au bout de l'allée, il ralentit hésitant sur le choix à faire. Il était impatient de savoir si les tests pratiqués sur le corps d'Athena par le laboratoire du service médico-légal avaient donné de nouveaux résultats. Mais il voulait aussi rendre visite au directeur de Saint-Polycarp.

Ce fut le directeur qui l'emporta.

Livingston avait toujours eu l'impression que Reginald Crane était un homme suprêmement doué pour son travail. Saint-Polycarp était, somme toute, une école où l'on ne passait qu'un an ou même un trimestre. Les étudiantes allaient et venaient, certaines s'imprégnant de l'atmosphère culturelle qui régnait dans la communauté d'Oxford. D'autres, comme Athena Popolous, y étaient envoyées contre leur gré et ne participaient pas à la vie de la ville alentour. Reginald Crane n'ignorait pas les plaisanteries des étudiantes sur les lits étroits, les couvertures élimées et le mobilier suranné. Il écartait sereinement les reproches. « Ça endurcit les enfants gâtés, avait-il confié une fois à Livingston. Le budget est très réduit. Je préfère le dépenser pour leur offrir un plus vaste éventail de cours. »

Un autre homme aurait râlé contre le changement perpétuel d'élèves et l'impossibilité de créer un véritable esprit de corps comme il en existait dans un collège où les études duraient quatre ans. Cela n'empêchait pourtant pas nombre d'anciennes étudiantes de venir assister au dixième anniversaire de leur promotion, bien que cela se fît sans cérémonie. Lorsqu'elles venaient, elles continuaient à plaisanter sur les installations, tout en ayant apparemment conscience que leur séjour à Saint-Polycarp avait été, somme toute, une expérience enrichissante. Crane s'était arrangé pour réunir une remarquable équipe de professeurs, malgré une rémunération relativement basse.

Livingston fut introduit dans le bureau personnel de Crane, une pièce lambrissée aux murs couverts d'étagères pleines de livres qui témoignaient de l'érudition du directeur. Âgé d'une petite soixantaine, Crane avait un corps mince comme un fil, un teint fleuri et une abondante crinière argentée.

Livingston s'excusa de cette intrusion.

— Je n'aime pas faire irruption comme ça, expliqua-t-il en s'asseyant dans un fauteuil relativement confortable près du bureau de Crane.

Depuis huit ans que Livingston était à Oxford, Crane et lui étaient devenus des amis intimes.

— Tu ne fais jamais irruption ici, Nigel, lui dit Crane, tu viens sans téléphoner parce que tu es sur quelque chose qui ne peut être remis à plus tard. (Il se renversa dans son vaste fauteuil de cuir et croisa ses longues mains nerveuses.) Alors, comme diraient mes étudiantes, qu'est-ce qui se trame ?

Livingston décida d'aller droit au but.

— Je voudrais savoir de façon absolument confidentielle ce que tu penses sincèrement de Philip Whitcomb.

Crane haussa les épaules.

— Absolument confidentielle ?

— Bien entendu.

— Alors je dois dire… (Crane hésita)… que c'est difficile à dire. Un bon professeur, très bon même. Connaît son sujet. L'adore. L'homme est transformé quand il parle de poésie ou en lit. Il est presque entouré d'une aura de visionnaire. Pour mon goût, il en fait trop. Après tout, les poètes étaient de simples mortels. Je ne suis pas sûr qu'ils lisaient leurs poèmes avec toute cette emphase que Philip y ajoute. Mais je sais aussi qu'il amène des étudiantes pour qui la poésie se réduisait à « Les roses sont rouges, les violettes sont bleues » à toucher du doigt ce qui fait d'un poème un classique. De cela, je lui suis reconnaissant, et les élèves devraient lui en être aussi reconnaissantes.

« D'un autre côté, en dehors de la classe, je le trouve vraiment assommant. Il est incapable de parler sans rougir ou bégayer, uniquement préoccupé par son jardin et ses fleurs… Je suis sûr qu'il préfère planter des fleurs plutôt que manger. Comment il a pu se débrouiller pour se fiancer, je ne le saurai jamais. Je suppose que c'est Val qui lui a fait la cour, et pas l'inverse.

— Exactement ce que je pense. (Livingston hésita avant de poser la question suivante, puis la formula prudemment.) Si Philip est si persuasif dans ses cours, n'a-t-il pas de problèmes avec des étudiantes qui tombent amoureuses de lui ?

Le visage de Crane s'assombrit.

— Plus maintenant.

— Plus maintenant? (Livingston réagit vivement.) Qu'est-ce que tu veux dire?

De toute évidence, le directeur regrettait de s'être exprimé aussi directement.

— Je suis peut-être injuste. Après tout, c'était il y a longtemps. Onze ans, en fait. Philip était encore très jeune alors, à peine la trentaine, je dirais. Une étudiante s'est mise à le suivre comme un toutou. Il était flatté, je crois, et il a passé du temps en dehors des cours avec elle — ce qui est absolument interdit. Il ne doit pas y avoir de relations personnelles entre étudiantes et professeurs à Saint-Polycarp. Apparemment, Philip s'est lassé de la fille et a commencé à l'éviter. Tu peux imaginer ce que j'ai éprouvé quand elle s'est précipitée dans mon bureau pour m'annoncer qu'elle était enceinte de lui.

Livingston émit un sifflement muet.

— Et elle l'était?

— Non. C'était une fille excessivement émotive, presque hystérique. Heureusement pour nous, elle avait porté la même accusation contre un professeur dans une autre école. Il n'a pas été difficile de lui soutirer la vérité. Ses rapports avec Philip s'étaient limités à quelques balades à bicyclette et des pique-niques. Même ainsi, cela aurait pu causer un scandale et s'avérer désastreux pour l'école si elle avait persisté dans ses accusations. J'ai été à deux doigts de flanquer Philip à la porte, mais il m'a supplié de le garder. Tu dois comprendre que cette situation lui convient parfaitement. Il enseigne une matière qu'il aime, il a des hectares de terrain pour faire du jardinage et il est évidemment l'héritier de Lady Exner.

— J'imagine qu'il l'est, approuva Livingston.

— Je l'ai averti on ne peut plus fermement que s'il avait de nouveau ne fût-ce que l'ombre d'une liaison avec une étudiante, je le fichais à la porte, et avec des références extrêmement préjudiciables.

— Je vois. Tu es tout à fait sûr que c'était il y a onze ans?

— Absolument sûr. Je m'en souviens très bien parce

que c'était un an avant la disparition de la fille Popolous. Au moment où eut lieu toute cette malheureuse publicité sur « la jeune fille grecque qui n'était jamais rentrée au collège », je n'ai cessé de penser que ç'aurait été la fin de Saint-Polycarp si, une année plus tôt, une étudiante avait été enceinte d'un professeur ou avait même persisté à le prétendre. C'est déjà assez que des journaux m'aient téléphoné plusieurs fois cette semaine pour avoir mes commentaires sur la découverte du corps d'Athena Popolous. (Le directeur posa un regard pénétrant sur Livingston.) Je comprends bien que tu ne puisses me révéler pourquoi tu m'as interrogé sur Philip, mais j'espère que tu n'oublies pas que je suis responsable de cinq cents étudiantes. Peut-être devrais-tu te demander s'il n'est pas de ma responsabilité de savoir ce qui se passe.

Livingston n'hésita pas. Il était évident que le directeur Crane éprouvait encore de la colère, voire même du mépris pour Philip en raison du scandale qu'il aurait pu causer à Saint-Polycarp. Sans preuve, il eût été injuste ne fût-ce que de suggérer qu'il pouvait avoir eu une quelconque relation avec Athena Popolous.

— Pour le moment, nous posons simplement des questions de routine.

L'expression sardonique du directeur montra à Livingston que ces questions de routine masquaient bien mal une enquête très orientée. Pour la seconde fois de l'après-midi, Livingston quitta quelqu'un avec l'impression très nette que son absence était plus appréciée que sa présence.

Au quartier général, Livingston fut informé qu'il y avait du nouveau dans l'affaire Popolous. Les poches de la veste d'Athena étaient doublées de plastique. L'une d'elles était trouée. L'équipe du service médico-légal avait trouvé une pochette d'allumettes venant du Bull and Bear qui était passée par le trou et s'était coincée dans l'ourlet de sa veste. Elle était bien conservée. Griffonnés à l'intérieur de la pochette d'allumettes, il y avait deux lettres — A. B. — et trois chiffres — 3-1-5.

Il rentra dans son bureau, s'installa à sa table et se frotta la tête d'un air las. Athena était allée au Bull and Bear le soir de sa disparition. Avait-elle écrit sur la pochette d'allumettes ce soir-là, ou était-ce dans sa poche depuis des mois ? Les lettres étaient-elles les initiales de quelqu'un et les chiffres une heure de rendez-vous ? Le tout faisait-il partie d'une plaque d'immatriculation ?

D'une façon ou d'une autre, Livingston sentait que cette information était liée à sa disparition et à sa mort.

En mer

Veronica ramassa le programme de la journée sur la coiffeuse et s'assit sur son lit.

— Regan, il faut nous dépêcher de choisir les activités auxquelles nous allons participer aujourd'hui. Il est onze heures moins cinq et il y en a plusieurs qui commencent à onze heures.

— Qu'est-ce qu'on propose, Veronica ? demanda Regan, rêvant de se prélasser dans un transat près de la piscine, de lire un livre et d'observer les activités de ses compagnons de croisière qui peuplaient ce microcosme connu sous le nom de *Queen Guinevere*.

— Eh bien, voyons ça. Il y a un cours de bridge qui ne m'intéresse pas, un cours d'informatique dont je n'ai nul besoin… comment détecter les premiers signes de la verrue plantaire par un podologue… certainement pas avant le déjeuner. Ah, voilà ce qu'il nous faut. Un séminaire de gestion financière traitant des différentes façons d'investir son argent. Comme disait Sir Gilbert, l'argent n'achète pas le bonheur, mais au moins il vous paie tout le reste.

Veronica se mit à rire et se leva prestement pour se saisir de sa bombe de laque.

— Je n'y connais pas grand-chose en matière d'argent. Philip a engagé un comptable qui vérifie mes relevés bancaires. Il est grand temps que j'en apprenne un peu plus. En outre, c'est probablement une des rares conférences qui attirera plus d'hommes que de femmes.

— La vérité sort de son puits, la taquina Regan tandis qu'elle ouvrait la porte de la terrasse et clignait des yeux devant l'éclat du soleil.

— Oui, bon… Ensuite nous pourrons déjeuner sur le Lido, avant de nous rendre à la séance de spiritisme, poursuivit Veronica. Plusieurs astrologues ont déjà fait mon thème astral et je suis toujours prête à entendre quelqu'un de nouveau me prédire l'avenir. Et puis, naturellement, il y a un bingo au salon des Chevaliers.

Avoir à justifier chaque minute de son temps rappelait à Regan les camps d'éclaireuses. Vingt ans plus tôt, avec sa copine Sally, elle avait été réprimandée par la cheftaine parce qu'elle avait dépassé le temps imparti au ramassage du petit-bois pour le feu de camp. Et lorsque toutes deux étaient revenues à la civilisation, la chef de troupe, mécontente, avait pris à part Luke et Nora à l'arrêt de bus pour les informer du peu de talent de Regan pour récolter des brindilles, ce qui avait bousculé l'emploi du temps de toutes les filles et empêché de passer les latrines à l'insecticide avant la nuit. Et dire que Regan était une des deux filles de la troupe qui pouvait se vanter d'avoir battu le record de vente des petits gâteaux faits par les éclaireuses. L'autre fille était un petit morpion qui soutenait qu'il était déloyal que Regan les vendît aux gens qui venaient au dépôt mortuaire pour la veillée funèbre. Regan avait simplement eu la chance que l'un des aînés du clan Shea mourût la semaine de la vente.

Dans la salle de conférences, une douzaine de personnes s'étaient réunies pour le séminaire de gestion financière. D'autres entraient sans se presser. Alors que Veronica entraînait Regan vers les premiers rangs, Luke se retourna et adressa à sa fille un rapide clin d'œil.

— Je crois que ce bel homme vous fait des avances, murmura Veronica.

Rien ne lui échappe, pensa Regan, tandis qu'elles accaparaient deux places au premier rang. Luke était deux sièges derrière elles et Regan sentit qu'il souriait d'un air narquois. D'accord, papa. Attends un peu. Tu vas voir.

Main dans la main, Mario et Immaculata entrèrent par la porte de devant et les saluèrent d'un geste.

— Alors, vous aussi vous êtes ici pour apprendre comment dépenser vos traveller's checks, pas vrai ? gloussa Mario. La patronne et moi, on a gagné hier soir quelques dollars au casino et on a pensé qu'il serait utile d'apprendre à les investir.

— Trois dollars, c'est tout ce qu'il nous reste après ça, dit Immaculata, rayonnante, en exhibant un grand sac en plastique. Mario m'a acheté des vêtements là-haut, sur la promenade. Je voulais acheter quelques petites choses pour Concepcione et Mario III mais le gros Mario a dit qu'il n'en était pas question et qu'il allait tout dépenser pour moi.

— Voulez-vous prendre place, s'il vous plaît ?

Un jeune homme blond à lunettes et vêtu d'un costume sombre de chez Brooks Brothers se mit à distribuer des dépliants tout en se présentant.

— Je suis Norman Bennett, conseiller financier et gérant de portefeuilles. Je vais passer ces quelques jours avec vous pour vous aider à définir vos objectifs d'investissement.

Veronica se pencha et, dans un murmure théâtral que l'on aurait pu entendre jusque dans la salle des machines, déclara :

— Il est plutôt beau garçon, Regan. Peut-être qu'il est libre ?

Mortifiée, Regan baissa les yeux et feuilleta le questionnaire qui se trouvait à l'intérieur du dépliant. Je ne sais vraiment pas quoi penser de l'état de l'économie des États-Unis sur le long terme. C'est déjà un exploit d'arriver à payer mes impôts. Qu'est-ce que je ferais si j'héritais aujourd'hui de un million de dollars ? Je louerais un hydravion pour venir me chercher.

Elle parcourut des yeux la salle de conférences pour voir quels autres passagers étaient venus apprendre les secrets magiques de la finance. Il y avait quelques jeunes couples, genre lune de miel, disséminés dans l'auditoire. Mais Veronica avait raison. Sur les deux douzaines de personnes présentes dans la pièce, les trois quarts au moins étaient des hommes. Une nouvelle fois, le regard de Regan croisa celui de Luke. Il sourit et désigna discrètement du doigt Norman Bennett. À coup sûr, il avait entendu Veronica jauger ce gourou de la finance.

— Ma chère Regan, siffla Veronica, Mr Bennett va commencer. Concentrez-vous.

Je brûle de l'entendre, pensa Regan, tout en voyant Cameron Hardwick entrer et s'installer à la dernière rangée. Il doit surveiller la concurrence, décida-t-elle au moment où Norman Bennett s'éclaircissait la gorge.

— Établir des objectifs d'investissement quand on dispose d'avoirs substantiels est non seulement important mais vital. Oui, vital. Toutefois, historiquement, cette notion s'est trouvée compliquée à l'extrême du fait de malentendus dus à…

Oh, bon Dieu, pensa Regan.

Une demi-heure plus tard, tandis que continuait le bourdonnement monotone de l'orateur qui ne s'interrompait que brièvement pour dessiner des graphiques sur le tableau noir, Veronica était toujours assise sur le bord de son siège, secouant la tête en signe d'assentiment passionné à tous les éclaircissements de Norman Bennett. Regan battait des paupières pour lutter contre le sommeil tout en essayant de paraître intéressée.

— Et maintenant voici le moment des questions-réponses. Je vous prie de ne pas avoir peur de faire appel à mes lumières.

Les lèvres de Bennett se pinçaient et s'arrondissaient dans une contraction musculaire, expression qui lui donnait un air clownesque.

Par pitié, pas de questions, par pitié, pria Regan, tapant doucement des pieds sur la moquette de la salle de conférences.

Veronica bondit de son siège.

— Mr Bennett, vous avez parlé de l'excellent rapport

des titres à vingt ans. Selon vous, est-ce que ce serait un bon investissement pour quelqu'un comme moi dont les années ne sont pas assurées ?

Regan entendit glousser un des couples en voyage de noces et se retourna vers eux.

Bennett s'éclaircit la gorge une fois de plus.

— Il y a tant de merveilleux domaines d'investissements que je préférerais que vous remplissiez le questionnaire et que vous me le rendiez avant que nous en venions à des exemples précis.

Le score est de un pour Bennett, pensa Regan.

La question suivante fut formulée par Mario Buttacavola.

— Vous avez donné des arguments intéressants concernant les possibilités d'investissements en Europe de l'Est. J'ai entendu parler d'une importante compagnie russe de camions qui fait appel aux capitaux étrangers. Croyez-vous que ce soit sans risque ? (Il ne laissa pas à Bennett la possibilité de répondre.) Écoutez, j'ai une idée, lança-t-il d'une voix tonitruante. Il y a quelqu'un ici, Cameron Hardwick, qui est à notre table et qui est un expert financier de premier ordre. Peut-être que tous les deux, vous pourriez nous donner votre opinion. Ça serait vraiment intéressant.

— Vous faites naturellement référence à la compagnie de véhicules lourds Boris et Vania qui suit l'exemple de son plus gros concurrent en mettant en vente quarante-neuf pour cent de ses actions au profit d'investisseurs étrangers. J'aimerais beaucoup savoir ce qu'en pense Mr Hardwick.

Bennett avait l'air sincèrement enthousiaste.

Mario était à l'évidence ravi d'avoir la vedette.

— Eh bien, Cameron vient de rentrer d'une tournée dans les pays de l'Est où il était allé évaluer les possibilités d'investissements pour ses clients personnels. Qu'en dites-vous, Cameron ? demanda-t-il en se tournant vers le fond de la salle.

Tous les regards se portèrent sur Hardwick. Il resta assis et balaya la question d'un geste de la main.

— J'aimerais mieux entendre ce que vous, vous avez à dire à ce sujet.

— Oh, allons, Cameron, dit Mario sur un ton persuasif. Nous ne vous demandons pas de nous parler de vos clients. Admettons que je vous pose la question ainsi : d'une façon générale, considérez-vous que ce soit un bon placement ?

Hardwick se leva et agrippa la chaise placée devant lui.

— Je traite personnellement avec mes clients. Je crois que c'est Mr Bennett que vous êtes venus écouter. (Il était clair qu'il se forçait à sourire.) Maintenant, si vous voulez bien m'excuser.

Il sortit de la pièce à grands pas.

Bennett brisa le silence gêné qui s'ensuivit.

— Je sais d'expérience que la plupart de mes collègues se font un plaisir d'exprimer leurs opinions. Toutefois, nous devons respecter le désir de Mr Hardwick de ne pas agir ainsi. Maintenant, selon moi…

Dix minutes plus tard, alors qu'ils quittaient la salle de conférences, Mario et Immaculata rejoignirent Regan et Lady Exner.

— Ce Hardwick se fout du monde ou quoi ? demanda Mario. Vous voulez que je vous dise quelque chose ? Je parierais des dollars contre des haricots qu'il n'a jamais entendu parler de cette compagnie. À mon avis, ce type est soit une andouille, soit un charlatan.

Sylvie traversa d'un pas nonchalant le salon Astolat, le salon des Chevaliers et le bar Lancelot avant de repérer Milton Wanamaker et sa sœur omniprésente, Violet Cohn, qui sirotaient un bloody mary dans la partie vitrée du pont Lido. Lorsqu'elle parcourut la pièce des yeux pour la troisième fois, elle s'arrangea pour croiser le regard de Milton. Avec un sourire éblouissant, elle se dirigea droit vers sa table.

— Vous profitez du beau temps que nous avons aujourd'hui ? demanda-t-elle en posant une main sur la chaise vide entre Milton et sa sœur.

— Le timbre posé derrière mon oreille est tombé la nuit

dernière et je me suis réveillée avec le mal de mer. Il n'y a rien de plus horrible que le mal des transports. Je n'ai pas encore le pied marin et je ne me sens pas moi-même, dit Violet d'un ton plaintif.

Ça ne peut pas être pire, pensa Sylvie alors que Milton se levait d'un bond.

— Je vous en prie, prenez un verre avec nous.

D'une main, il tira le fauteuil pour qu'elle s'assît, de l'autre, il fit signe au garçon.

— Qu'est-ce que vous prendrez, Sylvie ?

— La même chose que vous. Un bloody mary.

— Les nôtres sont sans alcool, fit savoir Violet, son ton et son expression exprimant nettement la désapprobation.

— On appelle ça un « bloody honte », dit Sylvie d'un ton dégagé.

— Je suis d'accord, approuva chaleureusement Milton.

Lorsque le garçon arriva, il commanda deux bloody. Il se tourna vers sa sœur.

— Violet ?

— Pour moi, ce sera un jus de tomate nature. Il y a trop d'épices là-dedans. Le timbre est tombé de mon oreille la nuit dernière…

Sylvie remarqua l'air résigné de Milton quand il l'interrompit.

— Et nous prendrons aussi un jus de tomate nature.

La veille au soir, Milton l'avait invitée à danser pendant que sa sœur était aux toilettes. Maintenant, alors que Sylvie croisait les jambes, elle remarqua discrètement qu'il avait le buste mince sous sa chemise sport de luxe, des yeux bleus intelligents qui clignaient légèrement, et des cheveux blancs bien taillés encadrant la calotte chauve qu'il ne faisait aucun effort pour dissimuler, Dieu merci. Sylvie en avait trop rencontré qui se laissaient pousser de longues mèches sur le côté et puis, tentant de braver les lois de la gravité, les rabattaient pour recouvrir leur crâne, en les plaquant dessus. Elle priait en silence pour que Milton n'eût pas l'intention d'assister au séminaire sur l'implantation des cheveux cet après-midi. Elle croisa alors son regard franchement admiratif.

Je lui plais, pensa-t-elle, et il me plaît. Ne gâche pas tout, se dit-elle.

La veille au soir, quand ils avaient dansé sur *Satin Doll*, ils n'avaient pratiquement pas parlé. Sylvie avait apprécié le plaisir ô combien rare de danser avec un homme attirant qui ne fût pas un empoté. Elle avait compris intuitivement que Milton Wanamaker n'était pas quelqu'un à apprécier qu'une femme lui jacasse dans l'oreille en couvrant la musique. Ils s'étaient assis à la table de Milton au bord de la piste de danse et avaient échangé quelques renseignements de base —, qu'elle venait de Palm Springs et qu'elle était veuve, qu'il venait de Beverly Hills et était veuf lui aussi — lorsque sa sœur, Violet, laquelle, avait-il dit, habitait à Miami, était sortie des toilettes.

— Je crois que j'ai une réaction au timbre, Milton, lui avait-elle annoncé, ignorant pratiquement Sylvie. La notice indique qu'il peut causer des vertiges et des troubles de la vision. Je crois que c'est ce que j'éprouve. Veux-tu, s'il te plaît, me ramener à ma cabine ?

Cela avait mis fin à leur tête-à-tête romantique de la nuit précédente. Sylvie avait déjà vu cela. Des sœurs qui s'érigeaient en chiens de garde pour leurs frères qui étaient de bons partis. Même après qu'elle avait épousé Harold, elle n'avait jamais réussi à rompre la glace avec Goldie, la sœur d'Harold. Une belle-sœur pouvait être bien pire qu'une belle-mère. Et on risquait de l'avoir à jamais sur le dos.

La veille au soir, Violet s'était plainte de ce que le timbre ne fît pas d'effet. Ce matin, elle se plaignait parce qu'il était tombé. Observant Violet en plaquant une expression de sympathie sur son visage, Sylvie eut vite fait de la jauger. Soixante-dix ans passés, une bonne dizaine d'années de plus que son frère, avec une robe en coton gris et blanc très chère qui tombait en une ligne nette des épaules jusqu'à mi-mollet. On dirait une housse pour planche à repasser, pensa Sylvie, et elle se mit immédiatement en devoir d'admirer la chose. Tu ne vas pas m'éjecter, poupée. Elle exulta quand, pendant un bref instant, Violet se dégela visiblement.

— Le gris est ma couleur préférée, reconnut-elle, puis

elle pointa le doigt en direction du bar. J'ai vu ce jeune homme quelque part. Je suis sûre que nous l'avons déjà rencontré.

Sylvie et Milton se retournèrent pour suivre son index tendu. C'était Cameron Hardwick qui était l'objet de l'attention de Violet.

Formidable, pensa Sylvie. Qu'elle s'occupe de lui. Se levant d'un bond, elle agita vigoureusement la main en direction de Cameron, lui faisant signe de venir à leur table. Il prit son verre et traversa le pont pour les rejoindre.

— Cameron est à notre table, expliqua Sylvie.

— Je ne me souviens pas de lui, Violet, dit Milton.

Quand Hardwick arriva, Sylvie se mit immédiatement à faire les présentations.

— Et Mrs Cohn est sûre de vous avoir déjà vu quelque part.

Violet le regardait avec l'intensité d'un faucon prêt à fondre sur sa proie.

— Je n'oublie jamais un visage. On dit qu'Herbert Hoover pouvait embrasser un bébé quand il avait quatorze mois et le reconnaître vingt ans plus tard quand il avait le droit de vote. Comme mon frère vous le confirmera, je suis douée du même talent.

Et je parierais qu'elle a aussi la rancune tenace, pensa Sylvie.

Violet ferma à demi les yeux.

— C'était il y a dix ou douze ans. Quel voyage ? Oh, je sais. Milton, tu te souviens quand nous sommes allés en Grèce ? (Elle se tourna vers Sylvie.) C'était il y a onze ans. Bruce, mon cher mari, venait juste de mourir. (Son visage s'épanouit. Aux yeux de Sylvie, ce n'était pas un sourire mais un rictus de triomphe.) Vous travailliez comme garçon à l'Olympic Hotel.

Le visage d'Hardwick s'assombrit, virant au cramoisi, puis au violet.

— Je ne suis jamais allé en Grèce. Je crois que votre mémoire vous trahit.

Il tourna les talons tandis que Milton Wanamaker bondissait sur ses pieds.

— Dites donc, protesta-t-il.

Sylvie posa une main sur son bras pour le retenir.

— Je suis vraiment désolée de l'avoir invité à votre table. Je ne me doutais pas...

Violet affichait une intense satisfaction.

— De toute évidence, il n'aime pas qu'on lui rappelle qu'il était serveur. Il raconte probablement qu'il est né dans la soie. Tu te souviens comme Sir John et Lady Victoria se moquaient de ces gens épouvantables qui se vantent de leurs relations ?

Sylvie vit avec quelle fierté Violet laissait tomber les noms de ses amis titrés. Elle eut une soudaine inspiration.

— Il me vient à l'esprit... (Elle hésita : devait-elle appeler cette mégère Violet ou Mrs Cohn ? Violet. Nous allons nous voir souvent toutes les deux.)... C'est-à-dire, je me suis dit, Violet, que vous aimeriez beaucoup rencontrer Lady Exner, qui est aussi à ma table. Nous sommes devenues très amies, et elle m'a déjà invitée à lui rendre visite dans son manoir d'Oxford. Il s'appelle... (Oh, mon Dieu, comment s'appelle-t-il ? pensa Sylvie, paniquée. Lolly ? Louie ? Lou... Lou...) Llewellyn Hall !

Violet reconnut, toute joyeuse, qu'elle aurait le plus grand plaisir à prendre un verre avec Lady Exner au cours du cocktail que donnait le capitaine ce soir. Puis elle dit en soupirant que son cœur se soulevait au rythme du bateau qui roulait ; ce cher Milton voudrait-il l'accompagner jusqu'à sa cabine pour qu'elle s'allonge un peu avant le déjeuner ?

Pourquoi n'enfourche-t-elle pas son balai et ne s'envole-t-elle pas ? songea Sylvie.

Lady Exner et Regan se firent servir à déjeuner sur le pont privé de leur suite. Comme Regan le fit remarquer :

— Veronica, vous avez suivi le cours de remise en forme ; vous avez participé aux exercices de sauvetage ; vous avez assisté à une conférence financière, et il est à peine plus de midi. Pourquoi ne pas commander des salades et nous reposer pendant deux heures ?

— Excellente idée, approuva gaiement Veronica. La séance de la voyante a lieu à deux heures et demie, et avant de consulter une voyante, on doit méditer. Se mettre à l'écoute de sa vie intérieure, de ses sentiments les plus enfouis, de ses émotions profondes, inexprimées.

Il n'y a rien d'inexprimé dans votre vie, pensa Regan, en tendant la main vers le menu du service dans les cabines.

— Que diriez-vous d'une salade au poulet ?

— Excellent. Parfait en cette douce journée ensoleillée. Et n'oubliez pas une bouteille de Dom Pérignon.

— J'espère seulement que Philip et votre comptable ne penseront pas que c'est moi qui ai eu l'idée du Dom Pérignon, fit remarquer Regan.

— Que je boive de l'eau de vaisselle ou du Dom Pérignon, ça ne les regarde absolument pas, répliqua Veronica. De plus, je paie chaque année la facture pour des hectares de fleurs qui ne survivent pas à l'hiver.

Elle est moins naïve que je ne le croyais, pensa Regan avec un large sourire.

— Vous n'êtes pas née d'hier, Veronica.

— Eh non, vous avez absolument raison.

Le champagne remplit une double fonction : il maintint l'humeur joyeuse de Veronica tout au long du repas, puis lui donna envie d'aller dormir dans la chaise longue sur le pont dès qu'elle eut reposé sa fourchette. Regan sirota son deuxième verre de champagne tout en regardant l'horizon.

La sonnerie étouffée du téléphone ne troubla heureusement pas le sommeil de Veronica. Regan se précipita pour répondre. Qui pouvait bien appeler ? Sûrement pas Luke ou Nora. Livingston ?

— Allô.

Regan se rendit compte que sa voix était nerveuse.

Un craquement retentit à ses oreilles.

— Ne quittez pas, s'il vous plaît, un appel de New York.

— Regan, tonna une voix. Comment s'est passée la réunion ? J'ai entendu dire qu'Athena était réapparue.

— JEFF. (Regan rit malgré elle.) Si je comprends bien, Kit t'a mis au courant.

— J'ai parlé avec elle hier soir. J'ai appelé le New Jersey en pensant te trouver à la veillée funèbre d'un des clients de ton père aux Dépouilles Reilly. (Son ton changea, se fit plein de sollicitude.) Comment ça va ? D'après ce que dit Kit, tu as un sacré boulot sur les bras.

La respiration de Veronica devint sifflante, irrégulière. Par la porte ouverte donnant sur le pont-promenade, Regan regarda Lady Exner avec appréhension.

— D'abord, je suis installée ici en train de boire du Dom Pérignon.

— Garde-m'en un peu.

— Trop tard. La bouteille est déjà renversée dans le seau à glace. Qu'est-ce que tu fais à New York ?

— Je suis ici pour quinze jours, je travaille sur un film.

— Oh, quelque chose d'intéressant ? demanda Regan.

— C'est un film d'action. Je joue le rôle d'un terroriste qui se révèle avoir un cœur d'or.

Jeff marqua une pause, puis ajouta :

— On en fera probablement tout de suite une cassette vidéo.

— J'essaierai de le voir sur Disney Channel.

Regan rit tout bas. Alors qu'elle lui expliquait quand et où elles entreraient à quai, elle imaginait Jeff, son expression de concentration qui lui plissait le front, sa masse de cheveux brun foncé, ses yeux noisette, la moustache qu'il passait son temps à raser et à laisser repousser, son mètre quatre-vingt-dix et sa carrure d'arrière de football américain. Rien à redire. C'était un beau mec.

— Bon d'accord, je te verrai samedi, dit Regan, se sentant réconfortée à cette perspective. J'ai des tas de choses à te raconter.

— Il me tarde de te voir.

— À moi aussi.

Veronica refit surface au moment précis où Regan raccrochait.

— Ma chérie, vous auriez dû m'appeler. Qui était-ce ?

— Quelqu'un que je vais voir à New York.

— Un homme, j'espère.

— Effectivement.

— Je suis si contente. Regan, ma chérie, il doit particulièrement tenir à vous pour vous téléphoner d'aussi loin.

— Croyez-moi, Veronica, ça ne signifie pas forcément grand-chose. Il y a des hommes qui me téléphonent de l'autre bout du monde et qui ne m'appellent pas en rentrant. Parfois, je pense qu'il est même préférable d'être très loin plutôt que d'être là.

— En voilà une façon d'agir! soupira Veronica. Des hommes comme mon cher Gilbert, on n'en fait plus, le moule est cassé. Eh bien, allons consulter la voyante pour voir si elle a des prédictions favorables pour nos psychés si aimantes et si ardentes.

Regan sentit la salade de poulet lui remonter dans la gorge.

La séance de voyance avec madame Lily Spoker commença à deux heures et demie précises dans le théâtre. Regan estima que madame Spoker avait une cinquantaine d'années. C'était une femme avec de grands yeux noirs, un fort nez aquilin, une large bouche et des cheveux d'un roux cuivré qui sortaient en désordre d'un turban chatoyant. Elle portait une blouse en satin couleur rouille avec un décolleté en V qui n'était pas censé cacher ses seins abondants, et une jupe multicolore tourbillonnante qui froufroutait tandis qu'elle se dirigeait vers le pupitre, ses cuisses frottant vigoureusement l'une contre l'autre dans un bruissement de collants.

Regan ayant remarqué Nora, assise au fond à droite, elle conduisit délibérément Veronica vers les deux sièges libres près de Kenneth et Dale qui étaient installés au premier rang à gauche. Dale se pencha vers elles et leva les sourcils.

— Nous avons pensé qu'on ne pouvait pas rater un truc pareil.

— N'est-ce pas passionnant ? pépia Veronica. Chut. Elle va commencer.

Madame Spoker leur adressa un sourire rayonnant.

— Je peux vous dire que ça va être une séance des plus intéressantes et des plus fructueuses. Mes vibrations sont très fortes. Nombre de gens viennent à des séances de voyance pour se moquer. Si certains d'entre vous sont dans cet état d'esprit, je vous assure que lorsque vous partirez, vous ne vous moquerez plus.

« Le cœur a ses raisons que la raison ne connaît pas. Je vous affirme que la tête aussi a ses raisons que la raison ne connaît pas. De toute éternité, depuis la nuit des temps, votre destin est inscrit dans les étoiles. Ce que vous avez été, ce que vous voudriez être, est déjà décidé. (Elle lança les bras en avant et ferma les yeux.) Je connais les questions que vous avez en tête. Alors, pourquoi suis-je ici ?

C'est ce que je me demandais, pensa Regan.

— Je vais vous dire pourquoi... parce que nous nous trouvons tous, à certains moments précis de notre vie... à un carrefour. Si nous faisons ceci, il en découlera tel scénario. Si nous faisons quelque chose d'autre, l'issue sera bien moins favorable, peut-être même tragique. Je ne peux croire que vous tous n'avez pas eu à un certain moment une prémonition, une impression, un avertissement que vous avez ignoré. C'était votre subconscient qui essayait de vous orienter dans la bonne direction, de vous avertir des dangers de l'autre. (Sa voix baissa théâtralement, se réduisant pratiquement à un murmure.) Chez la plupart d'entre nous, cette voix est presque inaudible, trop menue, un cri léger, très faible, contre le vent. (Elle décrivit de ses bras grassouillets un vaste mouvement qui embrassa toute la salle.) Aujourd'hui, avec mon aide, vous entendrez les avertissements secrets de votre subconscient.

Laissant ses bras retomber le long de son corps, ce qui n'allait pas bien loin, elle parcourut la salle du regard et attendit les applaudissements. Veronica ne la déçut pas.

— Commençons, madame Spoker, cria Veronica en battant des mains et en se tortillant sur sa chaise.

— Je veux que vous écriviez tous une question concernant votre vie sur ces morceaux de papier que je vais faire passer. Je vous appellerai alors un par un et à ce moment-là vous me tendrez votre papier plié et vous prendrez place ici. (Madame Spoker désigna une chaise qui avait l'air bien seule sur l'estrade nue.) Je pourrai ainsi capter vos vibrations personnelles. Je ne regarderai pas la question... je la sentirai.

Veronica se mit à gribouiller fébrilement sur le morceau de papier qui lui était destiné, tandis que Regan était là à se demander quelle question poser à cette fichue voyante. Puis il lui vint une idée. Elle appuya le papier sur son sac à main et écrivit : « Trouverons-nous jamais le meurtrier d'Athena ? » En le pliant, elle se rendit compte que c'était une première dans sa vie de détective privé.

Il était absolument impossible à madame Spoker d'éviter de faire monter immédiatement Veronica sur la chaise de torture. Veronica s'en saisit comme si c'était la dernière disponible dans un jeu de chaises musicales.

— Qu'est-ce que vous ressentez ? supplia-t-elle.

Madame Spoker froissa le papier de Veronica qu'elle réduisit à une boule dans la paume de sa main, ferma les yeux et se mit à se balancer d'avant en arrière.

— Vous êtes une femme très intelligente, Miss...

— Exner. Lady Veronica Exner, veuve du regretté Sir Gilbert.

— Oui, je sens que c'était un pair. Vous êtes une personne extrêmement généreuse et qui a bien plus de jugeote que ne le pensent les gens. Vous avez eu une longue vie...

Elle s'arrêta, secoua la tête et ouvrit les yeux.

— Et la réponse à ma question ? demanda Veronica.

Madame Spoker eut l'air troublé.

— Il serait préférable que vous veniez à ma prochaine séance de vendredi. Je ne peux pas assez bien lire en vous en ce moment. J'ai besoin de plus de temps pour me concentrer sur votre fluide magnétique et je n'en ai pas assez aujourd'hui. Il y a beaucoup de gens et je veux que tous puissent monter sur scène. Je vous promets que vous serez la première vendredi.

Veronica eut l'air déçu, mais elle se montra bonne joueuse et regagna sa place près de Regan.

Jolie façon de s'assurer que les gens reviendront à votre prochaine séance d'abracadabra, pensa Regan. Abracadabra… Ça sonne comme abracadavre.

D'autres vinrent prendre place sur le siège et madame Spoker se livra à tous les tremblements et contorsions appropriés. Il y avait un groupe de jeunes filles d'une firme de cosmétiques qui voyageaient ensemble, ayant toutes gagné un voyage pour avoir vendu des boîtes et des boîtes de rouges à lèvres, de crayons pour sourcils et autres masques antirides toujours aussi appréciés. À l'une d'elles, une fille d'une vingtaine d'années avec des cheveux tout crêpelés et qui portait au doigt une bague de fiançailles avec un diamant, il fut conseillé de ne pas épouser son fiancé.

— Je vois des ennuis. Il y a quelque chose que vous ne savez pas. Il se peut qu'il vous emmène dans des endroits agréables, mais c'est un MENTEUR ! Je suis désolée, mais je le sens très fortement. Je dois vous en avertir.

Alors que la demoiselle affligée regagnait sa place en mâchonnant furieusement une boulette de chewing-gum, Regan l'entendit marmonner : « Bon sang, qu'est-ce qu'elle en sait ? » Mais elle avait l'air soucieux. Pauvre type, pensa Regan. Il a probablement mis toutes ses économies dans cette bague et ne la reverra jamais si sa fiancée décide de suivre les conseils de madame Spoker.

Suivit, venant du fond de la salle, Immaculata Buttacavola. Elle s'installa nerveusement.

Madame Spoker était rayonnante lorsqu'elle annonça enfin une bonne nouvelle.

— Je crois que votre famille va s'accroître très bientôt. L'année prochaine, je dirais.

Immaculata battit des mains et s'écria :

— Ma belle-fille Roz n'a pas eu ses règles juste avant que nous partions en voyage. Peut-être qu'ils nous annonceront une bonne nouvelle à notre retour. (Elle se leva de sa chaise.) Merci, madame, merci, dit-elle tout attendrie, en se précipitant vers le fond de la salle. Mario, je t'avais dit que nous aurions dû acheter cet adorable T-shirt de bébé avec l'insigne du bateau. Dépêchons-nous d'aller voir s'il en reste encore.

Veronica se tourna vers Regan.

— N'est-ce pas charmant ? Je me demande comment ils l'appelleront.

Dépêchez-vous de prendre rendez-vous chez le photographe pour un nouveau portrait de famille, pensa Regan.

Veronica poursuivit :

— Regan, à votre tour maintenant. Madame Spoker...

— Bien sûr. Venez, mademoiselle.

Au moins elle ne m'a pas appelée « madame », pensa Regan en montant pour lui tendre sa question.

Madame Spoker ferma les yeux et se mit à fredonner, un staccato très bas semblable à un moteur qui ne tourne pas rond. Regan attendait, se demandant ce qu'elle « sentirait » devant une question concernant un meurtre.

— Quelque chose est proche... Je sens que vous êtes plus proche de quelque chose ou de quelqu'un que vous ne l'auriez jamais soupçonné. Mais il y a du danger. Mettez-vous à l'abri.

Madame Spoker ne cessait de rouler le papier dans le creux de sa main, le rythme croissant avec les mouvements de ses doigts manucurés. Elle s'écria :

— Aïe ! Le papier m'a coupé le doigt. Ces coupures sont si longues à cicatriser.

Hochant la tête, elle se remit à fredonner.

Un peu plus tard, sa main s'ouvrit brusquement. Elle essaya désespérément de la refermer sur le papier plié mais ses doigts semblaient paralysés. Le morceau de papier tomba par terre. La voyante s'en éloigna d'un bond comme si c'était une bombe à retardement et se mit à trembler.

— Jusque-là je n'ai jamais perdu le contrôle d'une question. La force et les vibrations qui viennent de ce petit carré d'arbre mort menacent de m'écraser. Mademoiselle, vous avez posé une question très grave et je dois vous avertir... Vous ne pouvez prendre trop de précautions. Des gens dangereux vous entourent. Vous trouverez ce que vous cherchez, mais cela peut vous coûter très cher.

Regan regretta infiniment que sa mère n'eût pas choisi d'assister à la leçon de bridge de deux heures et demie.

Cameron Hardwick nageait comme un fou d'un bout à l'autre de la piscine déserte dans la salle de culture physique. Elle était petite, mais il ne pouvait supporter d'être entouré d'un tas de maudits gosses qui plongeaient — pour en ressortir aussitôt — dans la grande piscine sur le pont Lido, sous les encouragements de leurs idiots de parents. Il devrait être interdit par la loi d'emmener des gosses sur ces bateaux. Il fit de nouveau la grimace en pensant aux photos prises chez Buttacavola.

Cet organisateur de banquets d'Atlantic City n'était pas aussi crétin qu'il en avait l'air, se dit-il, en se lançant dans la brasse papillon. Dieu, que c'était bon de se dégourdir les muscles et de les faire travailler. En l'espace d'un quart d'heure ce matin, il y avait eu deux brèches dans l'anonymat qu'il désirait préserver. Il avait l'impression d'avoir l'estomac noué. Il inhala l'odeur de chlore et sentit l'eau miroiter sur son dos. Il faut que je me calme, pensa-t-il.

Il atteignit le bord de la piscine, fit la culbute sous l'eau et ressortit pour repartir en dos crawlé. Il n'aurait jamais pensé qu'en assistant à cette stupide conférence financière il allait attirer l'attention sur lui à cause de cet idiot de Mario. Hardwick sentit que son sang recommençait à bouillir. Quelle saloperie de malchance ! Il l'en aurait étranglé, ce Mario. Et maintenant, il devrait le voir tous les soirs au dîner. Ne voulant pas laisser son tempérament explosif prendre le dessus, il se rendit compte qu'il allait devoir arrondir les angles avec ses compagnons de table. Il avait vraiment hâte d'en finir avec cette affaire. Son vieux ne serait-il pas fier de lui maintenant ? pensa-t-il furieux. Je gagne du fric, papa, mais pas comme tu le voulais. Vendre de la drogue au lycée, il y avait vingt ans de cela, l'avait mal préparé pour un vrai boulot. Bien sûr, c'était à haut risque, mais les bénéfices étaient plus substantiels. Et il aimait vivre sur le fil du rasoir.

On était mardi. L'inactivité le rendait fou. Il se mit à réfléchir. Était-il possible d'agir avant vendredi ? Devrai-je attendre le dernier jour ? Vendredi soir, tous les gros bagages seraient sortis dans les couloirs, rassemblés et entreposés pour être plus facilement débarqués de bonne heure samedi matin. Hardwick eut un petit sourire supérieur. Il avait entendu parler d'un groupe de serveurs ivres qui, lors d'une traversée, avaient traîné dans les couloirs durant la nuit précédant l'arrivée, fauchant ce qu'ils voulaient dans une dizaine de valises avant de les balancer joyeusement par-dessus bord. Mais ils s'étaient fait prendre. Il n'avait pas l'intention de laisser une telle chose lui arriver. Les valises de Reilly et d'Exner seraient ramassées et les deux femmes ne seraient pas portées manquantes avant que le bateau ne soit presque vide, leurs bagages oubliés sur le quai, et lui-même parti depuis longtemps. En sortant de la piscine, Hardwick décida qu'il était préférable d'attendre vendredi soir. Moins ils auraient de temps pour enquêter sur la disparition des occupantes de la suite Camelot, mieux ce serait.

Lady Exner garderait sans doute une trousse bourrée de crèmes antirides et Dieu sait quelles autres potions inutiles pour combattre le vieillissement, afin de s'en servir le samedi matin. Il la jetterait dans l'eau derrière elle, avec les vêtements qu'elle prévoyait de mettre pour saluer ses nièces avides d'argent. Que les requins se disputent ses cigarettes.

Hardwick prit sa serviette et se mit à sécher ses bras musclés. Reilly risquait, elle, de lui causer quelques ennuis, pensa-t-il. Elle avait l'air d'une battante, et étant détective, elle devait avoir plus d'un tour dans son sac. Mais ces tours ne lui seraient d'aucune aide quand il la surprendrait durant son sommeil. Il n'avait pas l'intention de laisser une femme faire échouer ses projets.

Il se planta devant un miroir et peigna en arrière ses cheveux noirs brillants. Satisfait de son image, il se pencha pour enfiler les chaussures imperméables vert pomme qu'il avait achetées pour faire de la planche à voile. Lorsqu'il les avait portées sur la plage à Jersey, un idiot avait crié : « Ça va, la Grenouille ? » Cameron avait dû se retenir pour ne pas lui casser la gueule. La seule chose qui l'en avait empêché, ç'avait été la vue d'une bande de buveurs de bière allongés sur leurs serviettes, qui riaient, attendant sa réaction, prêts à venir au secours de leur chef de bande.

Cameron se redressa et se drapa dans son peignoir de bain, et, en attachant la ceinture, il constata qu'il devait la nouer un peu plus près du bout que d'habitude. Les quelques centimètres supplémentaires étaient à peine visibles à l'œil nu, mais pour lui, c'était très contrariant. La moindre trace de bourrelet lui faisait horreur, surtout à l'abdomen. Les poignées d'amour, c'était bon pour les Mario.

En grimpant l'escalier pour rejoindre sa cabine, il se sentit heureux d'avoir définitivement établi son plan. En tournant sur le pont, il faillit se heurter à deux filles outrageusement maquillées qui gloussaient et qui le regardèrent en battant des cils d'admiration. Dommage que je ne puisse pas en draguer une pour passer le temps, pensa-t-il en s'engageant à grands pas dans le mini-couloir qui menait à sa cabine. C'est alors qu'il entendit le téléphone sonner. Il se hâta de sortir sa clé de sa poche et se précipita à l'intérieur.

L'appel venait d'Oxford.

J'ai du mal à croire qu'on n'est que mardi, pensa Regan en conduisant Veronica dans le salon des Chevaliers pour jouer au bingo. Elle avait vu l'expression du visage de sa mère quand la voyante avait été frappée d'apoplexie. Nora en avait eu l'estomac noué.

Regan se sentait coupable d'avoir inquiété sa mère alors qu'elle était censée être en vacances et se reposer.

« Peu m'importe l'âge que tu as, lorsque nous sommes sous le même toit, je m'inquiète quand tu rentres en retard, disait toujours Nora. Lorsque tu es en Californie, je ne sais pas ce que tu fabriques et c'est parfait. » Puis elle ajoutait : « Mais je prie beaucoup. »

Je n'aurais jamais dû accepter ce travail, conclut Regan. Je brûle d'envie de travailler sur l'affaire Athena. J'aurais dû prendre directement l'avion pour le New Jersey et déterrer mon journal. Un soir, Athena m'a beaucoup parlé de l'été précédent qu'elle avait passé avec sa tante, son oncle et ses cousins. Elle n'a pas parlé uniquement du meurtre. J'ai noté tout ce qu'elle m'a dit.

— Ma chère Regan, si nous prenions cette table-là ? (Veronica désignait une table basse ronde au bord de la piste de danse, entourée par quatre sièges.) Puisque nous sommes dans le salon des Chevaliers, peut-être que quelques-uns nous rejoindront vêtus de leur armure étincelante.

— Oh, je crois que l'air marin les gênerait probablement beaucoup trop, Veronica.

Regan sourit en repensant à la visite que Kit et elle avaient faite à une fabrique d'armures à Graz, en Autriche. Kit avait demandé au guide touristique si la fabrique avait fermé parce que aucun chevalier n'avait été aperçu par les femmes de la région depuis des siècles.

Alors qu'elles s'asseyaient dans les sièges tournants tapissés de tissu bordeaux, Regan vit entrer Kenneth et Dale dans le salon. Elle se leva d'un bond et leur fit signe de venir.

— Je n'aurais jamais pensé vous voir ici tous les deux.

— Oh, pourquoi pas ? répondit joyeusement Dale. Ça s'est couvert dehors, alors nous nous sommes dit que nous pourrions entrer boire un verre et, avec un peu de chance, gagner quelques dollars.

— Oh, magnifique, babilla Veronica. Asseyez-vous.

— Seulement si vous choisissez mes cartes, Lady Exner, dit Dale. Je sais que vous avez un toucher magique. La seule chose que Kenneth et moi ayons jamais gagnée était un abonnement de six mois à un journal en espagnol ; inutile de dire que les seuls mots que nous connaissons sont *hola* et *adiós amigos*.

Kenneth intervint :

— Nous avons fini par l'offrir à notre amie Carmen. Elle est de Madrid et elle habite à côté. Le dimanche, elle vient prendre un de ces fabuleux cafés exotiques dont Dale a le secret, et elle nous lit les passages intéressants.

— Comme ça, on n'a pas tout perdu, ajouta Dale en riant et en jetant un regard rayonnant à Kenneth.

Ramassant l'argent de tout le monde, Veronica fit joyeusement la queue pour acheter les cartes, tandis que la pièce commençait à se remplir de groupes de deux ou trois personnes, et même de gens seuls, tout heureux de tenter leur chance à l'une des plus vieilles distractions sur terre comme en mer. Regan se demanda combien de salles paroissiales avaient résonné de ces voix criant « N-33 » ou « 0-77 » tous les vendredis soir, jusqu'à ce qu'on entendît hurler « Bingo ! ». Cela avait été le jeu favori de sa grand-mère.

Le directeur de la croisière, Duncan Snow, dont le sourire omniprésent rappelait à Regan un feu follet, s'empara du micro et annonça qu'on était sur le point de « commênêncer » et que les joueurs veuillent bien prendre place.

Veronica se rassit, battit les cartes, qui étaient en vérité des morceaux de papier, et les distribua avec la dextérité d'un croupier de Las Vegas.

— Allons-y. Deux chacun pour le premier tour. Et voilà des crayons. Pas de jetons. Entourez seulement les numéros qui sortent. Oh, voilà la serveuse. Commandons quelque chose à boire. (Elle se tourna vers Kenneth et Dale.) Qu'est-ce que vous prenez ?

La serveuse, une brune d'une vingtaine d'années qui avait l'air d'avoir passé une nuit blanche à la discothèque de l'équipage, prit la commande, quatre gin-tonics, et disparut.

— … 6 et 6 sortent. C'est ça, mesdames et messieurs, 0-66, annonça Duncan Snow, tandis que la salle bruissait de « oh ! » et de « ah ».

Alors qu'il annonçait d'autres numéros, Regan se rendit compte peu à peu qu'elle ne possédait aucune bonne carte. Les autres personnes de son groupe non plus. Duncan annonça « B-12 ».

Une voix enfantine à la table voisine hurla :

— Je l'ai, m'man. Bingo !

Le directeur adjoint de la croisière, Lloyd Harper, à qui Regan donnait à peu près le même âge qu'elle, lui sourit en passant devant sa table pour aller vérifier la carte du jeune garçon. Regan lui rendit son sourire, heureuse que Veronica fût encore penchée en avant, à imaginer les diverses combinaisons qui lui auraient permis de faire bingo si elle avait eu un numéro de plus.

On acheta d'autres cartes et on joua des parties avec diverses règles du jeu. La première personne à former un X sur sa carte gagnerait la cagnotte. La première à remplir toutes les cases en bordure de sa carte. La première à former un L. Finalement, Duncan annonça que le jeu suivant serait le dernier et que la cagnotte serait la plus importante de la journée. Il y eut une bousculade pour aller chercher les cartes, les gens décidant d'en acheter encore deux ou trois dans l'espoir de gagner le paquet.

— Cette fois, le gagnant sera la première personne à remplir entièrement sa carte de cercles. D'accord ? Vous devez avoir tous les numéros.

Duncan avait l'air ravi.

Je me demande s'ils peuvent truquer ce jeu, pensa Regan. Elle avait entendu parler d'un directeur de croisière qui était de mèche avec une passagère. Ils faisaient comme si elle avait gagné, puis ils se partageaient les gains. Elle regarda le gosse de dix ans, qui tenait toujours les billets qu'il avait gagnés. Ce gamin n'allait pas partager ses cent dollars avec quelqu'un.

Duncan recommença à annoncer les numéros, prenant une certaine expression ou un ton chantant pour chacun d'eux.

— N-26, allez, à vos crayons ! N-26.

De l'autre côté de la pièce, Gavin était assis entre deux femmes d'un âge indéterminé. Les jambes de celle qui était à sa droite étaient collées contre les siennes. Celle qui se trouvait à sa gauche avait la troublante habitude de lui bourrer le bras de coups de coude lorsqu'un des numéros qu'elle avait sur sa carte sortait. Elle répétait tous les numéros d'une voix tonitruante et interrogative, faisant monter la tension de Gavin quand il lui hurlait « Oui, c'est bien ce numéro », ce qui lui faisait de temps en temps rater à son tour le numéro suivant, et l'obligeait à poser la question aux gens de la table voisine, relançant ainsi le cycle infernal. Elle ne lui avait pas épargné non plus la gêne de l'entendre hurler « Bingo ! » alors qu'elle était loin d'avoir gagné.

Je n'en peux plus, se dit Gavin. Mon Dieu, pourvu que ce soit la dernière traversée que j'aie à faire. Au moins, ma carte se remplit vite. Plus que deux numéros. Quand on annonça le numéro suivant, il entoura énergiquement son avant-dernier espace vide sur la carte et il entendit alors la voix flûtée bien reconnaissable de Lady Veronica :

— Oh, mon Dieu, mon Dieu. Bingo ! N'est-ce pas formidable ?

Il pleut toujours où c'est mouillé, se dit Gavin avec aigreur, alors qu'elle s'approchait du micro en dansant littéralement et en agitant sa carte.

Tandis que Veronica étreignait le directeur de la croisière, Lloyd Harper vérifia ses numéros et annonça qu'elle avait gagné quatre cent soixante-deux dollars. Il y eut une salve d'applaudissements assez brefs et les gens se levèrent, en marmottant qu'ils reviendraient le lendemain pour essayer de gagner le gros lot.

— Je t'ai dit que j'aurais dû acheter quelques cartes supplémentaires. (Regan entendit un vieillard qui faisait des remontrances à sa femme.) Elle était juste derrière nous et nous aurions eu le numéro gagnant.

— Ah, la ferme, Henry, tu me rends responsable de tout, dit la vieille dame d'une voix d'asthmatique. De plus, tu as de l'argent à ne plus savoir qu'en faire. Dieu sait que tu n'en as jamais trop dépensé pour moi.

Tandis que Veronica se tenait au premier rang de la salle, bavardant avec Duncan pendant que Lloyd comptait l'argent, Dale rit.

— Eh bien, je savais qu'elle prendrait une carte gagnante, mais j'espérais que ce serait la mienne. À propos, Regan, elle m'a dit qu'elle voulait acheter des meubles d'époque pour Llewellyn Hall. Est-elle sérieuse, ou croyez-vous que ce ne sont que des propos en l'air ?

— Ma foi, elle parlait de faire refaire les sanitaires et l'installation électrique il y a dix ans, et ce n'est que maintenant qu'elle trouve le temps de s'en occuper. Il faudrait être Marco Polo pour trouver les seules toilettes en état de marche dans cette maison, et ça émet des gargouillis pendant vingt minutes après que vous avez tiré la chasse d'eau. Je suppose qu'elle en a l'intention quand elle le dit, mais je doute qu'elle se lance jamais dans d'importants travaux de réfection.

— Eh bien, se lamenta Kenneth, voilà que s'envole notre prétexte pour retourner à Londres cet automne.

— C'était une perspective agréable, approuva Dale. Mais c'est comme ça que je l'avais cataloguée. Où se trouve exactement Llewellyn Hall, à Oxford ?

— Dans la zone des grands domaines, répondit Regan.

— C'est un beau coin là-bas. Quelle superficie possède-t-elle ?

— Plus de deux cents hectares.

— Vous plaisantez ? dit Dale, le souffle coupé.

— Non, pourquoi ?

— Il y a environ six ans, j'ai travaillé pour un décorateur qui s'occupait d'une maison dans ce quartier. Les gens avaient payé un prix exorbitant pour seulement huit hectares. Veronica possède une telle fortune et elle saute de joie quand elle gagne quelques centaines de dollars ?

— Veronica et son neveu sont deux des personnes les plus détachées des biens de ce monde que j'aie jamais rencontrées, répondit Regan. En dehors de ses voyages, Veronica ne dépense pas beaucoup d'argent, et je ne pense pas qu'elle se rende compte de la valeur de cet endroit. Tout ce qui intéresse son neveu, c'est d'y planter des fleurs.

— Qui va hériter de tout ce terrain ? demanda Kenneth.

Regan haussa les épaules.

— Je suppose que c'est le neveu.

— Elle m'a dit qu'elle allait rendre visite à une nièce, poursuivit Kenneth. Elle m'a demandé de la coiffer avant qu'elle débarque à New York.

— En fait, c'est une cousine issue de germain, qui s'est mise à écrire à Veronica et à lui envoyer des photos de sa famille. Veronica ne l'a jamais vue, mais elle lui a envoyé à son tour des photos d'elle, de son neveu et de sa fiancée, et de Llewellyn Hall.

— Que fait cette cousine? demanda Dale.

— Je crois qu'elle vient de perdre son emploi, aussi elle aura le temps de promener Veronica. (Regan fit une moue.) Veronica m'a dit qu'elle travaillait dans une agence immobilière.

Kenneth leva les sourcils pour la deuxième fois en si peu de temps.

— Ma foi, en voilà une qui n'a pas la tête dans les nuages, fit remarquer Dale. À la place du neveu, qu'il manque ou non de sens pratique, j'aurais de sérieuses appréhensions.

Sylvie allait et venait dans sa cabine d'un pas léger, se vaporisant de parfum le creux des poignets en chantant « Nous sommes en fonds » avec beaucoup d'allant, mais sans en connaître vraiment les paroles — « … oh, c'est ça mon chou, nous sommes en fonds ce soir… Vous êtes si beau… Je suis si jolie… Dou-dou-dou… Nous sommes en fonds… oh, c'est ça, mon chou… allez ouste la vieille Violet… dou-dou-dou… qu'elle file comme Jeannot Lapin… ».

Lorsque Sylvie enfila sa robe de cocktail couleur crème, elle s'aperçut qu'elle n'avait pas été aussi attirée par un homme depuis longtemps. Trop longtemps. Milton était si gentil. Et quel gentleman! Le temps qu'elle avait passé avec lui aujourd'hui avait eu l'effet à double tranchant de lui rappeler ce qu'elle avait perdu depuis la mort d'Harold. L'autre crétin, son deuxième mari, ne comptait pas. Mais sa vie avec Harold avait été exceptionnelle.

Cet après-midi, Milton avait sans le vouloir fait resurgir ces sentiments. Quand ça collait bien avec quelqu'un, ça pouvait être merveilleux. Lorsque cette vieille chouette de Violet était enfin partie faire la sieste, ayant perdu le deuxième round contre Sylvie et le mal de mer, Milton et elle étaient allés se promener sur le pont. Il avait enlevé son chandail pour le lui mettre sur les épaules quand le vent avait commencé à forcir. Elle s'était sentie comme une lycéenne à qui son petit ami a donné son blouson de football.

Ne t'emballe pas, se dit Sylvie en agrafant sa robe. Mais j'espère que mon parfum est resté sur son chandail. Quand il le remettra, il se souviendra de moi. Rien de tel qu'un parfum pour réveiller des souvenirs. Avec ma veine habituelle, grosse sœusœur le lui aura emprunté et quand il le reprendra, il sentira la violette.

Sylvie regarda sa montre. Sept heures moins le quart. Je ferais bien d'y aller, pensa-t-elle en réfléchissant à toutes les fois où elle s'était sentie si seule aux soirées du capitaine. C'était si déprimant, mais ce soir ce serait différent. Elle avait l'intention de se joindre à Milton et Violet et de les présenter aux personnes qui partageaient sa table, en particulier à Lady Exner. Si cela échouait, elle enrôlerait Gavin pour distraire Violet, ce qui n'était pas une mince affaire. Cette idée en tête, elle se remit du rouge à lèvres et entonna la chanson « Ce soir, ce soir sera un autre soir... ».

Nora aida Luke à mettre les boutons de manchettes de sa chemise de soirée.

— Je me demande comment les types qui vivent seuls arrivent à mettre ces trucs-là, fit remarquer Luke.

— Eh bien, je ne vais pas te donner l'occasion de découvrir comment ils font. (Nora lui sourit.) Tu es si beau. Surtout en noir.

— Comme dirait notre fille, c'est bon pour les affaires.

Luke lui sourit à son tour et se pencha pour l'embrasser. Nora fronça les sourcils.

— Luke, je m'inquiète tellement pour elle.

Luke se rendit compte qu'il n'aurait jamais dû faire allusion à Regan. Après la séance de l'après-midi avec la voyante, Nora avait été effondrée. Il avait finalement, à force de bonnes paroles, réussi à lui faire reprendre ses esprits et maintenant tout allait recommencer.

— Chérie, nous n'avons plus que quelques jours à passer sur ce bateau, ensuite elle se remettra au travail et aura affaire à de vrais criminels. C'est à ce moment-là qu'il y aura lieu de s'inquiéter. Et non pas quand elle s'occupe d'une vieille dame inoffensive dans la meilleure suite du bateau. (Il la serra dans ses bras.) Maintenant, si nous repensions à tous ces jeunes gens qu'elle aurait dû épouser.

Nora rit malgré elle et lui donna un coup de poing en plaisantant.

— D'accord, d'accord. Mais je me sentirai soulagée quand nous quitterons tous ce bateau.

— Moi aussi. J'ai hâte de savoir ce qu'elle pense du nouvel aménagement de la chambre verte.

Regan sortit de la suite derrière Veronica. N'ayant pas prévu de rentrer sur un bateau de croisière, elle n'avait pas emporté beaucoup de tenues habillées. Vêtue d'une robe de cocktail noire moins simple qu'il n'y paraissait, elle contrastait avec Veronica dans la robe de bal de taffetas argenté qu'elle avait renoncé à porter la veille. Il ne me manque qu'un tablier blanc pour que les gens pensent que je suis la bonne qui l'accompagne en voyage, pensa Regan.

Lorsque la porte de l'ascenseur se referma sur la jupe bouffante de Veronica, Regan appuya sur tous les boutons en faisant des efforts désespérés pour éviter que la robe ne fût abîmée. Elle n'avait pas besoin de s'inquiéter. Lorsqu'elle parvint enfin à la libérer de la porte coincée qui grinçait et bourdonnait, la jupe reprit immédiatement sa forme d'origine. Elle est indégonflable, pensa Regan, stupéfaite. Ça doit être des gens à la solde de la haute couture qui ont essayé de la détruire.

— Bravo ! s'écria Veronica. Merci, Regan. Je suis si contente qu'elle ne se soit pas déchirée.

Déchirée, pensa Regan. Cette robe est en acier.

— Tout va bien. Vous êtes très jolie, Veronica.

— Et vous aussi, ma chérie. Mais j'aimerais beaucoup

vous emmener faire des achats, et vous habiller de façon un peu plus sexy. Par exemple, vous seriez ravissante dans une robe comme la mienne. Croiriez-vous que c'est un vêtement de confection ?

Oui, pensa Regan.

Gavin entra, assez nerveux, dans la salle de la Reine. L'orchestre jouait en sourdine une musique d'ambiance. Le capitaine et les officiers de l'équipage, parfaitement briqués dans leurs tenues blanches, étaient prêts à recevoir et à accueillir les passagers de première classe. Le photographe du bateau avait installé son matériel, prêt à prendre les passagers lorsqu'ils étaient à côté du capitaine. C'était une affaire qui rapportait gros sur ces bateaux de croisière. Bien que les photos fussent scandaleusement chères, peu de touristes savaient résister à la tentation d'acheter ces souvenirs de leur voyage qui étaient mis en vente dès que l'équipe du photographe les avait développés. Certaines personnes les achetaient pour faire disparaître leur image peu flatteuse des présentoirs où les autres passagers pouvaient les examiner à loisir.

Je ferais bien de prendre un bain de foule, ce soir, pensa Gavin avec anxiété. Si je n'ai pas bientôt ce bracelet, il va falloir que je passe un temps fou uniquement avec Veronica. Il en éprouvait une telle appréhension qu'une vague d'angoisse lui parcourut tout le corps. Il fit un effort pour sourire et traversa la pièce afin d'aller saluer le capitaine. Gavin lui serra la main.

— Bonsoir, monsieur.

Comme Veronica était extrêmement impatiente d'aller à la soirée, Regan et elle furent parmi les premières personnes à faire la queue pour saluer le capitaine. Elles n'étaient arrivées que depuis quelques minutes et déjà la file d'attente serpentait au-delà de la porte et dépassait le bar Lancelot. Plein d'égards, le capitaine les prit toutes les deux par les épaules, tandis que Veronica gazouillait en souriant. Bien que le capitaine fît de son mieux pour être charmant, Regan fut soulagée lorsque les plaisanteries d'usage furent échangées. Alors que Veronica tentait de s'attarder auprès de lui, Regan accepta une coupe de champagne d'un serveur qui passait et parcourut la pièce du regard. Les premiers arrivés avaient déjà pris position sur les canapés et les fauteuils qui formaient un fer à cheval autour de la piste de danse.

— Oh, Regan, venez ici !

Regan se retourna vers la gauche et vit que Sylvie leur faisait des signes de la main. Elle était assise sur l'un des canapés, près d'une dame d'un certain âge.

— Veronica, allons dire bonsoir à Sylvie.

— Excellente idée, ma chérie. Allons-y.

Alors qu'elles traversaient la pièce, l'orchestre commença à jouer une version de *Chattanooga Choo-Choo* accompagné par les bruissements de l'instrument du batteur qui ressemblait à un balai miniature. Même si la plupart des gens de son âge détestaient ce genre de musique réservée généralement aux mariages, Regan y prit plaisir. Elle remarqua un couple sur la piste de danse qui se lançait dans son propre pas de deux, joignant les mains et pirouettant, chacun connaissant les mouvements de l'autre sans même avoir à regarder, dansant ensemble avec grâce comme ils le faisaient probablement depuis quarante ans. Quand j'en arriverai à fêter mon quarantième anniversaire de mariage, pensa Regan, il faudra que quelqu'un nous pousse dans un fauteuil roulant si nous voulons évoluer ensemble sur la piste de danse. Un danseur et un serveur trébuchèrent contre la jupe bouffante de Veronica avant qu'elles ne parvinssent à rejoindre Sylvie.

— Lady Exner.

La femme assise à côté de Sylvie se leva avec déférence.

— Oui. Veuve de Sir Gilbert Exner.

Veronica semblait ravie que quelqu'un reconnût enfin sa position sociale sans qu'elle eût à l'en informer.

On fit les présentations et Veronica s'assit sur le siège le plus proche de Violet. Sylvie est rayonnante, songea Regan en s'asseyant dans le fauteuil en face de Veronica et à côté de Milton.

À mesure que la salle se remplissait, des serveurs en gants blancs passaient avec des coupes de champagne, l'orchestre se mit à jouer et il y eut bientôt autant de bruit que lorsqu'un cocktail bat son plein. Bavardages et rires emplissaient l'air tandis que les gens échangeaient des compliments sur leurs tenues et profitaient de l'occasion, dans cette atmosphère conviviale, pour saluer les passagers qu'ils n'avaient pas encore rencontrés.

Cameron Hardwick, appuyé contre une colonne, sirotait son champagne et jetait de temps en temps un regard vers Veronica et Regan. Les futures épaves que rejetterait la mer, se disait-il. Heureusement, elle ne portera pas cette robe au lit vendredi soir. Elle lui servirait de parachute dans sa chute sur le flanc du bateau, et le corps flotterait pendant des jours. Il se détourna quand il vit que la vieille chouette de cet après-midi le montrait du doigt à Veronica. Bon Dieu, pensa-t-il furieux. Je n'ai pas besoin qu'elles s'y mettent à deux.

— ... Je sais bien que ce jeune homme était notre serveur en Grèce, il y a plus de dix ans, confiait Violet à Veronica. C'était après la mort de mon cher Bruce. Quand j'y ai fait allusion cet après-midi, il a soutenu qu'il n'était jamais allé en Grèce, mais je sais avec certitude que c'est faux. C'était en août 1981. Nous avions une table près de la fenêtre et j'ai commandé des crevettes farcies, mais ils n'en avaient plus. Comme je ne pouvais pas me décider sur ce que j'allais commander, il s'est montré très impatient à notre égard. Et quand on pense à ce que nous coûtait cet hôtel, dit Violet sur un ton hautain.

— Nous avons parlé de la Grèce hier au dîner et il a dit qu'il n'y était jamais allé, répliqua Veronica.

— Je vous dis que je sais que c'était lui, insista Violet. Je n'oublie jamais un visage.

Veronica sourit.

— Il est vraiment très gentil. Il m'a emmenée faire une promenade sur le pont hier soir et m'a offert son bras. Si protecteur ! Peut-être que vous aimeriez l'interroger de nouveau jeudi soir. J'ai décidé de donner un cocktail dans notre suite avant le dîner ; j'inviterai toutes les personnes qui sont à notre table, et je serais enchantée si votre frère et vous vous joigniez à nous. J'aimerais vous montrer des photos de Sir Gilbert et de Llewellyn Hall.

Violet se comportait comme si le furoncle qu'elle avait sur la fesse avait enfin percé.

— Nous serons heureux d'être vos invités.

En attendant, retour au boulot, pensa Regan en prenant place à la table du dîner. Et voilà que nous allons tous partager nos expériences du premier jour en mer. Ce qui ne tarde pas à se produire.

— Avez-vous déjà pris un bain d'algues ? demanda Immaculata. Je vous le recommande vivement. Cela vous donne des picotements et c'est aussi formidablement reposant.

Veronica lança :

— Ça a l'air fascinant. Comment s'y prend-on ?

Il n'y a qu'à dépouiller les sept mers de tout ce qu'il reste de flore marine pour couvrir les carcasses de gens trop paresseux pour faire de l'exercice, pensa Gavin.

— Eh bien, poursuivit Immaculata, tout excitée, il faut prendre rendez-vous à l'institut de beauté en bas. Mais vous feriez bien de vous dépêcher, parce que le carnet de rendez-vous se remplit vite.

— Regan, n'oubliez surtout pas de téléphoner avant toute chose demain matin.

Veronica était ravie et agitait le fume-cigarette qui avait resurgi.

— Même si ça sent un peu le poisson, dit Immaculata en fronçant le nez, ça en vaut vraiment la peine. On vous couvre le corps de la tête aux pieds d'un masque vert crémeux, on vous enveloppe dans du plastique et des couvertures chauffantes, et on vous laisse vous reposer pendant une demi-heure tandis que les algues débarrassent vos pores des toxines. Après, vous vous lavez sous une douche, et on vous fait un massage pendant que vous écoutez la musique de votre choix. Je vous assure, je me sens une nouvelle femme.

— Je lui ai dit que c'était parfait tant qu'elle restait, au fond, la même Immaculata Marie que j'ai épousée, dit Mario en beurrant son petit pain. Il ne manquerait plus que tu files avec un des officiers du bateau maintenant.

Pas de danger, pensa Hardwick.

Immaculata lui tapota le dos et rit.

— Oh, Mario, et elle enchaîna sur les soins du visage. Ce qui me tue, c'est qu'ils croient qu'en disant du mal de votre peau, ils vont vous faire acheter tous leurs produits. La fille m'a dit que j'avais des problèmes de capillaires, puis elle m'a baratinée pour que j'achète une crème qui coûte soixante-quinze dollars. C'est pas croyable, non ?

Mario grogna.

— Eh bien, tu l'as achetée, n'est-ce pas, mon chou ?

— Comment pouvais-je résister ? Elle m'a garanti que ma peau serait douce et lisse comme celle d'un bébé quand j'aurais fini le tube.

Et pas moyen de retourner le produit quand ça ne donne rien, pensa Regan. Le bateau flottera dans les mers du Sud avant que vous ne découvriez que vos problèmes de capillaires sont irréversibles.

— Savez-vous, continuait inlassablement Immaculata, qu'il est très important de brosser votre peau tous les matins avec une brosse en véritable soie de porc ? Notre corps devrait perdre chaque jour près d'un kilo de peau morte.

— Alors, pour trente-cinq dollars de plus, ils lui ont vendu une de ces brosses qu'ils avaient justement en magasin, marmotta Mario en examinant un petit pain aux graines de sésame.

— Oh, Mario, dit Immaculata en lui tapotant la joue. Honnêtement, l'exfoliation est tellement importante. Surtout aux endroits rugueux comme les coudes, les talons, les genoux. C'est pour ça que la brosse est nécessaire quand tu te lèves le matin et quand tu vas te coucher le soir... La fille a dit que lorsqu'une personne de corpulence moyenne se débarrasse de son matelas, il pèse dix kilos de plus. Et cela vient de la peau morte qui s'y est accumulée. C'est comme si on dormait avec un cadavre, dit Immaculata avec emphase.

Ça serait plus excitant que de dormir avec mon ex-femme, pensa Gavin.

Cameron Hardwick avait du mal à se contenir. Il pinça les lèvres.

— Cameron, mon cher, lança Lady Exner, j'ai fait passer le mot. Jeudi soir, Regan et moi donnons un cocktail avant le dîner dans notre suite. J'espère que vous serez des nôtres. Nous avons une vue à vous couper le souffle…

Je sais que vous en aurez le souffle coupé, pensa méchamment Hardwick. Il lui sourit.

— Merci, je viendrai.

Formidable. La suite de l'autre côté du couloir est probablement une réplique de la leur, mais maintenant je saurai avec certitude à quoi m'attendre vendredi soir.

— Magnifique ! s'écria Veronica. Cela signifie que vous tous ici y assisterez, avec quelques autres amis que nous nous sommes faits aujourd'hui et peut-être quelques autres que nous n'avons pas encore rencontrés. Après dîner, je vais monter tout de suite pour établir la liste des hors-d'œuvre que nous servirons.

— C'est ma spécialité. (Gavin frémissait comme une casserole d'eau au bord de l'ébullition.) J'ai eu à organiser un tas de soirées en l'honneur des célébrités invitées par ma station de radio. En fait (il se retourna et fit un clin d'œil à Regan), un auteur célèbre dont je tairai le nom adorait les coquilles Saint-Jacques au bacon que je commandais toujours pour la soirée que nous donnions tous les ans à Noël…

Je crois que Nora a assisté à cette soirée une fois, songea Regan.

— Et naturellement, à bord j'ai aidé nombre de nos hôtes à organiser des soirées privées. Lady Exner, permettez-moi de vous apporter mon concours ce soir. Je suis sûr que Regan serait heureuse de se joindre à des gens plus jeunes à la discothèque…

Quels gens plus jeunes ? pensa Regan.

Gavin se rendit compte que la sueur inondait ses aisselles et il se sentit le cerveau vide tandis que Veronica acceptait avec enthousiasme.

— Vous êtes trop, trop gentil, s'écria-t-elle. Quelle chance nous avons d'avoir été placées à votre table. N'est-ce pas que nous avons de la chance, Regan ?

— Beaucoup de chance.

— Je suis sûre que Regan sera contente d'élargir son horizon ce soir à la discothèque. N'est-ce pas, Regan ?

— Je cherche toujours à élargir mon horizon.

— Bien. Alors c'est entendu. Mr Gray organisera le cocktail avec moi et vous irez vous joindre aux autres. (Veronica fit un mouvement circulaire des deux mains.) Peut-être que vous danserez avec ce jeune homme qui vous a souri pendant le bingo.

— Les pâtés en croûte ont toujours été un de mes hors-d'œuvre préférés, déclara Veronica en se laissant mollement tomber à côté de Gavin sur le divan pastel, bien que je craigne que certaines personnes ne trouvent ça ordinaire. Sir Gilbert en raffolait. Je n'oublierai jamais la fois où il s'en est fourré un dans la bouche et où ses yeux sont devenus vitreux. Je me suis affolée et j'ai commencé à taper sur son dos qui était si frêle. C'était avant que la Manœuvre Heimlich ait été inventée.

Gavin attendait dans l'expectative qu'elle en eût fini avec le destin de Sir Gilbert.

Veronica soupira.

— En fait, il allait bien. Il faisait simplement un petit somme les yeux ouverts. Ça arrive de plus en plus quand on vieillit. Il était très près de sa fin et la santé de ce pauvre chéri déclinait rapidement. J'étais bien contente qu'il ait pu déguster une de ses friandises préférées quelques jours seulement avant qu'il ne quitte cette planète pour des lieux inconnus. (Veronica fit une pause, ouvrit le menu spécial pour soirées privées et sourit pour elle-même.) Heureusement, il s'est régalé de son mets favori juste avant de mourir. (Elle se tourna vers lui, les yeux brillants.) Vous êtes un homme très attirant.

Veronica leva les sourcils comme si elle attendait quelque chose.

Justement ce que je craignais, pensa Gavin avec inquiétude. Il va falloir que je lui coupe l'herbe sous le pied. Bon Dieu, ce bracelet, je l'aurai gagné jusqu'au dernier centime. Il avisa une bouteille d'eau minérale sur le bar.

— À propos de santé, balbutia-t-il en s'extirpant maladroitement de son siège pour se diriger vers le bar. Je parie que vous n'avez pas bu vos six à huit verres d'eau aujourd'hui. Permettez-moi de vous en servir un.

— Dans un cadre comme celui-ci, je préfère du champagne, roucoula Veronica.

Gavin se précipita pour prendre des verres, déboucha la bouteille vert foncé de Pellegrino et versa en toute hâte le liquide pétillant qui fit des bulles et déborda. S'emparant d'une serviette à thé, il l'essuya.

— Mais il y a des bulles dedans aussi et vous pouvez en boire bien plus.

Il eut un rire nerveux de soulagement en la voyant sourire largement et accepter le verre. Au dîner, elle avait bu deux cocktails whisky-citron, du vin et un cappuccino, calcula-t-il rapidement. Deux verres supplémentaires l'enverraient précipitamment aux toilettes, et avec un peu de chance, il lui faudrait bien deux minutes pour s'installer avec cette robe sur le siège des W.-C.

Se rasseyant sur le canapé, Veronica tapota le coussin à côté d'elle et fit signe à Gavin.

— En dehors des pâtés en croûte, il est toujours bon d'avoir un brie entier à un cocktail, vous ne pensez pas ?

Soulagée de pouvoir se promener seule sur le bateau, Regan traversa le casino dans l'espoir de voir ses parents. Ils avaient déjà quitté la salle à manger quand son propre groupe se leva de table ; elle leur avait téléphoné, mais comme elle s'y attendait, ils n'étaient pas dans leur cabine.

Quand elle passa près des machines à sous, une sonnette tinta, suivie par le bruit métallique des pièces de monnaie tombant dans le plateau de la machine sur laquelle venait de s'aligner la combinaison gagnante, trois cerises en rang. Un homme impassible, avec un cigare mâchonné au coin de la bouche, ramassa les pièces et les versa dans son gobelet en carton. Quoi qu'on gagne à ces attrape-gogos, pensa Regan, la plupart des gens continuent à jouer jusqu'à ce qu'ils aient épuisé toute leur monnaie. Regan avait entendu dire qu'il était préférable de jouer aux machines proches de l'entrée. Le bruit victorieux des sonnettes attirait les gens qui passaient par là, et il ne faisait pas de doute que les organisateurs de la croisière espéraient qu'ils réagiraient comme les chiens de Pavlov.

Il n'y avait plus de places libres aux tables de black jack, et Regan remarqua que Cameron Hardwick était déjà installé à l'une d'elles et qu'une serveuse lui apportait un verre. Je ne veux rien avoir à faire avec lui, pensa Regan. Les yeux fixés droit devant elle, elle poursuivit son chemin, sortit du casino et passa dans le couloir réservé aux expositions de photos où s'étaleraient demain les visages souriants de ceux qui avaient assisté ce soir à la réception du capitaine. Elle se rappela que Veronica avait dit qu'elles devraient commander des tirages supplémentaires car elle était sûre que ses cousines en voudraient, ainsi que Philip et Val. « Val a déniché récemment certaines vieilles photos de famille dans le grenier, avait-elle ajouté, et les a fait encadrer. À l'exception, bien sûr, des photos de la première femme de Sir Gilbert. Elle a l'air d'une dame assez charmante, mais je n'ai vraiment pas besoin qu'on me rappelle qu'il y a eu quelqu'un d'autre dans la vie de Sir Gilbert. Dommage, car il y en avait une formidable de Sir Gilbert quand il était jeune, mais elle est dessus et bien que j'admette qu'elle ait été une bonne épouse jusqu'au moment où elle est morte, qui a besoin de la contempler ? »

Regan arriva à la porte du salon des Chevaliers et regarda à l'intérieur. Elle fut étonnée de constater à quel point il prenait une tout autre aura le soir. Les lumières étaient tamisées, la flamme des bougies tremblotait sur les tables, et les gens qui avaient joué au bingo en short quelques heures plus tôt étaient maintenant en tenue de soirée.

Pas étonnant que les idylles naissent le soir, pensa Regan. Les gens ont l'air bien mieux à la lumière des bougies. C'était assurément le thème de beaucoup de chansons. « M'aimeras-tu encore demain ? » Probablement pas.

Un prestidigitateur venait de terminer ses tours et, Dieu merci, disparaissait lui-même. L'orchestre attaqua un morceau et des couples envahirent la piste tandis qu'une chanteuse fredonnait « Oooohhh, lui avez-vous diiiit que vous l'aimieeeez ?... eeeeet qu'elle vous maaanque si affreueueueusement... » C'est le moment d'aller à la discothèque, pensa Regan, et de repérer tous les « gens plus jeunes ». Je pourrais aussi aller voir à quoi ressemble le bar en plein milieu de l'Atlantique.

Se tenant à la rampe de l'escalier de derrière alors que le bateau s'inclinait brusquement d'un côté, Regan se sentait curieusement détendue. Elle était ravie de disposer d'un peu de temps pour réfléchir. Le dîner avait été long et elle ne se sentait pas d'humeur à se lancer dans une autre conversation pour le seul plaisir de bavarder.

Elle s'installa à une table à l'écart de la piste de danse. Des lumières stroboscopiques ne cessaient de tourner, dessinant des cercles et des points colorés sur le plafond, le sol et les murs. Comme s'il n'y avait pas assez de mouvement sur ce bateau pour vous donner le mal de mer, pensa-t-elle. La musique vous crevait les tympans, comme dans toutes les discothèques. « Tant d'hommes et si peu de temps... » Ce n'est pas le problème ici, se dit Regan. Si peu d'hommes et tant de temps. À terre, elle aurait détesté aller seule dans un endroit de ce genre, mais il y avait quelque chose dans la vie à bord qui bousculait toutes les règles. « Nous effectuons ce voyage ensemble, nous nous faisons de nouveaux amis à qui nous enverrons des cartes de Noël tout le reste de notre vie », avait lancé le capitaine dans une de ses causeries au coin du feu diffusées par haut-parleur. Visiblement, le capitaine aimait le son de sa voix. Il ne ratait pas une occasion de se saisir de son micro. Ils avaient déjà dû subir plusieurs de ses monologues, et ils n'en étaient qu'à leur deuxième jour en mer. Il ne cessait de leur dire exactement quelle était leur position, combien de miles ils avaient parcourus, à quelle distance se trouvait la terre la plus proche, etc. Lorsque Regan regardait par la fenêtre, c'était toujours pareil, quelles que fussent les informations que leur avait données le capitaine. Qu'est-ce qu'on dit déjà ?... « De l'eau, de l'eau partout et pas une goutte... »

— Vous prenez quelque chose, madame ?

Regan leva les yeux. Madame. Je vais le tuer. Elle commanda une vodka-soda au jeune serveur qui avait les cheveux coupés en brosse et une moustache en guidon de vélo. Ouvrant son sac à main, elle sortit son carnet de notes. Consigner les pensées qui lui venaient à l'esprit était devenu pour elle une seconde nature. Elle écrivit alors « Remerciements à Livingston. » Demain, elle lui demanderait l'adresse des parents d'Athena. Elle voulait leur écrire.

— Salut.

Regan leva les yeux et sourit à Lloyd, l'assistant du bingo. Il était debout devant elle, et sa tenue blanche le faisait paraître grand et d'une beauté enfantine. Rien ne vaut un homme en uniforme, pensa Regan.

— Ça vous ennuie si je me joins à vous ?

— Pas du tout, répondit Regan en remettant son carnet de notes dans son sac.

Mon Dieu, c'est une vraie chamelle, pensa Gavin en versant encore un verre d'eau à Veronica, qui ne montrait aucun signe révélateur d'une gêne à la vessie. Ou alors elle s'est offert une boîte de Pampers troisième âge. Une demi-heure plus tôt, il avait été pratiquement plié en deux de douleur et était allé lui-même aux toilettes, mais elle semblait ignorer les besoins naturels.

Veronica avait fini d'entourer d'un cercle ce qu'elle avait choisi de faire servir pour son cocktail.

— J'espère que ces hors-d'œuvre sont bons. Comme je ne suis pas chez moi avec mes ingrédients secrets, je ne pourrai pas en relever le goût. Un vrai chef sait comment accommoder un plat pour le rendre plus savoureux. Et maintenant Mr Gray, nous devons calculer combien de personnes j'ai invitées afin de pouvoir commander en conséquence. Pensez-vous que nous devrions inviter certains des officiers du bateau, peut-être même le capitaine ?

Je m'en fiche, pensait Gavin furieux, les yeux rivés sur la porte du placard. Allez pisser, bon Dieu, ALLEZ PISSER !

Rien n'arrêtait Veronica.

— Finalement, j'aimerais donner un cocktail où il y aurait plus d'hommes que de femmes. Nous avons déjà invité tous les gens de notre table, ce qui devrait être agréable. J'espère que Cameron Hardwick sera d'humeur à s'amuser. Il ne faut pas que j'oublie de dire à Regan que Violet Cohn soutient qu'elle l'a rencontré en Grèce il y a plusieurs années. Mr Gray, qu'est-ce que vous regardez ?

Lloyd était bon danseur. Regan se rendit compte qu'elle s'amusait bien. Mais quand la danse prit fin et qu'il proposa une balade sur le pont, elle regarda sa montre et dit :

— Je ferais mieux de monter. Je n'aime pas être loin de Lady Exner trop longtemps.

Harper eut l'air déçu, mais il dit :

— Je crois que vous avez raison. Je l'ai vue presque passer par-dessus bord hier. Ce ne serait pas la première fois que ça se produit.

— Je pense que nous avons tout réglé, Mr Gray. Ça sera vraiment très réussi. (Veronica se retourna en entendant la clé de Regan dans la serrure.) Oh, formidable, voilà Regan. Je me demande avec qui elle a parlé là-bas.

Encore un coup d'épée dans l'eau, songea Gavin en sentant dans sa tête qui battait douloureusement une impression croissante de frustration. Toute cette eau gazeuse lui avait donné mal à la tête.

Regan entra, souriante.

— Regan, vous vous êtes bien amusée ? demanda Veronica d'une voix joyeuse.

— Veronica, votre vœu a été exaucé. Le type du bingo m'a invitée à danser.

— Oh, je suis impatiente de tout savoir, dit avidement Veronica, mais d'abord, si vous voulez bien m'excuser.

Gavin ne pouvait en croire ses yeux quand il la vit claquer la porte de la salle de bains.

— Merci, lui dit Regan en s'asseyant. Ç'a été très gentil de votre part de l'aider à organiser le cocktail.

Le sourire de Gavin était une véritable grimace de douleur.

— Tout le plaisir a été pour moi. (Il se leva.) Je vous laisse pour que vous puissiez bavarder avant de vous coucher. Je vous en prie, demain matin, ramenez-la au cours de remise en forme. J'y serai… probablement tous les matins. Maintenant, il faut vraiment que je m'en aille.

Il sortit. Regan se déshabilla et enfila une robe de chambre. Veronica réémergea et demanda :

— Où est Mr Gray ?

— Je crois qu'il était fatigué. Il a dit qu'il vous verrait demain matin.

— Pauvre homme. Il est si attentionné, mais ce soir je l'ai surpris en train de regarder dans le vague. Il prend ses responsabilités sur ce bateau tellement au sérieux qu'il est pris du matin au soir. (Veronica se retourna pour que Regan descende la fermeture à glissière de sa robe.) J'avais une de ces envies d'aller aux toilettes, mais il donne son temps avec tant de générosité que je n'ai pas voulu le laisser un instant. C'était assez embarrassant de devoir y aller ce matin. Naturellement, j'ai ouvert le robinet.

Veronica se réfugia dans le cabinet de toilette tandis que Regan installait le convertible.

— Vous ne pouvez pas aller vous coucher déjà, Regan, pas avant de m'avoir tout dit sur vos aventures de ce soir. Peut-être devriez-vous inviter ce jeune homme à notre cocktail… Ce serait formidable. Je suis sûre que tout le monde serait heureux de le rencontrer…

Regan tira les couvertures au-dessus de sa tête et pensa : plus que trois jours et demi.

Mercredi 24 juin 1992

Un soleil éblouissant entrait à flots par les hublots alors que Luke et Nora étaient assis, dans un silence complice, sirotant leur café du matin et parcourant ensemble le minuscule journal du bord qu'on glissait chaque jour sous leur porte.

— Chéri, qu'est-ce que nous allons faire aujourd'hui ? demanda Nora en prenant un exemplaire du programme de la journée.

Un coup frappé à la porte empêcha Luke de répondre.

— Tu crois que c'est elle ?..., demanda Nora tandis que Luke ouvrait la porte.

— Je veux mon cââfé, hurla Regan, imitant la compagne de chambre de Nora quand celle-ci avait fait un bref séjour à l'hôpital en début d'année.

— Bon, entre et ferme la porte avant que les hommes en blouse blanche ne t'emmènent, dit Nora en riant.

— Il y en a un qui l'a presque fait hier soir.

— Que veux-tu dire, chérie ?

— Rien, rien, marmotta Regan en se laissant tomber dans un fauteuil en face de Nora et en se servant une tasse de café qu'elle prit sur le chariot de leur petit déjeuner. Rien ne vaut la troisième tasse de la journée.

— Vas-y, de toute façon j'ai fini, dit Luke avec un sourire pincé en s'asseyant sur la causeuse.

— Oh, excuse-moi, papa. Si ça ne te fait rien, je vais passer un autre coup de téléphone, alors reste ici.

Nora eut l'air intrigué.

— Qui appelles-tu maintenant ?

— De nouveau le commissaire d'Oxford. Je veux savoir s'il a pu avoir les journaux de Grèce. (Regan fronça les sourcils.) N'est-ce pas une bien curieuse coïncidence que deux personnes de la même famille se fassent assassiner en l'espace de quelques mois ? Je ne sais pas. Il doit y avoir un rapport entre les deux.

— Regan, qu'est-ce que tu racontes ? demanda calmement Nora.

— J'espère que quelque chose dans ces journaux grecs va me sauter aux yeux.

Nora hésita.

— Je t'ai toujours appris à te fier à ton instinct, mais à voir la façon dont cette voyante a réagi devant toi hier... Regan, elle s'inquiétait pour toi.

— Maman, cette femme est un charlatan. Tu sais ce qu'elle fait aujourd'hui ? (Regan n'attendit pas la réponse.) Elle enseigne l'art de nouer les écharpes. Ne t'en fais pas. Après, elle vendra des boules de cristal avec le logo du *Queen Guinevere.* Je parie qu'elle avait simplement envie de faire une traversée gratuite.

Regan prit dans l'assiette de Luke des miettes de muffin aux myrtilles, les mit dans le creux de sa main et les fit tomber dans sa bouche.

Nora lui tendit une serviette alors qu'elle se levait et se dirigeait vers le téléphone.

— En outre, ajouta-t-elle calmement, même si nous n'étions pas intimes, je regrette de n'avoir pas fait plus d'efforts avec Athena...

Oxford

Une tasse de thé brûlant à la main, Nigel Livingston enfila le sinistre couloir du commissariat de police d'Oxford, se dirigeant vers la dernière porte à gauche, celle de son bureau. Mon deuxième foyer, murmura-t-il d'un ton rêveur, avec des photos de sa femme et de sa fille trônant sur son bureau. Il pressa le pas quand il entendit sonner le téléphone, renversant le liquide fumant sur ses doigts boudinés.

— Et merde, marmotta-t-il, furieux, alors que le thé débordait de sa tasse et allait éclabousser le sol carrelé de gris.

C'était Regan Reilly qui appelait.

— Une seconde, Miss Reilly.

Tenant l'appareil d'une main, Livingston fit le tour de son bureau et s'assit dans son fauteuil tournant. Le dossier sur l'affaire Popolous était ouvert devant lui. Les premiers fax de Grèce venaient d'arriver. Il les avait étalés tous, impatient de lire les nouveaux documents et de revoir ses notes, quand il était allé chercher une tasse de thé.

À l'autre bout du fil, Regan tendait sa tasse pour que Luke y verse les dernières gouttes de café.

— Merci, Lukey.

— Pardon ? demanda Nigel.

— Oh excusez-moi, répondit Regan, je vous appelle de la cabine de mes parents. Ils rentrent d'un voyage en Europe et il se trouve par pure coïncidence qu'ils avaient réservé des places pour cette même traversée.

— Je me suis laissé dire que votre mère est un auteur de romans policiers ?

— C'est exact. À propos, je n'ai pas dit à Lady Exner qu'elle était à bord. Elle tient beaucoup à ce que ma mère écrive l'histoire de sa vie. Elle peut montrer beaucoup de détermination.

— Je comprends, répondit Livingston, se rappelant la conversation qu'il avait eue la veille avec Philip Whitcomb et sa fiancée. Lady Exner a-t-elle manifesté quelque inquiétude pour l'état de Miss Atwater ?

— Pas vraiment. Bien qu'elle ait dit qu'il était probablement préférable que Penelope ne soit pas venue. Avec toute la nourriture qu'on sert ici, Penelope n'aurait cessé de manger jour et nuit et aurait fini par avoir des brûlures d'estomac chroniques. Veronica a dit qu'il n'y avait rien de plus frustrant que de voyager avec quelqu'un qui était toujours malade et n'arrêtait pas de se plaindre. (Regan enroula le fil autour de ses doigts, brusquement mal à l'aise.) Pourquoi me posez-vous la question ?

— Pour aller droit au but, croyez-vous que Veronica aurait pu tenter d'éliminer Miss Atwater ? demanda Livingston.

— Absolument pas.

— Disons les choses autrement, poursuivit Livingston. D'après tout ce qu'on sait, Miss Atwater était devenue un vrai boulet pour Lady Exner. Croyez-vous qu'elle aurait pu vouloir empêcher Miss Atwater de faire le voyage ?

Je suppose que c'est possible, songea Regan, mais elle répondit :

— Je ne le crois pas.

— J'ai noté une certaine hésitation dans votre voix, Miss Reilly.

— En fait, il n'en est rien. Je ne lui ai même pas parlé de l'arsenic trouvé dans l'organisme de Penelope, parce que je ne voulais pas l'inquiéter. Tout ce que Veronica sait, c'est que Penelope souffre d'une intoxication alimentaire, rien de plus.

— Je suis passé à Llewellyn Hall hier ; Philip Whitcomb et sa fiancée ont dit que Lady Exner avait parlé en plaisantant de saupoudrer ces hors-d'œuvre d'une pincée d'arsenic.

— Philip a dit ça ?

L'incrédulité perçait dans la voix de Regan.

— Eh bien, Miss Twyler en a fait état la première. Ce qui m'amène à un autre sujet. J'ai vu hier votre camarade de classe, Claire James, et elle m'a redit qu'Athena avait le béguin pour Philip. Elle affirme qu'Athena passait à bicyclette devant Llewellyn Hall pour le voir. Pensez-vous qu'Athena aurait pu plaire un peu à Philip ?

Regan se passa un doigt sur les sourcils.

— Vraiment, je ne le crois pas, mais je ne peux en être sûre. Athena et moi n'avons jamais rien fait ensemble. Claire est douée pour dénicher ce genre d'information. Elle était toujours à l'affût des cancans qui circulaient dans les chambres — qui avait rendez-vous avec qui, à qui le petit ami des États-Unis venait rendre visite…

— C'est un peu l'impression que j'ai eue. (Livingston regarda ses notes.) Une dernière chose. Dans la poche de la veste de Miss Popolous, nous avons trouvé une pochette d'allumettes avec, dessus, des initiales et quelques chiffres. Nous essayons d'exploiter cette piste et de voir ce que nous pouvons en tirer. Est-ce que les initiales A.B. signifient quelque chose pour vous ?

A.B., réfléchit Regan. A.B.

— Je ne vois pas.

— Et les chiffres 3-1-5 ?

— Non...

— Eh bien, entre-temps, j'ai reçu les premiers fax venant de Grèce. Le journal de la petite localité de Skoulis où vivait Athena ne sort que tous les mercredis, c'est-à-dire aujourd'hui, alors nous devrions en avoir la traduction demain. Avec un peu de chance, vous aurez le premier envoi dans la matinée d'aujourd'hui.

— S'il me vient une idée sur A.B. ou 3-1-5 en lisant les journaux, je vous appellerai.

Puis elle se rappela qu'elle voulait demander l'adresse des parents d'Athena. Elle raccrocha, prête à affronter les questions de ses parents sur les soupçons qui pesaient sur Veronica.

— Je vais recevoir quelques fax aujourd'hui, leur dit-elle vivement. Pour l'instant, ils essaient simplement de suivre toutes les pistes possibles. Je ferais bien de rejoindre Veronica et de la conduire au séminaire de poésie. Et vous, qu'allez-vous faire ?

L'expression de Nora changea.

— J'avais l'intention d'y aller aussi, mais je pense que je m'en passerai. Voyons ce qu'on nous propose d'autre. Oh, chéri, ils organisent à la même heure un concours pour tous les grands-parents qui sont à bord... ils distribuent des prix à ceux qui ont les petits-enfants les plus vieux, les petits-enfants les plus jeunes... peut-être que nous aurons des chances dans un an ou deux...

— Salut, vous deux, marmotta Regan en fermant la porte derrière elle, regrettant pour la énième fois de ne pas appartenir à une famille d'au moins dix enfants dont l'un lui aurait déjà donné un neveu.

En mer

— Regan ! Houhou ! Vous voilà ? s'écria Veronica alors que ses compagnons de remise en forme et elle-même extirpaient leurs arrière-trains de leurs sièges.

Regan se dit que, tout comme le gymnaste avait ses barres asymétriques, le joueur de hockey sa crosse, l'adepte du body-building ses barres à disques, ces athlètes disposaient de tout l'équipement dont ils avaient besoin pour leur sport favori… un fauteuil pliant.

— Oui, me voilà. Comment s'est passé le cours ?

— Magnifique. Cela vous a plu, Mr Gray ?

— Oh oui !

Gavin sourit, s'étant éveillé ce matin avec tout l'espoir que peut apporter une nouvelle journée, se sentant envahi d'une énergie toute fraîche pour remplir sa mission, contre vents et marées.

— Mais, Regan, vous n'aviez pas besoin de descendre. Je vous avais dit que nous vous retrouverions dans la chambre…

— Oh, ça ne fait rien. Veronica a dit qu'elle voulait assister au séminaire de poésie. J'ai pensé que nous pourrions jeter un coup d'œil sur les photos prises hier soir, puis y aller directement. (Regan se tourna vers Veronica.) À moins, bien entendu, que vous ne vouliez retourner à notre cabine.

— Certainement pas. Mr Gray, vous avez quartier libre. Ohhh, j'ai hâte de voir ces photos. Allons-y, Regan. Merci, Mr Gray, à tout à l'heure.

Alors qu'elles s'éloignaient, Regan ne put s'empêcher de remarquer à quel point le sourire de Gavin Gray s'était figé. Se pouvait-il qu'il fût si déçu de ne pas raccompagner Veronica ? Pourquoi ?

Une demi-heure plus tard, avec six photos sous le bras, y compris plusieurs instantanés de la soirée du capitaine, sur lesquels ne figurait personne de sa connaissance mais qui seraient parfaits pour « montrer l'ambiance », Veronica entra avec un air triomphant dans la bibliothèque où le séminaire de poésie allait commencer.

— Regan, je ne comprends pas pourquoi vous ne m'avez pas fait commander une photo supplémentaire de vous pour vos parents. Je suis sûre que ça leur plairait beaucoup.

— Oh, Veronica, ils ont des tas de photos de moi. Étant leur seul et unique enfant, ils ont enregistré tous les événements de ma vie, si insignifiants soient-ils.

— Oh, comme j'aurais aimé avoir un enfant, dit Veronica en soupirant.

Son visage exprimait une véritable tristesse. En la regardant, Regan éprouva un élan de sympathie pour elle. Veronica affichait toujours une telle bonne humeur qu'il n'était jamais venu à l'idée de Regan qu'elle avait probablement éprouvé beaucoup de déceptions dans sa vie.

— Cependant, poursuivit Veronica, comme le premier mariage de Sir Gilbert ne lui avait pas donné d'héritier (en plus de cinquante ans), j'ai parfois envisagé la possibilité qu'il fût stérile.

Brave vieille Veronica, pensa Regan. Toujours égale à elle-même…

Installé au bureau du bibliothécaire, le poète, qui ressemblait à une caricature de troufion de la guerre de 14, avec des lunettes noires, une chemise blanche à col boutonné, un bermuda, des socquettes noires et des chaussures à bouts pointus, commença à s'adresser au groupe.

— Depuis ma prime jeunesse, déclara Byron Frost d'une voix nasale, j'ai toujours aimé écrire des poèmes. Dès l'école primaire, mon professeur a commencé à nous faire écrire des haïkus. Tout le monde sait ce qu'est un haïku ?

— C'est japonais, répondit Veronica. C'est un poème en trois vers, avec cinq pieds dans le premier et le troisième vers, et sept dans le second. Et ça ne rime pas.

— Oui, c'est ça. Et cela demande de la discipline. Avant la fin du cours, chacun de nous en écrira un. Mais il faut d'abord que je vous dise qu'on doit écrire sur ce qu'on connaît ou ce qu'on ressent profondément. Par exemple, j'ai écrit une ode à ma charmante épouse Georgette, que je vais vous réciter maintenant.

Il retira ses lunettes, croisa les mains dans un geste plein de componction, et regarda avec amour dans la direction d'une dame qui, pensa Regan, devait être Mrs Frost.

— Georgette, mon unique amour…

La charmante Mrs Frost écoutait son mari avec ravissement. En la regardant, Regan se souvint que Claire avait dit qu'Athena était fascinée par Philip quand il lisait des poèmes. La scène où Philip lui avait dit il y avait des années de cela : « C'est un des dangers quand on est une héritière… elle reviendra… » lui trottait sans cesse dans la tête. Et maintenant, l'inspecteur lui redemandait si elle pensait qu'il y avait eu quelque chose entre Philip et Athena. On avait trouvé le corps de celle-ci dans les bois près de la propriété Exner. Regan se rendit compte que son esprit voyageait à toute vitesse entre Oxford et la Grèce. Peut-être les fax seront-ils là quand nous rejoindrons notre suite, pensa-t-elle. J'ai besoin d'éléments tangibles.

— Quelqu'un a-t-il des poèmes qu'il aimerait réciter ? demanda à l'auditoire Byron Frost, épuisé par l'émotion.

Bien avant que Veronica ne bondisse sur ses pieds, Regan s'arma de courage, sachant que Sir Gilbert était sur le point d'être ressuscité.

— Mon cher mari qui nous a quittés, Sir Gilbert Exner, était poète. À tout moment et en tout lieu, il écrivait des poèmes. Quand nous étions couchés, il me prenait dans ses bras et récitait ses œuvres favorites. Peu de temps avant sa mort, il m'a serrée contre lui et a murmuré ses derniers vers :

Je voudrais dire, dire, dire
Ou encore écrire, écrire, écrire…

Ce qui serait pire, pire, pire, pensa Regan.

Le steward avait laissé une enveloppe en papier kraft sur la coiffeuse de la suite.

— Pour vous, Regan, déclara Veronica en regardant l'enveloppe. Comme c'est gentil. Un admirateur, j'espère. Je n'en ai que pour une minute pour me changer.

Elle disparut dans la salle de bains.

Regan ouvrit l'enveloppe qui contenait des photocopies d'articles parus dans plusieurs journaux grecs, ainsi que la traduction en anglais. Dieu merci, pensa-t-elle en les mettant dans son fourre-tout. Elles avaient décidé de prendre un hamburger au grill-room plutôt qu'un véritable déjeuner.

Quand Veronica émergea de la salle de bains, elle arborait un T-shirt à rayures rouges et blanches, un short assorti et des sandales rouges. Elle prit sa crème solaire, ses lunettes de soleil à la Jackie Onassis, et le dernier livre de Nora Regan Reilly.

À la piscine, elles parvinrent à trouver deux transats qui n'étaient pas déjà occupés ou « réservés » par la présence d'une serviette. Installée dans son fauteuil, Regan regarda le sillage du bateau. Nous sommes au milieu de l'océan, pensa-t-elle. Elle essaya d'imaginer ce qu'on pouvait ressentir lorsqu'on était perdu en mer.

— Cette photo de votre mère est charmante, lança Veronica en étudiant le dos de la jaquette du dernier livre de Nora. Vous lui ressemblez. J'ai l'impression que je la reconnaîtrais n'importe où.

C'est bien ce que je crains, se dit Regan.

Veronica ouvrit le livre.

— Je suis si contente de lire ce livre alors que je suis avec vous, Regan. Maintenant, si je me pose des questions, je pourrai aller pratiquement à la source et obtenir des renseignements de première main sur les canailles et les assassins que j'y rencontrerai, dit joyeusement Veronica en feuilletant le livre à l'envers avec son pouce. Et maintenant, vous devez vous mettre au travail.

Regan sourit, l'esprit ailleurs, et prit les fax dans son sac. Elle les étala sur ses genoux et commença à lire. Le premier gros titre « Le sort s'acharne sur une famille éminente » était suivi par « Le corps décomposé d'Athena Popolous découvert durant le week-end dans un bois à Oxford, en Angleterre... ». Le journaliste avait fouillé dans les ragots pour écrire un article digne de la pire presse à scandale. « Il y a à peu près onze ans, la tante de Miss Popolous, Helen Carvelous, a été assassinée alors qu'elle rentrait chez elle à l'improviste au moment où un cambrioleur était à l'œuvre. Elle est morte aussi par strangulation. Des bijoux anciens d'une valeur inestimable ont été volés. Miss Popolous était très proche de sa tante et avait été profondément bouleversée. » Regan s'arrêta un instant de lire. Nous parlions justement de bijoux volés l'autre soir au dîner, pensa-t-elle, et quelqu'un a fait une remarque sur les bijoux anciens. Gavin ? Non. Alors qui ? Ça lui reviendrait.

Poursuivant sa lecture, Regan apprit qu'Athena était la petite dernière de sa famille et que ses parents la laissaient souvent avec les domestiques. Elle adorait sa tante, passait le plus de temps possible avec elle et ses enfants et, comme le disait l'article, « semblait s'épanouir dans cette atmosphère joyeuse et chaleureuse ».

Je regrette de ne pas avoir compris, pensa tristement Regan. Pourquoi ne m'a-t-elle jamais dit qu'elle était si proche de sa tante ? Les parents d'Athena étaient à l'étranger cet été-là et elle vivait avec sa tante quand la tragédie s'était produite. Regan étudia la photo de la famille d'Athena. Ses sœurs et son frère avaient tous une quarantaine d'années maintenant et étaient très séduisants. Athena ressemblait visiblement à son père qui était de forte corpulence et elle avait hérité de ses traits plus grossiers. On citait son frère Spiros qui avait déclaré : « Après la mort de ma tante, nous avons pensé qu'un changement d'air ferait du bien à Athena. Nous l'avons envoyée à l'école en Angleterre dans l'espoir que cela l'aiderait à se remettre. Évidemment, nous n'avons jamais envisagé que cela pourrait se terminer par une autre tragédie. »

On citait aussi la fille d'Helen qui avait maintenant dix-huit ans : « J'ai toujours considéré Athena comme une grande sœur. Elle passait beaucoup de temps avec nous. Le jour où ma mère est morte, notre gouvernante lui avait dit en plaisantant qu'elle ne se sentait pas vraiment utile parce que Athena proposait toujours son aide. Mais ma mère n'y prêtait pas attention parce qu'elle trouvait plus important que ce soit une gouvernante qui nous enseigne l'anglais. »

Regan lut soigneusement les autres articles. Ils étaient tous semblables au premier. Ils ne lui apportaient rien de plus. Peut-être que les journaux locaux qui, selon Livingston, devaient arriver le lendemain, pourraient lui être plus utiles. Les journaux locaux avaient toujours tendance à être plus bavards.

— Quelque chose d'intéressant ? demanda Veronica. Je suis tellement désolée pour cette pauvre jeune fille.

— Rien d'essentiel. Mais je vais recevoir d'autres fax de Grèce demain, soupira Regan en les rangeant.

— À propos, j'ai oublié de vous dire que Violet Cohn m'a affirmé avec insistance qu'elle avait rencontré Cameron Hardwick en Grèce. Bien qu'il le nie, elle soutient qu'il était serveur là-bas.

— C'était quand, Veronica ?

— Il y a onze ans.

— Mario et moi, nous passons de merveilleux moments, lança Immaculata quand on servit les amuse-gueule. Ce soir à minuit au buffet, ils vont dévoiler une grande Statue de la Liberté sculptée dans du beurre. Nous ne voulons pas rater ça. Quand on pense que les parents de Mario et mes grands-parents ont tous immigré aux États-Unis et que Miss Liberté était là pour les accueillir… Ça m'en donne des frissons. Mario, n'oublions pas de prendre notre appareil photo.

— Oui, oui, grommela Mario en attaquant son crabe d'Alaska sur canapé.

La plupart des gens ont l'air très contents, pensa Regan. Sylvie sourit. Regan l'avait vue entrer dans le cinéma après le déjeuner avec Violet Cohn et son frère. Dale et Kenneth avaient parfait leur bronzage en passant l'après-midi paresseusement étendus au soleil au bord de la piscine, par un temps qu'on rencontrait rarement dans les croisières nord-atlantiques. Veronica avait apprécié la séance de pliage d'écharpes, et une autre partie de bingo, même si elle n'avait pas gagné aujourd'hui. Elle s'était chargée elle-même d'inviter tous les officiers présents, y compris Lloyd qui était occupé à compter l'argent. Gavin Gray semblait un peu préoccupé et nerveux. Elles ne l'avaient pas beaucoup vu depuis ce matin, mais lui avaient fait signe de la main alors qu'il était à l'autre bout de la salle de bingo. Et puis, bien entendu, il y avait Cameron Hardwick.

Sirotant son chardonnay, Regan demanda :

— Qu'est-ce que vous avez fait aujourd'hui, Cameron ?

Il haussa les épaules.

— Je suis allé à la salle de gym pour faire des poids et haltères et nager un peu. Je ne peux pas supporter le manque d'exercice.

Il coupa un petit pain en deux de ses grandes mains puissantes.

Vous n'aviez pas besoin de faire une croisière pour soulever des poids, se dit Regan. Elle regarda Veronica éteindre sa cigarette dans le cendrier qu'elle partageait avec Mario. Brusquement, elle réalisa qu'elle n'avait jamais vu Hardwick fumer. Pourquoi quelqu'un qui se dit si préoccupé de sa santé s'installerait-il à une table pour fumeurs ? Pour mon goût, il y a trop de choses qui ne sont pas logiques chez ce type, pensa Regan. En regardant la montre Rolex qu'il portait au poignet, elle se demanda si ces mains avaient jamais débarrassé les assiettes des tables d'un restaurant en Grèce. Il était difficile de l'imaginer recevant des ordres de quiconque.

— Alors, n'oubliez pas, vous tous, demain nous donnons un cocktail à cinq heures, dit Veronica avec enthousiasme. Cela nous laissera deux heures avant le dîner pour faire mieux connaissance. Je vais demander à tout le monde d'inscrire son adresse sur une liste que je ferai photocopier vendredi afin que nous puissions tous rester en contact.

Regan remarqua que Mario et Immaculata semblaient être les seuls à trouver que c'était une merveilleuse idée. Elle eut la vision d'une série de cartes de Noël représentant Mario III et Concepcione devant une cheminée, avec des cadeaux de Noël se balançant au-dessus de leurs têtes.

Jeudi 25 juin 1992

— Regan, il est temps de se lever ! chantonna Veronica en soulevant sa couverture et en lui chatouillant les pieds.

Qu'est-ce que j'ai fait pour mériter ça ? se demanda Regan en faisant un gros effort pour ouvrir les yeux. Malgré toutes ses tentatives pour se transformer en lève-tôt, Regan n'était jamais parvenue à devenir une de ces personnes matinales qui bondissent joyeusement du lit. Je devrais me trouver un boulot où je travaillerais dans l'équipe de nuit, pensa-t-elle.

— Je suis tellement contente que nous ne soyons pas restées très tard au casino hier soir. Revenir ici et lire au lit a été une telle joie, bien que je sois restée éveillée plus longtemps que je ne l'aurais voulu avec le livre de votre mère. Vous aviez déjà sombré dans le sommeil, Regan, et j'ai dû me forcer à éteindre la lumière à une heure du matin. J'ai hâte de le dire à votre mère quand je la rencontrerai enfin.

— Oh, c'est gentil, Veronica. Elle est toujours très heureuse d'apprendre que les gens aiment ses livres.

Regan se retourna, s'enroula dans les couvertures et imagina comme ce serait merveilleux de dormir encore une heure ou deux.

— Quelle heure est-il ?

— Sept heures et demie. Il faut que nous descendions prendre notre petit déjeuner et que nous soyons à l'institut de beauté à neuf heures.

— Vous n'allez pas au cours de culture physique ce matin ?

Pas le temps. Aujourd'hui, c'est le grand jeu. Ensuite, il faut que nous nous préparions pour notre cocktail.

Regan se redressa sur ses coudes.

— Nous ?

— Bien entendu. Je nous ai inscrites toutes les deux chez la manucure, le pédicure, pour qu'on nous fasse un masque antirides, un massage, un traitement aux algues, puis qu'on nous coiffe et qu'on nous maquille.

— Êtes-vous sûre que nous en aurons fini quand nous arriverons à New York ? demanda Regan en posant les pieds par terre.

Mais elle s'avoua que c'était sûrement mieux que de retourner assister à des séminaires sur la finance ou la poésie.

— Bien sûr.

Veronica ouvrit avec entrain la porte vitrée coulissante qui donnait sur la terrasse et respira l'air marin. Regan se dit que les poils du nez de Veronica étaient bien plus mis à l'épreuve que les poils d'une moquette par un aspirateur industriel.

— On nous servira à déjeuner là-bas, expliqua Veronica. Malheureusement, il faudra que nous renoncions aux conférences, aujourd'hui. Je suppose que c'est le tribut à payer pour être une hôtesse en beauté.

Veronica sortit sur le pont en chantant « Ce que j'ai fait par amour… ».

Regan la regarda tout en s'étirant, bras et jambes tendus. Veronica est généreuse, pensa-t-elle. Rien ne l'oblige à m'offrir tout ça. Cela va lui coûter une fortune. Regan entra dans la salle de bains et se regarda dans le miroir qui lui renvoya une image d'elle-même agrémentée de deux cernes sous les yeux. Je crois qu'il est grand temps qu'on m'applique un masque facial anti-âge.

— Vous sentez-vous bien ? demanda à Regan la jeune esthéticienne à la peau et au maquillage parfaits lorsqu'elle eut fini d'envelopper son corps dans un film plastique et des couvertures chauffantes.

Aussi bien qu'on peut se sentir avec des algues visqueuses et puantes recouvrant chaque centimètre carré de votre peau, pensa Regan.

— Oui, ça va.

— C'est bien, parce que quelqu'un de claustrophobe peut se sentir vraiment gêné.

C'est maintenant qu'elle me le dit.

— Mais vous allez vous sentir tellement, tellement bien quand ça sera fini. Toutes les cellules mortes de votre peau s'en iront et les toxines seront éliminées de votre organisme.

— C'est ce que m'a dit une femme qui est à ma table.

— Qui ?

— Immaculata Buttacavola.

— Oh oui, elle est venue l'autre jour. Une femme charmante. Elle adore parler de sa famille.

— Je sais.

— D'ailleurs, elle reviendra cet après-midi pour se faire coiffer. Elle a dit qu'elle allait à un cocktail ce soir. Je suppose que ça doit être celui que vous donnez.

— Oui.

— Parfait, dit-elle de cette douce voix flûtée que les esthéticiennes adoptent dans ces tombes plongées dans la pénombre où l'on vient pour s'embellir. Détendez-vous. Profitez-en. Je serai tout près si vous avez besoin de moi. Dans une demi-heure, nous vous sortirons de l'enveloppement et vous prendrez une douche avant la deuxième phase du traitement.

Elle tira précautionneusement la porte et Regan ferma les yeux.

Les minutes passaient et Regan comprit qu'elle était incapable de se détendre. Elle se sentait de nouveau tourmentée en pensant à Athena et à sa famille. Le corps d'Athena trouvé sous un tas de feuilles, immobile et sans vie. Penelope empoisonnée. Des questions sur Cameron Hardwick. Regan se sentit mal à l'aise quand la température de la couverture monta, et elle se rendit compte à quel point sa capacité de mouvement était limitée. C'était exactement l'impression qu'elle avait par rapport à cette affaire. D'autant qu'elle ne pouvait faire grand-chose au milieu de l'océan. Elle était paralysée. Bon Dieu ! Je perds mon temps ici, pensa-t-elle, alors que la sueur semblait suinter de tous ses pores.

L'enveloppement corporel était devenu trop chaud. Elle se sentait mouillée et poisseuse. Elle essaya de remuer les bras, mais ils étaient collés à ses flancs par les lourdes couvertures.

Pendant un instant, elle éprouva un véritable sentiment de panique quand elle imagina le corps d'Athena pourrissant dans les bois adjacents à Llewellyn Hall, couvert de feuilles boueuses et détrempées.

— Mademoiselle, mademoiselle, appela-t-elle.

Il était trois heures lorsque Regan et Veronica regagnèrent leur suite.

Regan, coiffée, manucurée, massée, maquillée, dit :

— Merci, Veronica. Après un début pénible, ça s'est révélé très agréable.

— Eh oui, se faire bichonner, c'est excellent pour le moral, vous ne trouvez pas ? Je regrette que l'enveloppement aux algues ne vous ait pas fait de bien, ma chérie. Quand j'étais dedans, j'ai fait comme si c'était Sir Gilbert qui me tenait serrée contre lui. Naturellement, je n'avais pas envie que ça prenne fin. (Veronica se regarda dans le miroir au-dessus de sa coiffeuse et fit bouffer ses cheveux.) Avez-vous déjà été amoureuse, Regan ?

— Une fois, à la fin de l'école primaire.

— Non, je veux dire vraiment.

— J'ai connu quelques faux départs. Qui sait ?

Elle haussa les épaules et inspecta ses ongles, maintenant recouverts d'un vernis appelé « Rouge Extrême ». Sont-ils trop vifs ? se demanda-t-elle. Peut-être aurais-je dû choisir « Prune Intense » ou « Fraise Sexy » ? Qui peut bien perdre son temps à imaginer ces noms ?

— Quand vous serez amoureuse, poursuivit Veronica, ça vous changera la vie. Vous saurez que c'est ça. Je suppose qu'il vous faudra embrasser beaucoup de crapauds avant de trouver votre prince charmant.

— Ma foi, j'ai embrassé beaucoup de princes qui se sont transformés en crapauds, marmotta Regan.

— Regan, j'espère que vous finirez par trouver quelqu'un comme Sir Gilbert. Je sais que j'ai tendance à être intarissable à son sujet, mais il a été et il sera toujours l'amour de ma vie.

Regan s'assit sur le lit à côté d'elle.

— C'est ce que je vois.

— Oh, ma chérie, j'avais un côté un peu vieille fille quand je l'ai rencontré. Et tout le monde pensait que j'étais folle de passer mon temps avec un homme aussi vieux. Mais il était si jeune d'esprit. Il me donnait le sentiment d'être tellement exceptionnelle, tellement aimée. Être en sa présence, c'était comme de rentrer chez soi. Certaines personnes ont cru que je m'intéressais à lui à cause de son argent. (Veronica éleva la voix.) Mais ça n'était pas vrai. Il voulait m'épouser très vite afin que je sois à l'abri du besoin si quelque chose lui arrivait. Je trouvais que c'était trop tôt, mais il a insisté. (Veronica soupira.) Ces deux semaines ont été les plus belles de ma vie. Et je n'ai jamais trouvé personne qui soit capable de le remplacer. Mais... (Veronica se leva d'un bond)... mais ça ne veut pas dire que je ne peux pas continuer à essayer, n'est-ce pas, Regan ? (Elle battit des mains.) Il faut que nous nous occupions de notre cocktail. Le barman et le serveur vont arriver à quatre heures pour tout installer, et il faudra alors que nous soyons prêtes. Je crois que ça serait une fort bonne idée de déboucher une bouteille de champagne et de la boire pendant que nous nous habillerons. Qu'en dites-vous, Regan ?

— Pourquoi pas ?

— En effet, pourquoi pas ? (Veronica se dirigea vers le réfrigérateur.) Après tout, on ne vit qu'une fois, n'est-ce pas ?

— Tout à fait d'accord.

— Oh, Regan, c'est tellement amusant et il ne nous reste plus qu'une seule journée. Je ne peux m'empêcher d'être excitée à la pensée de connaître ma nièce et ses enfants, mais d'un autre côté, j'aimerais que ce voyage ne se termine jamais.

À cinq heures, la suite Camelot était déjà prête pour accueillir les invités du cocktail. On avait mis des fleurs fraîches aux endroits stratégiques, un plateau de fromages et des crudités étaient disposés sur la table de cocktail et le barman était à son poste, en train de couper des citrons. Dehors, sur la terrasse, le serveur s'activait devant un mini-four pour préparer les plateaux de hors-d'œuvre chauds. Le soleil de fin d'après-midi étincelait sur l'eau tandis que le *Queen Guinevere* poursuivait majestueusement sa route vers New York.

— Nous avons de quoi nourrir une armée, fit remarquer Regan en chipant une carotte.

— Ma foi, il est préférable qu'il y en ait trop que pas assez, dit Veronica d'un ton dégagé.

Alors, que s'est-il passé à votre réception à Llewellyn Hall la semaine dernière ? pensa Regan alors qu'on frappait à la porte.

— J'arrive, chantonna Veronica en s'examinant une dernière fois dans le miroir.

Puis elle se dirigea tranquillement vers la porte et, avec

un grand geste, l'ouvrit comme s'il s'agissait des portes du Paradis. Ce n'était pas le premier invité qui était planté là, mais le jeune steward empoté, qui se balançait d'un pied sur l'autre.

— J'ai une enveloppe pour Miss Reilly.

— Merci, mon petit. Aimeriez-vous entrer pour prendre un verre ?

— Excusez-moi, madame. J'aimerais bien, mais je suis en service.

— Bon, si vous avez une pause, passez. Dieu sait combien de temps va durer notre cocktail…

— C'est gentil à vous.

Regan descendit précipitamment l'escalier et prit l'enveloppe des mains de Veronica.

— Ça doit être le reste des fax de Grèce. Je vais juste y jeter un coup d'œil.

Debout dans l'entrée, avec Veronica regardant par-dessus son épaule, Regan déchira l'enveloppe et en sortit le contenu. Sur la première page figurait une photo d'Athena avec sa tante, les trois enfants d'Helen et leur gouvernante. Avec comme légende : « Quelques minutes avant sa mort, Helen Carvelous posait sur la plage de Skoulis pour ce qui devait être la dernière photo prise avec ses enfants. »

— Tiens, c'est Val.

— De quoi parlez-vous, Veronica ?

— À côté de la fille brune.

— À côté d'Athena ?

— C'est ça, à côté d'Athena. Pauvre fille. Eh bien, c'est Val qui est juste à côté d'elle. En feuilletant un annuaire de Saint-Polycarp appartenant à Philip et datant d'une dizaine d'années, je suis tombée sur la photo de Val. C'était la première année qu'elle y enseignait. Elle était exactement comme ça.

Regan sentit en elle une poussée d'adrénaline. Reste calme, se dit-elle. Val n'a jamais avoué qu'elle connaissait Athena.

— Mais Veronica, c'est une photo tellement mauvaise. Elle a été reproduite sur papier thermique. Et à l'époque, tout le monde était coiffé comme ça. Regardez, on dit qu'elle s'appelle Mary V. Cook.

Pense-t-elle ça parce qu'elle a déjà bu trois coupes de champagne ? se demanda Regan.

— Bon, alors, c'est ce qu'on appellerait un sosie. Et que veut dire le V ? ajouta Veronica avant d'abandonner le sujet pour aller répondre au second coup frappé à la porte. Cameron Hardwick emplissait tout l'encadrement de la porte.

— Bonsoir, mesdames.

— Notre premier invité, s'écria Veronica. Entrez.

— Salut, Cameron, dit Regan en fourrant les fax dans l'enveloppe. Ouvrant le tiroir du haut de la commode, elle y jeta l'enveloppe, regrettant en silence de ne pas avoir le temps de l'étudier tout de suite. Je ne pourrai pas revenir ici avant la fin du dîner, pensa-t-elle avec impatience.

— Regardez, Regan, Cameron nous a apporté une boîte de chocolats, n'est-ce pas attentionné ?

— Oh oui ! comme c'est gentil, dit Regan en se rappelant la dernière fois qu'un homme lui avait offert des chocolats : un ancien petit ami de New York, qui était venu en avion à Los Angeles pour une réunion d'affaires. (Ce n'était que plus tard qu'elle avait appris que c'était un cadeau fait aux passagers de première classe sur Trans-America Airlines.)

Tout le monde sait qu'il y a des gens qui réutilisent les cadeaux de mariage, pensa Regan en extrayant ce qu'elle espérait être un caramel enrobé de chocolat du coin de la boîte offerte par Cameron et en le fourrant dans sa bouche. Pourquoi pas des chocolats ? Mais alors qu'elle mastiquait le mélange crémeux, elle ressentit une contraction nerveuse à l'estomac. Val et Cameron avaient tous les deux travaillé en Grèce et aucun d'eux ne l'avait avoué. Pourquoi ? Mais Veronica pouvait se tromper. Et Violet aussi. Il faut que je sache dans quelle ville a séjourné Violet Cohn, se dit Regan. Et je suis impatiente de téléphoner à Livingston. Naturellement, même si Val et Cameron y étaient tous les deux, ça ne signifie pas qu'ils aient fait quelque chose de mal.

Elle regarda dehors, sur le pont où le serveur sortait un plateau de hors-d'œuvre du four, puis elle respira profondément lorsqu'elle se rappela que Val était aussi à Llewellyn Hall quand Penelope avait été empoisonnée.

— Ben vrai, cet endroit est d'un chic, dit Mario d'une voix tonitruante dès qu'Immaculata et lui jetèrent un premier coup d'œil sur la suite Camelot. Chérie, si nous gagnons à la loterie, il faudra que nous fassions une autre croisière et que nous louions cette suite.

— D'abord, il faudra que nous mettions de l'argent de côté pour l'éducation des enfants, Mario. Mais après, nous pourrions emmener toute la famille avec nous. Est-ce que ça ne serait pas formidable ?

Les yeux d'Immaculata brillaient à cette perspective.

Regan les rejoignit.

— Vous pourriez mettre le reste de la famille dans la suite de l'autre côté du couloir. Comme ça vous auriez tout cet endroit pour vous. Eh bien, qu'est-ce que vous en dites, Mario ?

Mario rit en prenant Immaculata par les épaules.

— Dites donc, ne donnez pas des idées à ma femme. Alors, il y a une autre suite là-bas, hein ?

— Oui, et elle est vide pour cette traversée. Nous aurions dû demander la clé et donner un cocktail dans les deux suites, dit Regan en essayant d'imiter le style des bavardages de cocktail. Comme ça, Veronica aurait pu inviter tous les gens qui sont à bord.

— Je crois qu'elle l'a déjà fait, ajouta Dale qui venait d'arriver, suivi par Kenneth, tout sourires. Il y a un monde fou qui attend l'ascenseur.

— Je vais nous servir à boire avant que le bar ne soit trop embouteillé. Qu'est-ce que tu aimerais, chérie ? demanda Mario à Immaculata.

— Bon, voyons, commença Immaculata. J'ai déjà pris une de ces boissons spéciales qu'on fait maintenant et qui contiennent du rhum. Je n'ai pas très envie de quelque chose avec du rhum, mais peut-être que je devrais puisque c'est par ça que j'ai commencé et que ce n'est pas bon de faire des mélanges. Oh, mais regarde ! Il y a du champagne et…

— Viens avec moi au bar pendant que tu te décides. (Mario se tourna vers Regan et Dale.) Excusez-nous.

— Cet endroit est incroyable, dit Dale en regardant autour de lui tandis que Kenneth se dirigeait vers le bar.

— N'est-ce pas ? approuva Regan en buvant une gorgée de champagne, et elle remarqua alors qu'Hardwick se glissait sur la terrasse et restait près du bastingage en tournant le dos aux autres.

— Regan, j'adore la façon dont on vous a coiffée, dit Kenneth en tendant un scotch à Dale. Un peu trop de laque, mais c'est toujours le cas.

— Kenneth et moi ne pouvons jamais cesser de parler boulot. (Dale sourit.) Pendant que j'examine les meubles, il regarde les cheveux des gens et pense qu'une telle aurait besoin d'une permanente, qu'un tel devrait changer de teinture…

— Ou bien un tel aurait besoin de cheveux et une telle d'un peigne, à moins que ce ne soit l'inverse, intervint Kenneth. Regan, nous nous sommes arrangés avec Veronica pour vous retrouver ici samedi à quatre heures du matin. Nous prendrons le champagne et je donnerai un coup de peigne à Veronica. Elle veut être en beauté pour ses nièces. Nous devons nous retrouver en bas à cinq heures afin d'être sur le pont quand nous ferons notre entrée dans New York et que nous passerons devant la Statue de la Liberté.

— À quatre heures ? répéta Regan.

— C'est une tradition que nous tenons à respecter. Nous passerons probablement toute la nuit à faire la bringue. Pourquoi ne vous joindriez-vous pas à nous ? demanda Dale.

— Merci, messieurs, mais je crois que je m'octroierai d'abord quelques heures de sommeil.

Au bout d'une.demi-heure, le cocktail battait son plein. Sylvie entra, accompagnée de Milton et de Violet. En les accueillant, Regan remarqua que Sylvie avait l'air de quelqu'un qui a marqué beaucoup de points. Elle semblait ravie de l'occasion qui lui était donnée d'impressionner Milton et sa sœur si dédaigneuse.

— Hum-hum, dit Violet en examinant le cadre d'un œil critique. Très joli. Oh, Milton, ce jeune homme si grossier est ici. Je ne sais pas si nous devrions rester.

Regan se rendit compte que Violet regardait Cameron Hardwick tandis que Sylvie avait l'air déconfit.

Regan prit Violet par le bras et dit :

— Je vous en prie, restez. Il y a tant de gens intéressants ici. Lady Exner m'a dit que vous aviez rencontré Cameron en Grèce.

— Absolument. Il était notre serveur en 1981, l'année où mon cher Bruce est mort.

En la conduisant au bar, Regan dit négligemment :

— Lors de mon prochain voyage, j'irai en Grèce. Dans quelle ville étiez-vous ?

Sans ciller, Violet déclara catégoriquement :

— Skoulis.

— Non, non, non. Ne soyez pas stupide, Mr Gray. Je ne veux absolument pas, dit Veronica avec insistance.

— Mais il ne faudra que quelques minutes pour remettre cet endroit en ordre. Vous descendez dîner et je vous rejoins dans quelques instants.

— Non, vous avez déjà trop fait pour nous. Il est plus de sept heures et demie et nous sommes déjà en retard. Le steward va venir et finir de ranger tout ça pendant que nous dînerons. (Veronica ouvrit la porte et sortit dans le couloir.) Le cocktail était réussi, hein ?

Tout en la suivant à contrecœur, il approuva.

— Oh, c'était absolument formidable. C'est pour ça que je voulais que tout soit parfait quand vous rentrerez dans votre cabine.

Regan ferma la porte et, en enfilant le couloir, elle pensa qu'à l'entendre, on aurait dit que c'était pour lui une question de vie ou de mort.

Vendredi 26 juin 1992

Je ne peux pas attendre plus longtemps, pensa Regan follement énervée, en se glissant hors du lit. Elle jeta un coup d'œil à Veronica, qui semblait dormir profondément. La pendule à côté de son lit marquait quatre heures et demie. Ce qui voulait dire qu'il était huit heures et demie à Oxford.

Regan alla sur la pointe des pieds dans la salle de bains, ferma la porte et décrocha le téléphone mural.

Cinq minutes plus tard, elle s'entretenait avec le commissaire Livingston.

— Je suis si contente d'avoir pu vous joindre, murmura-t-elle en lui expliquant que Veronica croyait que Val était la gouvernante sur la photo prise avec Athena, sa tante et les enfants.

Livingston regarda les journaux qui étaient sur son bureau et farfouilla jusqu'à ce qu'il trouvât la photo en question. La tenant à la main, il l'examina.

— Possible, dit-il. Difficile d'en être sûr, bien entendu. La photo est mauvaise. Ce journal dit qu'elle s'appelle Mary V. Cook. Je vais faire un saut à Saint-Polycarp aujourd'hui et je consulterai les dossiers du personnel.

— Autre chose, poursuivit Regan, il y a un Américain à bord qui dîne à notre table et d'après moi ses antécédents ne collent pas. Une vieille dame que j'ai rencontrée est persuadée de l'avoir eu comme serveur à Skoulis en Grèce il y a onze ans. Ce n'est qu'une idée, mais pourriez-vous vérifier auprès de la police grecque ? Voyez si son nom a été mis sur le tapis durant l'enquête. Peut-être a-t-il été interrogé s'il travaillait en ville. Skoulis n'est pas si grand.

— Je m'en occupe tout de suite. Comment s'appelle-t-il ?

— Cameron Hardwick.

Alors que Livingston prenait une fois de plus la route de Saint-Polycarp, il récapitulait l'affaire dans sa tête. Si Val Twyler avait effectivement été la gouvernante, pourquoi le cachait-elle ? Le cambriolage de la maison d'Helen Carvelous qui avait conduit au meurtre était-il organisé de l'intérieur ? Qui était ce type nommé Cameron Hardwick ? Livingston avait téléphoné en Grèce pour demander qu'on sorte les dossiers de l'enquête sur le meurtre d'Helen Carvelous.

Il était neuf heures cinq quand il entra dans le parking. Comme il l'espérait, Reginald Crane, le principal du collège, était déjà à son bureau.

— Nigel, c'est ta seconde visite en une semaine. (Crane tendit le bras pour lui serrer la main.) Assieds-toi, je t'en prie. Que puis-je faire pour toi, cette fois ?

Livingston se renversa dans son fauteuil et prit une profonde inspiration. Il lui fallait être prudent. La réputation de la dame était en jeu.

— Miss Val Twyler. Pourrais-tu, je te prie, sortir son dossier ?

Crane se leva sans hésitation et se dirigea vers son classeur qui avait l'air en piteux état.

— Je présume que je ne peux pas te demander pourquoi tu t'intéresses à Val Twyler.

— Simplement pour vérifier quelques faits, répondit Nigel en sortant son carnet de notes de sa poche.

Crane lança le dossier sur son bureau, se rassit et l'ouvrit. Il expliqua que, sur la première page, figuraient les notes qu'il avait prises lors de son entretien avec elle pour l'engager.

— C'était quand ? demanda Livingston.

— Le 23 avril 1982.

Livingston se sentit stimulé. C'était le jour même de la disparition d'Athena Popolous.

— Où travaillait Twyler à ce moment-là ?

— Dans une école à une centaine de kilomètres à l'ouest d'ici. Un endroit qui s'appelle Pearsons Hall.

— A-t-elle fourni des références venant de Grèce ou a-t-elle mentionné qu'elle y avait travaillé comme gouvernante ?

Crane feuilleta ses papiers.

— Non.

— Sais-tu si elle a été mariée ?

— Apparemment, elle avait divorcé l'année avant de venir ici. Elle a même repris son nom de jeune fille.

— Comment s'appelait son mari ?

— Cook.

Le commissaire se leva.

— Où se trouve exactement Pearsons Hall ?

En mer

Quand elle regagna son lit sur la pointe des pieds après avoir parlé à Livingston, Regan ne cessa de se tourner et de se retourner. Il était hors de question de dormir. Son esprit était en ébullition. Violet Cohn. Son cerveau s'emparait de tout comme une mâchoire d'acier. Je parierais qu'elle a raison, pensa Regan. Cameron Hardwick a été son serveur à Skoulis. Si Val avait été gouvernante là-bas, il se pouvait qu'elle eût rencontré Cameron en ville. Peut-être qu'elle lui avait donné des tuyaux sur les bijoux. Les bijoux anciens, selon ses propres termes, « les seuls joyaux vraiment dignes de ce nom ».

Regan s'allongea sur le côté et serra son oreiller, regardant une fois de plus la terrasse sur laquelle Cameron avait passé l'essentiel de la soirée. Si Val et Cameron étaient dans le coup d'une façon ou d'une autre, y avait-il un rapport avec la mort d'Athena ? Et que pouvait bien faire Hardwick sur ce bateau ?

Le commissaire Livingston parcourut la bonne centaine de kilomètres qui le séparait de Pearsons Hall en remarquant à peine la paisible campagne anglaise.

Il était onze heures et demie quand il se trouva assis dans un autre bureau, attendant cette fois que la directrice, Margaret Heslop, en eût fini avec une réunion au réfectoire. À midi moins le quart, la porte s'ouvrit brusquement et une femme la poussa avec une canne pour faire passer son fauteuil roulant.

Livingston se leva précipitamment.

— Puis-je vous aider ?

— Grands dieux, non. Je me débrouille avec ça depuis la guerre, dit-elle cordialement.

Âgée d'une soixantaine d'années, avec un visage agréable et des cheveux tirés en arrière et coiffés en chignon, elle s'installa en face du fauteuil de Livingston et lui tendit la main.

— Margaret Heslop.

— Nigel Livingston. Je vous remercie de me recevoir ainsi à l'improviste.

— J'ai pensé que ça devait être important. Sinon, vous n'auriez pas fait tout ce chemin depuis Oxford.

Puis, elle ajouta avec résolution :

— Parlez-moi de votre affaire.

— J'ai besoin de connaître les antécédents de Val Twyler.

— Val Twyler ?

Margaret Heslop semblait perplexe.

— Quand elle était mariée, elle s'appelait Cook.

— Bien sûr. (Le visage de la directrice s'assombrit tandis qu'elle hochait la tête.) Je ne pense jamais à elle sous le nom de Twyler. Elle a repris son nom de jeune fille après son divorce d'un type en ville.

— Si je comprends bien, on l'appelait aussi Mary pendant presque tout le temps où elle a enseigné ici.

Pour la seconde fois de la matinée, Livingston se retrouva en train de jouer avec son stylo et son carnet de notes.

— Tout le temps, en fait, répondit Margaret Heslop.

— Bon. Savez-vous si elle a passé un été à travailler en Grèce comme gouvernante ?

— Oui, certainement, et ç'a été le début de ses ennuis.

Margaret Heslop fit rouler son fauteuil jusqu'à son classeur et en sortit un dossier marqué « Mary V. Cook. »

— Qu'est-ce que vous entendez par ennuis ? se hâta de demander Livingston.

— N'est-ce pas pour ça que vous êtes ici ? demanda Mrs Heslop en fermant le tiroir d'un bruit sec et en étalant le dossier sur son bureau. Elle divorçait et elle voulait s'éloigner pour l'été. Elle a travaillé pour une famille en Grèce où, comme vous le savez sûrement, il y a eu une tragédie. Une femme a dérangé un cambrioleur et a été assassinée. Comme Mary était la seule personne dans la maison qui n'était pas membre de la famille, elle a été longuement interrogée. Lorsqu'elle est revenue ici pour la rentrée scolaire, la police a continué à venir lui poser des questions. Nous n'aimions pas beaucoup cela. Ça devenait un facteur de perturbation, c'était même très gênant. J'ai cru comprendre qu'on n'avait rien pu prouver. Finalement, il y a eu un poste vacant à Saint-Polycarp et elle a sauté sur l'occasion pour partir. Elle a postulé pour ce poste et je sais qu'elle y est toujours puisque j'ai même entendu dire qu'elle allait se marier.

— Oui, c'est exact.

— Eh bien, j'espère que le deuxième mari aura plus de chance que Malcolm Cook. Elle a un caractère assez difficile parfois. C'est un excellent professeur, mais une personne pas très commode.

Pas étonnant qu'elle n'ait jamais voulu admettre qu'elle avait connu Athena, pensa Livingston. Il était parfaitement compréhensible qu'elle veuille recommencer une nouvelle vie. Et même si son entretien a eu lieu le jour de la disparition d'Athena, il se pouvait que cela n'eût absolument aucun rapport. Il en avait vu de ces coïncidences bizarres où des gens se retrouvaient au mauvais endroit au mauvais moment.

Livingston remercia Margaret Heslop de lui avoir consacré son temps et se leva pour partir, promettant de ne pas hésiter à téléphoner s'il avait besoin d'autres renseignements.

Arrivé sur l'escalier qui descendait au parking, il hésita et s'arrêta un instant pour profiter d'une courte apparition du soleil qui venait d'émerger de derrière les nuages, tandis qu'il réfléchissait à ce qu'il venait d'entendre.

— Oh mon Dieu, où ai-je garé cette fichue bagnole ?

Livingston vit une vieille dame à qui il donna dans les soixante-dix ans, et sourit.

— Mon mari râle toujours parce que je ne me rappelle jamais où j'ai garé la voiture. Il a des difficultés pour marcher, alors je le dépose à l'entrée et je vais me garer. Il y a une exposition d'objets artisanaux aujourd'hui dans la salle de conférences. De très jolies choses. Vous devriez aller y jeter un coup d'œil.

Essayant de l'aider, Livingston demanda :

— Quel genre de voiture avez-vous ?

— Une Austin bleue et nous avons eu des tas d'ennuis avec, récemment. Nous appelons notre Austin bleue notre Affreuse Bévue. (Elle eut un petit rire.) Oh, merci, je la vois maintenant, dit-elle en s'agrippant à la rampe et en descendant prudemment l'escalier.

Une Austin bleue. Une Affreuse Bévue. A.B. Livingston feuilleta son carnet de notes, et chercha exactement ce qui était écrit sur la pochette d'allumettes trouvée dans la poche d'Athena Popolous. « A.B. 315. »

Tournant les talons, il se précipita de nouveau à l'intérieur.

— J'accepte votre offre plus tôt que vous ne le pensiez, dit-il à la directrice, surprise. Auriez-vous par hasard un registre sur lequel figurent les voitures des professeurs ?

— Bien entendu. Les membres du corps enseignant ont tous des autocollants pour le parking.

— Quel genre de voiture Val… euh… Mrs Cook conduisait-elle quand elle était ici ?
— Eh bien, voyons. Voilà sa fiche. Ah, oui, c'était une Austin bleue.
— Quel était le numéro d'immatriculation ? demanda Livingston.
— 3-1-5-7-6-4.
— Vous m'avez été d'une aide précieuse.

Val Twyler, ou Mary V. Cook, avait connu Athena Popolous en Grèce, pensa Livingston en montant dans sa voiture. Pour une raison quelconque, Athena avait noté une partie du numéro de la plaque minéralogique de Val. Athena avait disparu le jour où Val avait eu son entretien à Oxford. Et Val avait aussi accusé Veronica d'avoir essayé d'empoisonner Penelope Atwater, ce qu'instinctivement, il avait trouvé difficile à croire. Regan Reilly avait tout à fait écarté cette hypothèse. Autre chose encore : le futur mariage de Val avec Philip Whitcomb ne rimait à rien. C'était vraiment celui de la carpe et du lapin. L'épousait-elle parce qu'il était l'héritier présumé de Lady Exner et de ses millions ? Si elle avait véritablement essayé d'empoisonner Penelope Atwater, qui sait ce qu'elle avait prévu ensuite. Et dans combien de temps. Un sentiment d'urgence le fit appuyer sur l'accélérateur pour rentrer en vitesse à Oxford.

En mer

Cameron Hardwick passa une nuit blanche. Il ne cessait de tourner et retourner ses plans dans sa tête. Il visualisait mentalement la suite. Si la vieille chouette se réveillait au moment où il se débarrasserait de Reilly, ça serait trop risqué. Il regarda le flacon de soporifique qui était posé sur sa table de toilette. Le produit était de ceux qui font de l'effet au bout de plusieurs heures. Il en verserait quelques gouttes dans son verre ce soir et vers dix ou onze heures au plus tard, Exner aurait le menton qui lui tomberait sur la poitrine. Après le cocktail de la veille au soir, il ne serait pas surprenant qu'elle eût l'air épuisé. Au moment où il se faufilerait dans la suite, elle serait au pays des songes. Il sourit intérieurement.

Reilly. Il aurait aimé mettre une drogue dans son verre, mais c'était bien trop hasardeux. Elle lui faisait un effet étrange. Elle ne le laisserait jamais trop s'approcher d'elle. Et même si elle le faisait, si elle commençait à devenir anormalement somnolente, une alarme se déclencherait dans sa tête. Non, dans son cas, il espérait jouer sur l'effet de surprise. Si elle dormait quand il entrerait, il disposerait des quelques secondes supplémentaires dont il avait besoin. Sinon, il savait qu'il pourrait l'atteindre avant qu'elle pût tendre la main vers le téléphone. Il avait vérifié. Dans le living-room, le téléphone était sur une table derrière le canapé, trop loin pour qu'elle pût le saisir avant qu'il n'arrivât jusqu'à elle. Si elle essayait de crier, ça ne lui servirait à rien. Qui avait écrit ça ? Si un arbre tombe dans une forêt et si personne n'est là, fait-il du bruit ?

Hardwick regarda la pendule. Six heures. Autant me lever, pensa-t-il. Ça va être une journée intéressante. Et le temps était même censé se mettre de la partie. Un bon présage. On avait prévu un ciel couvert pour ce soir. Quand il ouvrit le robinet de la douche, l'odeur fortement chlorée lui picota les narines. Comment les gens qui travaillent sur ce bateau peuvent-ils se laver dans cette eau tous les jours que le bon Dieu fait ? se dit-il. Le steward. Espérons qu'il n'essaiera pas de se mettre sur mon chemin ce soir. Vers une heure du matin, il serait ivre mort à son poste, anesthésié par le Dr Jack Daniels. Je passerai devant lui, je ferai mon boulot et je reviendrai attendre ici. La terre, la liberté et la fortune.

Je ne sais pourquoi, mais je suis nerveuse aujourd'hui et je m'inquiète pour Veronica, se dit Regan, tandis que Veronica et elle s'habillaient. Elles avaient dormi plus tard que d'habitude. Regan avait finalement sombré dans le sommeil après cinq heures du matin, et l'état de perpétuelle agitation de Veronica commençait à la gagner. Elle avait décidé de sauter le cours de remise en forme.

— Tout va très bien, Regan, annonça Veronica. Je me sens vraiment en pleine forme. Nous allons consacrer notre journée d'aujourd'hui à nous détendre, à nous ressaisir, à dire au revoir à nos nouveaux amis, et à préparer la seconde partie de mon aventure qui commence demain.

— Quoi, pas un seul séminaire ? demanda Regan.

— Je ne crois vraiment pas que j'aie encore besoin d'entendre parler de gestion financière. Philip a trouvé quelqu'un qui s'occupe de tout ça pour moi. Quant à la voyante, eh bien, je préférerais demander une consultation privée à quelqu'un qui travaille à New York. J'ai entendu dire qu'il y a d'excellentes voyantes qui officient dans les restaurants. Elles viennent à votre table. J'y amènerai mes nièces. (Veronica s'assit devant le plateau du petit déjeuner.) Je suis très contente que nous ayons décidé de nous faire servir dans notre cabine aujourd'hui. Et après ça, nous pourrons nous la couler douce en bas sur le pont Lido, comme nous l'avons fait l'autre après-midi.

— C'est une bonne idée, dit Regan.

On frappa à la porte. Elle posa sa tasse de café. Bon, qui ça peut bien être ? se demanda-t-elle en allant ouvrir.

Gavin Gray, l'air nerveux, se tenait devant elle.

— Est-ce que tout va bien? demanda-t-il. Je me suis inquiété quand je n'ai pas vu Lady Exner au cours de culture physique ce matin.

— Oui, oui, tout va bien, cria Veronica du living-room. Aujourd'hui est notre jour de détente. Entrez, Mr Gavin.

Quand il passa devant elle, Regan se dit qu'il semblait avoir vieilli en l'espace de deux jours.

— J'aimerais vous accompagner à toutes les activités

aujourd'hui, Lady Exner. C'est un tel plaisir d'être en votre compagnie, et c'est notre dernier jour. Regan, vous aimeriez peut-être être un peu libre ?

— Merci, Gavin, mais aujourd'hui, Veronica et moi allons simplement nous détendre sur le pont Lido. N'est-ce pas, Veronica ?

— Absolument. Pourquoi ne vous joindriez-vous pas à nous ? Ça fait longtemps qu'un bel homme n'a pas désiré être en ma compagnie.

Voilà que Veronica se met à flirter, pensa Regan. Je me demande si elle écrira un jour un poème sur Gavin.

— Oh, Mario, je brûle d'impatience, dit Immaculata avec ravissement en se maquillant les yeux. À quelle heure monterons-nous ?

— Le steward a dit : n'importe quand après dix heures, répondit Mario en laçant ses chaussures de tennis. Nous aurons notre soirée privée dans une des deux plus belles suites du bateau. Pour l'instant, je meurs d'envie de prendre mon petit déjeuner.

Ayant mis sa seconde couche de mascara, Immaculata referma sa trousse à maquillage.

— J'ai pris mon déshabillé noir pour l'occasion. Tu ne trouves pas que nous avons de la chance qu'il n'y ait personne dans cette suite et que le steward soit si gentil ?

— Ma chérie, quand on y met le prix, tout le monde est gentil.

— Je sais, mais il pourrait quand même avoir des ennuis.

— Oui, eh bien, je lui ai dit que c'était comme une seconde lune de miel pour nous, et que nous ne pourrions jamais nous offrir un séjour dans un endroit pareil. Personne ne le saura, et cela lui fera deux cents dollars de plus comme argent de poche. (Mario prit Immaculata dans ses bras et la serra contre lui.) Nous allons revivre notre nuit de noces.

Immaculata eut l'air perplexe.

— Mais, Mario, tu ne te rappelles pas ? Tu t'es endormi, le soir de notre nuit de noces.

Oxford

Il était deux heures passées quand Livingston revint à son bureau. Plusieurs messages étaient entassés sur sa table, le plus important provenant des autorités grecques. Il rappela immédiatement et apprit que Cameron Hardwick avait été effectivement interrogé au moment de la mort d'Helen Carvelous. Il était employé comme serveur à l'hôtel du village. La semaine précédant le meurtre, il avait été engagé comme extra pour une grande réception à la demeure des Carvelous. Ils n'avaient pas sa nouvelle adresse.

Lorsque Livingston raccrocha, il en arriva à la conclusion que Twyler et Hardwick s'étaient presque à coup sûr connus en Grèce. Maintenant, Hardwick voyageait sur le *Queen Guinevere.* Cinq minutes plus tard, il parlait à un employé de l'agence centrale de la Global Cruise Line à Londres. Après avoir décliné son identité, il demanda :

— Avez-vous une adresse pour un certain Cameron Hardwick qui est actuellement en route pour New York sur le *Queen Guinevere* ?

— Nous devrions certainement en avoir une. Un instant, monsieur.

La voix de la femme semblait très digne mais amicale. Tout en attendant, Livingston se demanda s'il aurait le temps de prendre un sandwich. Il n'avait rien mangé depuis le matin.

La voix digne reprit la parole.

— Bon. J'ai sur la liste un certain Cameron Hardwick qui nous a donné une boîte postale à New York.

— C'est tout ?

— Oui, monsieur. Désolée.

Livingston était sur le point de raccrocher quand il lui vint une idée.

— Avez-vous un numéro de téléphone dans la région où on aurait pu le toucher avant l'embarquement ?

— Oui, effectivement. Nous demandons toujours à quel numéro nous pourrions joindre nos passagers avant le départ, au cas où il y aurait du retard.

Livingston prit note du numéro qui appartenait au central téléphonique de Highgate. Highgate n'était qu'à une cinquantaine de kilomètres d'Oxford.

— Merci.

Il composa rapidement le numéro et attendit avec impatience, tandis que la sonnerie retentissait six ou sept fois. Ce fut finalement la voix d'un homme âgé qui répondit.

— Barleyneck Inn. Mason Hicks à votre service. Oui, oui. Que puis-je pour votre service ? Oh, mon Dieu. Je vous en prie, ne quittez pas.

Livingston regarda le récepteur d'un air interrogateur.

— Je ne quitte pas.

Il entendit la voix à l'autre bout du fil qui s'excusait auprès de quelqu'un qui, apparemment, déposait une réclamation.

— Oh, mon Dieu, votre thé n'était pas assez chaud, n'est-ce pas ? Vraiment désolé. Nous allons vous en apporter une autre théière tout de suite. Oui, oui. Asseyez-vous. Asseyez-vous... que puis-je pour votre service ?

Livingston tambourinait sur son bureau.

— Que puis-je pour votre service ? répéta la voix.

Livingston se redressa dans son fauteuil et se présenta.

— J'ai besoin de savoir si un certain Cameron Hardwick séjourne chez vous, ou s'il y a séjourné ?

— Cameron Hardwick. Oui.

— Oui ?

Livingston semblait surpris.

— Oui. Oui, il a quitté l'hôtel au début de la semaine. Ne quittez pas, un instant, je vous prie... Bonjour, je suis ravi que vous soyez revenu. Remplissez votre fiche, s'il vous plaît... Allô. Oui. Excusez-moi. Cameron Hardwick a quitté l'hôtel lundi matin. Un type tranquille. Très correct. Qui empruntait toujours la planche à repasser.

Un rire ressemblant à un souffle d'asthmatique courut le long des fils téléphoniques.

— Il était déjà venu ?

— Oh, oui, oui. Oh, oh, ne quittez pas un instant.

Livingston attendait avec impatience tandis que l'employé sonnait pour appeler un chasseur. Quand il revint en ligne, Livingston lui demanda l'adresse de l'auberge et comment s'y rendre. Ça va me prendre la journée pour obtenir des informations par téléphone, se dit-il. Après lui avoir indiqué la route à suivre, l'employé lui dit :

— Dois-je vous réserver une chambre ? Nous en avons une très jolie qui donne sur la rivière.

— Non, mais je passerai cet après-midi, si vous voulez bien être là.

— Oui, oui, bien sûr. Nous servons le thé et des scones à quatre heures. Ma femme fait elle-même la confiture. Oh, oh, ne quittez pas, un instant.

— C'est parfait, cria Livingston dans le téléphone avant que la voix ne s'éloigne. À tout à l'heure.

Il fronça les sourcils en raccrochant. Je commence à être de mauvaise humeur, pensa-t-il. J'ai besoin de faire un vrai repas, mais pas avant d'appeler Val Twyler. Ça ne répondait pas chez elle, alors il décida d'essayer Llewellyn Hall. La bonne décrocha.

— Philip et elle sont allés passer la journée à Bath avec un groupe d'étudiants arrivés pour le programme d'été. Ils ne rentreront pas avant ce soir, entre dix heures et demie et onze heures. Je suis coincée seule ici pour veiller sur Penelope.

— Comment va-t-elle ? demanda Livingston.

— Elle a retrouvé l'appétit, dit-elle sèchement.

— Je vois.

— Je ne suis plus très jeune, et toutes ces allées et venues dans l'escalier. « Encore un peu de thé, s'il vous plaît. Donnez-moi quelques biscuits. Pourriez-vous m'apporter un peu de soupe. » On dirait que tout d'un coup la maison lui appartient. Quand Lady Exner rentrera, je demanderai une augmentation.

— Bon. (Livingston essaya de manifester sa sollicitude.) J'essaierai de joindre Miss Twyler ce soir.

— Comme vous voulez. Je serai à la maison, en train de prendre un bain de pieds, vissée devant la télé. Salut.

Livingston fut soulagé d'entendre le cliquetis de l'appareil quand elle raccrocha. Il regarda sa montre. Trois heures moins le quart. Juste le temps d'avaler un sandwich et du thé au pub d'en face, et puis je filerai au Barleyneck Inn, pensa-t-il. Il avait l'impression que le propriétaire de l'hôtel serait trop heureux de lui parler de Cameron Hardwick. En sortant du commissariat, il n'avait qu'un seul souhait : ne pas devoir attendre ce soir pour interroger Val Twyler. Sa femme espérait le voir rentrer à la maison pour dîner. Mais quelque chose lui disait que ça ne pourrait pas attendre jusqu'au lendemain matin. Bon, pensa-t-il en entrant dans le pub mal éclairé, je peux toujours prendre une décision après ma visite au Barleyneck. Peut-être que quand j'en aurai fini avec ce type, je pourrai enfin me dire que ça suffit pour aujourd'hui.

Le Barleyneck Inn se trouvait dans un village, au fond d'un cul-de-sac. Lorsque Livingston tourna, il s'arrêta pour permettre à quelques moutons qui erraient en liberté de traverser la route. Ils le regardèrent d'un air ennuyé sans faire le moindre effort pour hâter le pas, seul un « bêêêê » de temps en temps prouvant qu'ils étaient en vie.

— Pressons, marmotta Livingston pour lui-même, avant que vous ne vous retrouviez transformés en carpettes.

En entrant dans l'allée, Livingston découvrit une petite auberge de campagne au charme victorien, nichée sous de grands chênes. À l'intérieur, l'atmosphère était agréable. Des tentures et des papiers peints fleuris contrastaient avec les riches boiseries sombres du vestibule. Un vieil homme que Livingston imagina être celui à qui il avait parlé était assis derrière un grand bureau ancien, incitant un jeune couple à revenir sans faute. Des cheveux gris clairsemés couronnaient son crâne à la peau tannée. Il avait des lunettes à double foyer posées sur le nez. On dirait qu'il n'a pas bougé d'ici depuis la Réforme, pensa Livingston.

— J'espère que tout a été à votre convenance.

— Parfait, répondit vivement la jeune femme en tapant du pied avec impatience.

— Oui, oui. Vous faites un tour dans la région, n'est-ce pas ?

— Nous rentrons en Australie dans deux jours, répondit l'homme qui semblait avoir une trentaine d'années, en remettant sa carte de crédit dans son portefeuille. Eh bien, merci.

— J'ai toujours eu envie d'aller en Australie, mais je ne m'y suis jamais décidé. D'où êtes-vous en Australie ?

— Melbourne.

— Oui, oui. Peut-être que j'irai un jour, mais...

— Excusez-moi, intervint Livingston tandis que le jeune couple le regardait avec gratitude et que tous deux empoignaient leurs bagages. Si ça ne vous dérange pas, j'aimerais avoir une petite conversation avec vous.

— Oui. Volontiers. Alors au revoir, dit l'aubergiste au couple qui se dirigeait vers la porte.

— Je suis l'inspecteur Livingston. J'ai parlé avec vous ce matin.

— En effet. Vous êtes l'homme qui cherche des renseignements sur Cameron Hardwick. J'ai pensé à lui depuis que vous m'avez téléphoné. Un type assez gentil, je suppose. Un Américain. Mais difficile, difficile, difficile.

— Pensez-vous que nous pourrions parler de ça en privé ? demanda Livingston, bien qu'il se rendît compte qu'il n'y avait personne d'autre dans les parages ; à en juger par l'effervescence lors du coup de téléphone de ce matin, on se serait cru au Ritz.

— Certainement. À propos, je suis Mason Hicks. (L'expression de curiosité de l'homme était teintée de cordialité.) Mais permettez-moi de faire venir mon adjoint afin qu'il s'occupe de la réception pendant que nous serons dans mon bureau. (Il frappa trois fois sur une sonnette ronde.) J'aurais dû l'appeler pour qu'il porte leurs bagages, ajouta-t-il en montrant la porte du doigt, puis, exaspéré, il appuya de nouveau deux fois sur la sonnette.

Un petit vieux à l'air timide apparut au détour du couloir. La Garde du Palais, pensa Livingston.

— Rodney, vous sentez-vous capable de vous occuper de la réception ? Nous avons un cas d'extrême urgence, oui, oui, déclara Hicks.

Rodney carra les épaules en prenant le commandement.

— Euh, voudriez-vous un peu de thé d'abord ? demanda-t-il poliment.

— Non merci, répondit Livingston.

Hicks le conduisit dans un minuscule bureau sentant le moisi et dont les murs étaient couverts de gravures de chiens de meute sautant des clôtures.

— Je ne veux pas vous retenir, commença Livingston en s'asseyant dans un fauteuil en cuir rouge coincé entre une statue de dalmatien et les tentures.

— Prenez votre temps, prenez votre temps, hum-hum, oui, dit Hicks en croisant ses mains devant lui, appréciant visiblement l'excitation que seule la présence d'un officier de police pouvait engendrer. Alors, vous faites une enquête sur Cameron Hardwick, hein ?

— Une enquête de routine, en fait, répondit Livingston. (Il s'éclaircit la voix.) Au téléphone, vous m'avez dit que Cameron Hardwick vient fréquemment ici.

— C'est le genre de clients que nous aimons.

Les yeux de Hicks se plissèrent et il sourit en se renversant dans son fauteuil.

— Évidemment, répondit Livingston. Combien de fois diriez-vous qu'il est descendu ici ?

— Deux fois par an, peut-être. Un bel homme dans le genre renfrogné. Il a une amie qui vient souvent et qui séjourne avec lui.

Hicks lui lança un grand clin d'œil suggestif.

Livingston leva les yeux de son inséparable bloc-notes.

— Pouvez-vous la décrire ?

— Ohhhh, pas loin de quarante ans, je suppose. Brune.

Assez attirante, bien que pas très belle. Un peu collet monté. On ne penserait pas qu'elle est le genre de femme à avoir une aventure, mais vous savez quoi ? Je crois qu'elle est mariée.

Le regard allumé, Hicks fit le geste de donner des coups de coude, tout en clignant des yeux et en hochant longuement la tête.

— Connaîtriez-vous son nom par hasard ?

— Je crois qu'il l'appelle toujours Mary. Elle n'a jamais donné de nom de famille. C'est toujours lui qui fait les réservations. Nous avons dix belles chambres, mais il insiste toujours pour occuper la même, à chaque fois. Il y a une salle de bains particulière. Une fois, elle n'était pas disponible, et il s'est montré assez désagréable...

— Je vois, je vois, l'interrompit Livingston. C'était quand la dernière fois où vous avez vu son amie ?

— Un ou deux jours avant son départ. C'était le week-end dernier. Elle est venue le samedi matin et ils se sont fait monter le thé dans leur chambre. Il tient à son intimité, et tout doit être exactement à sa convenance. Ses œufs doivent être cuits d'une certaine façon, son bacon doit être croustillant... Il fait du jogging tous les jours. Il m'a dit que sinon, il deviendrait fou.

— Vous semblez vous souvenir très bien de lui, fit remarquer Livingston.

— Ma foi, ça fait dix ans qu'il vient ici ! s'exclama Hicks.

— Dix ans ? demanda Livingston.

— Oui, oui. Il est entré et il a été le premier à occuper la chambre qui donne sur le ruisseau après qu'elle a été refaite. La femme l'a rejoint le soir même. Ils étaient tous les deux très contents d'occuper cette chambre et ils sont toujours revenus depuis. Nous nous sommes dit, ma femme et moi, que ça nous rappelait le film *Même heure, l'année prochaine*. Est-ce que vous l'avez vu ?

— Oui, un très bon film, répondit Livingston.

— Oui, oui. On se demande ce qu'ils ont à cacher.

— C'est vrai, répondit Livingston en se levant et en prenant conscience que la soirée lui paraîtrait longue jusqu'au moment où il pourrait interroger Val Twyler, alias Mary Cook.

En mer

C'était, de toute la traversée, le jour où l'on se sentait le plus détendu. Veronica réservait visiblement son énergie pour ses parents qu'elle allait découvrir. Regan était installée dans un transat à sa gauche et Gavin Gray à sa droite. Veronica tenait salon avec les gens qui passaient, mais ne bondit sur ses pieds à aucun moment. Gavin ne cessait d'être aux petits soins avec elle. D'abord, il eut peur qu'elle ne prît un coup de soleil. N'avait-elle pas une lotion antisolaire qu'il pourrait aller lui chercher dans sa suite ? Veronica plongea la main dans son fourre-tout et en sortit triomphalement un écran total force 32 — protection maximale.

— Ils disent que pas un rayon n'abîmera votre peau, même si vous prenez des bains de soleil à l'équateur, dit-elle en gloussant.

Gavin prit un air maussade.

Ils n'allèrent pas dans la salle à manger, mais se firent servir un déjeuner froid au bord de la piscine. Veronica commanda un club-sandwich et un margarita avec une petite ombrelle en papier qui s'agitait au milieu des glaçons.

Veronica sortit l'ombrelle et la jeta dans son sac.

— C'est pour mon album. Elle me rappellera toujours cette journée passée avec vous, mon cher Mr Gray.

— Êtes-vous sûre que vous n'avez pas froid avec ce vent ? demanda-t-il, plein de sollicitude. Laissez-moi aller vous chercher un chandail.

— Pas besoin, lança Veronica en extrayant un châle de son fourre-tout qui semblait sans fond. Cette chère Regan pense à tout.

Regan crut percevoir de l'hostilité dans le regard que lui lança Gavin.

— Et maintenant, il faut que je finisse le livre de mon auteur favori. Mr Gray, savez-vous que la mère de Regan est Nora Regan Reilly, le célèbre auteur de romans à suspense ?

Gavin eut une expression retorse, sadique. Alarmée, Regan remarqua que sa mère et son père venaient juste d'apparaître près de la piscine. Elle était sûre que Gavin les avait repérés au même instant. Il serra les lèvres au moment où Nora fit demi-tour et rentra précipitamment dans le salon, avec Luke, l'air résigné, sur ses talons.

À quatre heures, Regan et Veronica montèrent pour commencer à faire leurs bagages avant le dîner.

— Comme l'a fait remarquer Regan, il est préférable que nous nous débarrassions du gros des bagages avant le dîner, puisqu'ils doivent être tous sortis dans le couloir avant le soir.

Veronica agita le fourre-tout sous le nez de Gavin.

— Au revoir.

Au revoir, mon cul, marmotta Gavin dans sa barbe.

Oxford

Livingston n'avait rien d'autre à faire qu'à attendre le retour de Val et de Philip. Il décida qu'il pouvait tout aussi bien rentrer chez lui et prendre un vrai repas en famille. Sa femme, Maude, toujours sensible à ses humeurs, fit remarquer tranquillement :

— Je pense qu'il y a quelque chose dans l'air. J'étais convaincue d'avoir à remettre ta part de gigot dans le réfrigérateur.

Il s'y attaqua avec vigueur.

— Ça serait dommage de ne pas le manger tout chaud. Il faudra que je sorte plus tard.

— Oh, papa, se plaignit Davina. J'espérais que tu pourrais nous emmener au cinéma en voiture, Elizabeth, Courtney, Laura et moi.

— Pas ce soir, je le crains.

— Mais nous avons toutes prévu d'y aller. (Davina prit un air horrifié.) C'est important.

— Permets-moi de penser que mon rendez-vous est important aussi, dit sèchement Livingston. Où sont les pères d'Elizabeth, de Courtney et de Laura ce soir ?

— Tous très occupés. Peut-être que tu pourrais…

— Davina, laisse ton père dîner en paix, lui ordonna Maude.

En paix. Livingston regarda Davina avec un mélange d'affection et d'irritation. Depuis le moment où ils l'avaient ramenée de la maternité, la paix avait été un produit rare dans la famille.

D'une certaine façon, cela lui rappela Athena Popolous. D'après ce qu'il avait appris, elle n'était pas en bons termes avec ses parents. Non que Davina ne fût pas en bons termes avec eux, bien sûr. Mais Athena n'avait que cinq ans de plus que cette charmante adolescente qui le regardait avec des yeux si furieux. Et Athena avait été étranglée, et on l'avait laissée pourrir recouverte de ronces dans un sous-bois.

Il finit rapidement de dîner, avala une tasse de thé brûlant et repoussa sa chaise.

— Si vous pouvez trouver la mère ou le père de quelqu'un d'autre pour vous ramener, alors je vous y dépose. Mais il faut que ça soit tout de suite.

Davina se leva d'un bond et lui sauta au cou.

— Merci, papa.

— D'accord, répondit Livingston en la regardant grimper l'escalier à toute allure pour pouvoir passer ses coups de téléphone de la plus haute importance sans être entendue.

Il y avait toujours une chance pour que Val et Philip rentrent tôt. En attendant, il pourrait rendre une petite visite à Penelope. Qui sait quels potins elle pouvait colporter.

La loi devrait interdire les rires bébêtes, pensa Livingston une heure plus tard en déposant Davina et ses copines au cinéma. Il était huit heures moins dix. Quand il avait téléphoné à Llewellyn Hall, Emma Horne lui avait promis de l'attendre pour le faire entrer.

— Mais ne venez pas plus tard que huit heures, je vous en prie, monsieur, il y a une émission que je veux regarder ce soir et je déteste rater le début. Prenez-la seulement avec une ou deux minutes de retard, et vous n'y comprenez plus rien.

Comme si elle était responsable du lancement d'une fusée, pensa Livingston.

Quand il arriva, Emma se tenait à la porte, son sac à main fermement serré sous le bras.

— Vous savez où est sa chambre. Il lui tarde de vous voir. Elle est tout excitée dans son lit à la pensée de recevoir une visite. J'aime mieux que ça soit vous que moi.

À la vitesse de l'éclair, Emma Horne sortit en marche arrière sa Land Rover de l'allée, bombardant de gravier les plates-bandes de Philip.

Livingston resta un moment dans le vestibule et jeta un coup d'œil autour de lui. Si seulement les ancêtres bourrus de Sir Gilbert Exner pouvaient parler, se dit-il alors qu'ils le regardaient de haut d'un air farouche. Cette maison devait avoir au moins trois cents ans. Oublions les deux cent quatre-vingt-dix premières années. Il aurait juste aimé savoir ce qui s'était passé ici durant les dix dernières années. Sans parler des bois alentour où l'on avait trouvé le corps d'Athena.

Il entendit un appel venant du premier étage.

— Dites, je suis ici en haut, braillait Penelope.

— Je croyais qu'elle était à moitié morte, marmotta Livingston en montant l'escalier.

Penelope avait l'air infiniment mieux que lorsqu'il lui avait rendu visite à l'hôpital. Mais cela ne voulait pas encore dire grand-chose. Livingston enleva un ours en peluche en piteux état de son rocking-chair, le seul siège disponible dans la pièce, et s'assit, contraint de se servir de ses pieds comme de freins alors que le fauteuil se balançait en grinçant. Le balancement diminua finalement quand Livingston se leva, saisit le fauteuil et le maintint jusqu'à ce qu'il s'immobilise ; puis il se rassit très précautionneusement. Combien d'années encore à tirer jusqu'à ma retraite ? se demanda-t-il.

— Vous avez l'air en forme ce soir, Miss Atwater, dit-il en mentant.

— Oh, vous trouvez ?

Elle lui adressa un sourire éclatant qui lui rappela le sourire des présentateurs de jeux télévisés.

Sachant qu'il plongeait dans un océan de ténèbres, il dit :

— J'espère vraiment que vous vous sentez mieux.

Dix minutes plus tard, après avoir subi un cours accéléré sur les maladies gastro-intestinales, il put orienter la conversation dans la direction qu'il se proposait de lui faire prendre.

— Je regrette vivement que vous ayez raté la croisière. Avez-vous l'intention de rejoindre Lady Exner aux États-Unis ?

Les dents disparurent derrière une bouche pincée.

— Nous n'avons pas fait de projets.

Ce qui signifie, pensa Livingston, que Lady Exner n'allait pas la faire venir en avion. Il afficha une fausse jovialité.

— Je vois. Ma foi, vous l'avez échappé belle et peut-être qu'un peu de repos vous fera le plus grand bien. Lady Exner sera de retour dans un mois et je suis sûr que vous vous amuserez beaucoup toutes les deux à préparer le mariage de Philip et de Val. (Il leva un sourcil.) Vous ne semblez pas très enthousiaste, Miss Atwater. (Il se pencha d'un air confidentiel, le rocking-chair lui tombant presque dessus.) Je me trompe ?

S'il avait ouvert les vannes d'un barrage, le résultat n'aurait pu être plus satisfaisant. Penelope Atwater abandonna brusquement sa position couchée pour s'adosser aux oreillers rembourrés.

— Enthousiaste ? Quand le futur marié fera preuve

d'enthousiasme, j'en ferai autant. Lady Exner et moi avons été scandalisées quand ils ont annoncé leurs fiançailles la semaine dernière. Comme l'a dit Lady Exner, il y a deux choses au monde qui intéressent Philip. Son poste de professeur et ses fleurs.

— Si je comprends bien, cela fait dix ans qu'il voit Val, suggéra doucement Livingston.

— C'est bien le problème. (Murmure de conspiratrice.) C'est toujours elle qui a décidé de tout. Lady Exner et moi pensons que c'est elle qui a provoqué ces fiançailles.

Livingston se pencha, cette fois prudemment.

— Suggérez-vous… ?

— Un enfant ? Non, pas ça. Mais une façon de le tenir, oui.

Penelope Atwater lui avait donné ample matière à réflexion, estima Livingston en s'installant dans le fauteuil le plus confortable du salon. Penelope avait enfin révélé toutes ses réactions refoulées concernant l'annonce du mariage imminent de Val et de Philip. Son attitude était en fait pleine de bon sens. Livingston pensa, rêveur, que Philip éprouvait de toute évidence une certaine attirance pour les femmes, en particulier pour les jeunes étudiantes émerveillées, à en croire les rumeurs. D'après ce que Penelope avait observé au cours des quatre dernières années, si Philip avait décidé qu'il était temps pour lui de se marier, la personnalité agressive de Val l'avait rebuté plus qu'elle n'avait piqué sa curiosité. Comme l'avait dit Penelope : « Val a l'art de se rendre utile, si vous voyez ce que je veux dire. Mais certaines personnes sont nées pour rester célibataires, et Philip est de celles-là. »

Livingston se rendit compte qu'il aurait aimé approfondir ce sujet avec Penelope. Elle s'était montrée soudain extrêmement fatiguée, et il avait insisté pour la laisser se reposer.

Il pensa avec envie à son propre lit et se demanda un instant s'il ne devrait pas simplement reporter l'interrogatoire de Val Twyler au lendemain matin.

Non. L'instinct infaillible que les vieux routiers appelaient le flair du détective lui soufflait de rester sur place.

Il pensa tout d'un coup à Regan Reilly. Il ne lui avait pas téléphoné aujourd'hui. Il n'avait rien de particulier à lui dire. Il calcula mentalement. Neuf heures et demie ici. Quelle heure était-il sur le *Queen Guinevere* ? Il savait qu'ils retardaient la pendule d'une heure chaque soir en se rapprochant de New York. Ce qui faisait environ cinq heures et demie maintenant. Miss Reilly devait probablement être à un cocktail. Il l'appellerait demain au numéro qu'elle lui avait donné dans le New Jersey. Peut-être qu'après avoir parlé à Philip et Val, il aurait du nouveau à lui communiquer ?

En mer

Il y a quelque chose de spécial lors de la dernière soirée sur un bateau, pensa Regan. Un certain regret à quitter des gens devenus les membres d'une pseudo-famille. Elle ne reverrait probablement jamais Mario et Immaculata, mais elle se souviendrait d'eux avec affection. Veronica lui manquerait.

Pour Cameron Hardwick, c'était une autre paire de manches. Elle le regardait de l'autre côté de la table du dîner. Pour une raison qu'elle ignorait, il essayait de se rendre particulièrement aimable auprès de Veronica, engageant constamment la conversation avec elle. Sylvie bavardait allégrement avec Kenneth et Dale. Gavin donnait l'impression qu'il allait fondre en larmes. Il avait annoncé qu'il ne ferait pas d'autre traversée pendant un certain temps. Elle avait l'impression que Gavin n'avait pas mis beaucoup d'argent de côté et que ce bateau représentait une vie de luxe. Elle s'aperçut qu'elle le plaignait.

Le dîner était particulièrement soigné. Pâté, crevettes dans des cosses de pois, bisque de homard, médaillons de veau, truites aux amandes. Elle avait oublié le reste du menu. Regan avait envie d'une bonne assiettée de spaghettis. Des pâtes avec une sauce marinara, un quignon de pain à l'ail, et je suis heureuse, pensa-t-elle. Jeff la taquinait toujours en lui disant qu'elle avait les goûts d'une gosse de six ans.

Mario avait insisté pour que tout le monde commande un pousse-café offert par Immaculata et lui.

— Nous avons passé des moments formidables à cette table avec vous, dit-il en portant un toast à tous.

Regan remarqua qu'Immaculata avait les yeux emplis de larmes au-dessus de sa crème de menthe frappée.

— Sans la pensée que Mario junior, Roz, Mario III et Concepcione seront là pour nous accueillir sur le quai, cette séparation serait insupportable.

Regan regarda Veronica. Cameron Hardwick avait posé son bras sur le dossier de la chaise de Veronica. Leurs verres d'alexanders au cognac étaient l'un à côté de l'autre. Veronica approuvait en dodelinant de la tête ce qu'il lui murmurait à l'oreille.

Oxford

Le bruit inoubliable de l'infâme camionnette de Saint-Polycarp s'arrêtant avec un grincement de pneus dans l'allée éveilla Livingston. Il s'était assoupi peu après onze heures et il fut surpris de voir qu'il était plus de minuit.

Il avait les jambes raides. Le temps avait fraîchi dans la soirée, et la pièce était un peu froide et humide.

La porte d'entrée s'ouvrit et se referma en claquant.

Il fut soudain parfaitement réveillé.

— De toutes les journées épouvantables que j'aie jamais

passées, je t'assure, Philip, que celle-ci a été la plus abominable.

— Voyons, Val... je-je-je suis vraiment désolé.

Livingston se demanda s'ils avaient seulement remarqué sa voiture. Peut-être pas. Il l'avait garée dans le virage de l'allée. Il se racla la gorge.

Ils ne l'entendirent pas.

— D'abord, comment as-tu pu oublier de réserver la camionnette neuve alors que j'avais encore pris la peine de te le rappeler hier ?

— Mais-mais-mais, répondit Philip, l'économe emmenait ses gosses à une clinique dentaire au sud de Londres. Il n'aime pas les conduire dans la vieille camionnette... les freins, tu sais.

— Et moi, je dois me promener dans un tas de ferraille afin qu'il puisse avoir une remise sur quelques foutus plombages ! hurla Val. Nous emmenions des étudiants faire une sortie scolaire, bon Dieu. Et pourquoi n'avions-nous pas de pneu de secours ?

— Négligence de ma part, ma-ma-ma chérie, gémit Philip. Désolé-désolé... que ça ait causé un léger contretemps...

Des tourtereaux, pensa Livingston. Cette fois, quand il se racla la gorge, il fut certain que Penelope pouvait l'entendre de l'étage.

Le choc qu'ils éprouvèrent en le voyant sortir du salon était évident. Philip pâlit.

— Est-ce que Penelope a fait une rechute ? Est-ce qu'elle... ?

— Non, non, dit cordialement Livingston. J'ai rendu une petite visite amicale à Miss Atwater.

— Alors...

Philip s'arrêta. Trop poli pour me demander ce que diable je fiche ici, pensa Livingston.

— J'ai simplement quelques questions à poser à Miss Twyler.

— Elles attendront bien jusqu'à demain matin, dit-elle d'un ton cassant. Vous ne pouvez pas imaginer la journée que je viens de vivre.

Voilà une femme qui a du sang-froid, pensa une fois de plus Livingston. Si elle était nerveuse, elle ne le montrait pas. Quant à Philip il semblait appréhender quelque chose.

Val attendait, debout dans l'entrée.

— Je vous en prie, demandez-moi ce que vous voulez et laissez-moi me retirer.

— Miss Twyler, êtes-vous aussi connue sous le nom de Mary V. Cook, et n'étiez-vous pas gouvernante chez la tante d'Athena Popolous, une certaine Mrs Helen Carvelous, au moment où Mrs Carvelous a été assassinée ?

Philip en eut le souffle coupé.

— Val, quand je t'ai parlé d'Athena…

— La ferme, ordonna Val.

— Quand vous avez dit quoi ? demanda calmement Livingston.

— R-r-r-ien, bégaya Philip.

— Voudriez-vous, je vous prie, m'accompagner au commissariat ? demanda Livingston, toujours aussi calme. Nous y poursuivrons l'interrogatoire.

Tous deux savaient que ce n'était pas une prière.

En mer

Le serveur leur offrit à tous de reprendre du thé ou du café. Tout le monde semble impatient de partir, pensa Regan. C'est typique de la fin des voyages, quand on a été momentanément proche des autres passagers, mais qu'on pense maintenant à l'avenir.

Immaculata était rayonnante.

— Il me tarde d'être à demain matin quand nous passerons devant la Statue de la Liberté. La meilleure amie de ma grand-mère, dont la famille venait de Sicile, a donné de l'argent à la caisse des écoles pour qu'on puisse lui construire un socle. Comment imaginer qu'on ait amené la statue de France jusqu'ici et que pendant des années on n'ait pas eu de quoi payer un socle ?

Hardwick se leva brusquement.

— Bonsoir, tout le monde.

Mario regarda la silhouette qui s'éloignait.

— Je ne suis pas fâché de le voir partir.

— Oh, Mario, dit Immaculata d'une voix conciliante, ne fais pas attention à lui. C'est une personne qui a mauvais caractère, et ces gens-là n'ont de pire ennemi qu'eux-mêmes. Allons danser un peu et puis nous irons nous coucher de bonne heure. C'est bien ce que nous avons décidé, n'est-ce pas ?

Elle lui fit un clin d'œil.

— C'est bien ce que nous avons décidé, chérie. (Mario lui sourit alors qu'ils repoussaient leurs chaises.) Allons danser. Nous espérons vous voir tous sur le pont demain matin de bonne heure.

— Nous y serons, dit Veronica.

Milton apparut, venant de l'autre côté de la pièce, et offrit son bras à Sylvie en un geste d'une courtoisie trop appuyée.

— M'accorderez-vous cette danse, ma chère ?

Regan observa Sylvie qui semblait planer en se levant. Je me demande comment il s'est débarrassé de sa sœur, pensa-t-elle. Elle était sûre que celle-ci allait jaillir du néant avant que Milton et Sylvie eussent fini leur premier cha-cha-cha. Violet devrait postuler à un emploi de chaperon. Ou bien encore de videur dans une boîte de nuit.

Dale posa sa serviette sur la table.

— Kenneth et moi allons au casino. À plus tard.

Il adressa un clin d'œil à Regan.

— Nous allons voir si nous pouvons enfin gagner un peu d'argent. Nous n'avons pas eu beaucoup de veine jusqu'ici, et c'est notre dernière chance, ajouta Kenneth en s'éloignant.

Regan eut l'impression que Gavin devenait nerveux.

— Allez-vous vous coucher de bonne heure ce soir, Gavin ?

— Je n'ai pas sommeil, dit-il avec détermination.

— Eh bien, je dois dire que moi si, fit remarquer Veronica. Ç'a été un voyage délicieux. Tout est bien qui finit bien, n'est-ce pas, Mr Gray ?
— Je l'espère.
Tu parles d'une dernière chance, pensa-t-il, maussade.

Oxford

Au commissariat de police, Livingston fit entrer Val et Philip dans son bureau. Les photocopies des journaux grecs étaient sur sa table. Il les ouvrit et tendit à Val celle où elle figurait sur la photo.
— Est-ce bien vous, Miss Twyler ?
Val fit oui de la tête.
Livingston montra la photo à Philip.
— Mais, Val…
Philip avait une voix étouffée, comme si la preuve indiscutable de la présence de Val sur la photo de groupe avec Athena l'accablait.
— Professeur, je vais vous demander d'attendre dans une pièce à côté. J'aimerais parler en tête à tête avec Miss Twyler.
— Bien sûr. Tout à fait.
Philip se leva lourdement et se dirigea lentement vers la porte. L'adjoint de Livingston l'attendait pour le conduire dans un autre bureau. Diviser pour régner, le plus vieux des stratagèmes de la police, pensa Livingston en voyant Philip, épaules voûtées et veste froissée, disparaître.
Livingston remarqua que Philip avait évité le regard d'avertissement que lui avait lancé Val. Qu'il ne voulût pas croiser son regard semblait être un bon signe.
— Miss Twyler… j'ai quelques questions…
Elle passa l'heure suivante à lui répondre du tac au tac, utilisant exactement les arguments qu'il attendait d'elle. Elle avait été gouvernante chez la tante d'Athena quand

avait eu lieu la terrible tragédie. Naturellement, comme tout le monde, on l'avait interrogée. La police lui avait rendu de multiples visites au campus de Pearsons Hall. Facile d'imaginer les commérages. Elle ignorait totalement qu'Athena était venue faire ses études à Saint-Polycarp.

— Vous n'avez jamais confié cela à votre fiancé, le professeur Whitcomb ?

— Il y a des choses dont on essaie de rejeter le souvenir, qu'on ne tient pas à déterrer.

— Comme des cadavres ? suggéra Livingston. Mais, de toute évidence, Philip vous a confié quelque chose. Qu'est-ce que c'était ?

— Je ne sais pas ce qu'il entendait par là.

— À une certaine époque, vous avez eu une Austin bleue, n'est-ce pas ?

— Oui.

Elle ferma à demi les yeux.

— Vous souvenez-vous du numéro d'immatriculation ?

— Non.

— Commençait-il par 3-1-5 ?

— Je ne me rappelle pas.

— Miss Twyler, Athena Popolous a écrit « A.B. 315 » sur une pochette d'allumettes du Bull and Bear. Pourquoi croyez-vous qu'elle a fait ça ?

— Je n'en ai pas la moindre idée.

— Étiez-vous au Bull and Bear le soir du 23 avril 1982, quand vous êtes venue à Oxford pour y avoir un entretien ?

— Je me suis arrêtée pour manger un morceau avant de rentrer à Pearsons Hall. Je ne sais pas dans quel pub.

— Connaissez-vous un certain Cameron Hardwick ?

Pour la première fois, elle eut l'air troublé.

— Je ne vois pas très bien de qui vous voulez parler.

— Le propriétaire du Barleyneck Inn peut témoigner que vous avez eu des rendez-vous épisodiques chez lui pendant dix ans.

— C'était avant que je me fiance avec Philip.

— Vous avez pris le thé dans sa chambre là-bas samedi dernier.

— Pour lui dire que j'allais me marier.

Voilà une femme qui ne perd pas son sang-froid, pensa de nouveau Livingston.

— N'est-ce pas une curieuse coïncidence que Cameron Hardwick soit sur le *Queen Guinevere* ?

— Non, il fait fréquemment des traversées en bateau.

— Quelle est sa profession ?

— Conseiller en investissements. On rencontre beaucoup de vieilles dames avec beaucoup d'argent lors de ces croisières.

Possible, pensa Livingston. Des preuves indirectes, bon Dieu, se dit-il, furieux. Tout est explicable. Toutes les explications sont plausibles. Demain, il appellerait Regan pour creuser le cas Hardwick, et il prendrait aussi contact avec la police de New York. Ils avaient peut-être un dossier sur lui.

— Je vous en prie, puis-je rentrer chez moi maintenant, commissaire ? Je suis très fatiguée.

Livingston regarda sa montre. Il était deux heures cinq du matin.

— Attendons un peu, voulez-vous ? Je me ferai un plaisir de demander qu'on vous serve une tasse de thé. Et maintenant, je voudrais parler au professeur Whitcomb.

Comme il s'y attendait, Philip était complètement anéanti. Nerveux. Terrifié. En sueur. Se rongeant les ongles. Quoi qu'il eût sur le cœur, il mourait d'envie de s'en débarrasser, pensa Livingston.

— Prof... Philip, si je puis... Il y a quelque chose que vous voulez me dire... Quelque chose que vous avez déjà confié à Miss Twyler. Une personne innocente n'a aucune inquiétude à avoir.

— Absolument innocent... ab-ab-absolument, bégaya Philip.

Livingston tenta un coup à l'aveuglette.

— Allons, parfois, n'importe lequel d'entre nous peut être victime d'une erreur de jugement, suggéra-t-il sur un ton apaisant.

Dans le mille. Philip mordilla une dernière fois l'ongle de son pouce.

— Erreur de jugement. Exactement. C'est ça. J'aurais dû appeler la police, bien sûr.

Il fit claquer ses lèvres.

— Quand ? murmura Livingston. Quand, Philip ?

— J'avais besoin de pa-pa-paillis, vous comprenez... rien de meilleur que ce qu'on trouve sou-sou-sous les feuilles dans les bois. Un tas de compost et tout ça qui... se décompose pour donner les ingrédients nécessaires... merveilleux...

— Oui, une erreur de jugement, Philip, une erreur de jugement, le pressa Livingston.

— Vous comprenez, l'année avant la disparition de Miss Po-po-polous, un problème terrible...

— C'était quoi ?

Livingston avait l'impression d'essayer de ferrer un poisson.

— Une jeune femme instable a laissé entendre qu'elle était enceinte de moi. C'était impossible.

Il ne vous sera pas difficile de m'en convaincre, pensa Livingston.

— Mais très fâcheux... (Philip fixait le sol.) J'avais passé quelques moments a-a-avec elle. Erreur de jugement...

— Oui, Philip, oui...

— Et alors le samedi, le lendemain du jour où Athena a assisté pour la dernière fois au cours, j'étais dans les bois...

— Oui...

— Vous comprenez, la pauvre fille avait pris l'habitude de passer à vélo devant la maison. On l'avait remarqué...

— Oui.

— J'ai découvert son corps ! dit brusquement Philip.

— Vous avez découvert son corps il y a dix ans !

— T-t-terrible expérience. La pelle l'a heurté. Je me suis presque évanoui, vous savez.

— Et vous ne l'avez pas signalé !

— J'avais peur à cause de ce qui s'était pa-pa-passé l'année d'avant... Je ne voulais pas perdre mon travail... J'étais sûr que le corps serait découvert par quelqu'un d'autre...

— Et il ne l'a jamais été ?

— N-n-non... jusqu'à la semaine dernière.

— Vous en avez parlé à Miss Twyler ?

— Oui... J'avais bu un peu trop de porto un soir... je l'ai laissé échapper... le lendemain, elle a laissé entendre que si un jour on dé-dé-découvrait le corps, il serait préférable pour moi d'être ma-ma-marié.

C'est une façon de soutirer une demande en mariage, pensa Livingston.

— Je vois, je vois.

— Je suis vraiment très heureux quand je suis seul avec mes fleurs, ajouta tristement Philip.

En mer

Regan regardait Veronica avec inquiétude. Il fallait reconnaître qu'elle s'était amusée comme une petite folle ces derniers jours, mais ce brusque épuisement spectaculaire était inquiétant. Elle avait semblé de plus en plus fatiguée vers la fin du dîner, s'était appuyée sur Regan quand elles étaient sorties de l'ascenseur, et avait à peine eu assez de force pour enlever sa robe de cocktail ornée de paillettes.

Regan l'avait aidée à enfiler sa chemise de nuit et l'avait bordée dans son lit. Heureusement que j'ai réussi à la dissuader de prendre un bain, pensa-t-elle, j'aurais été obligée de la repêcher au milieu de la mousse. Elle regarda Veronica, déjà plongée dans un profond sommeil, et éprouva une bouffée de compassion. Elle avait l'air si vulnérable, d'autant plus qu'elle n'avait pas encore commencé à ronfler, pensa Regan avec un sentiment de culpabilité.

Lorsque Veronica avait tenté de faire ses bagages, cela avait frôlé le désastre. Avant le dîner, elle avait déversé le contenu de toutes ses valises en cherchant avec frénésie un poème de Sir Gilbert sur les joies de la vie de famille. Elle voulait le lire à ses nièces lors de leur première rencontre.

Regan l'avait trouvé dans la poche du survêtement que Veronica portait pour la remise en forme ainsi qu'à la séance de poésie.

— Bien sûr, bien sûr, s'était écriée joyeusement Veronica. J'avais l'intention de lire celui-là en second. « Dis, dis, dis », je l'ai appris par cœur.

Elles avaient à peine eu le temps de s'habiller pour dîner.

Maintenant, avec Veronica hors circuit, Regan pouvait s'attaquer à la tâche impressionnante qui consistait à mettre de l'ordre dans les vêtements de Veronica et à refaire les bagages. Cela lui prit près de deux heures. Il était minuit quand elle mit les valises dans le couloir. Elle prit une douche et alla se coucher dans le convertible. Adieu, canapé, pensa-t-elle. Demain soir, je dormirai dans un vrai lit.

Elle tendit la main pour éteindre, s'arrêta, se leva et se dirigea vers la porte. Elle l'avait fermée au verrou.

Regan recula la pendule d'une heure, comme elle l'avait fait tous les soirs, et mit le réveil à trois heures. La seule perspective de se lever dans moins de quatre heures la fit sombrer dans un sommeil agité.

Mario et Immaculata longèrent le couloir sur la pointe des pieds en direction de la suite Merlin. Immaculata gloussait doucement.

— J'ai l'impression que nous nous enfuyons pour nous marier, murmura-t-elle.

Mario farfouilla avec la clé et la laissa tomber. Elle fit un petit bruit métallique en rebondissant contre la porte.

— Chut, dit Immaculata nerveusement. Si quelqu'un découvre que nous sommes ici…

De nuit, la suite semblait encore plus luxueuse qu'à l'heure du cocktail. Mario posa leurs bagages pour la nuit et tendit les bras à Immaculata.

— Laisse-moi te faire franchir le seuil de la terrasse en te portant, proposa-t-il galamment. Houp's.

— Mario, Mario, ton dos... je ne veux pas que tu te démettes quelque chose.

— Tu as raison. (Mario se frictionna le dos.) J'ai encore ce point sensible.

— C'est la sciatique, Mario.

— Tu sais quoi ? Je vais ouvrir la bouteille de champagne. Nous le boirons sur la terrasse.

Immaculata fit oui de la tête.

— Je fais juste un saut à l'intérieur pour mettre ma nouvelle parure de lingerie.

Quelques minutes plus tard, verre en main, Immaculata en déshabillé de satin noir traînant par terre et Mario en caleçon et peignoir de bain rayé trinquaient à leur bonheur tandis que le bateau fendait l'obscurité.

Oxford

Livingston finit sa quatrième tasse de café. Il était quatre heures et demie du matin à Oxford.

— Maintenant, Philip, dit-il gentiment, comment pensez-vous que Miss Atwater a été empoisonnée ? Croyez-vous vraiment votre tante capable de rendre quelqu'un malade délibérément ? Sans parler du risque d'une overdose !

— N-non, non. (Philip était effondré dans son fauteuil. Il avait rongé ses ongles jusqu'à la chair.) Si seulement je n'étais pas allé chercher ce paillis.

— Maintenant que vous savez que Miss Twyler n'a pas été honnête avec vous, pensez-vous que vous allez persister dans vos projets de mariage ?

Philip fit non de la tête, les yeux hagards.

— Quel choc ! Je suppose qu'il ne sera pas possible de garder secrète ma découverte du corps.

Livingston hocha la tête.
— Je crains que non.
— J'-j'-j'espère que le directeur comprendra dans quelle situation j'étais. (Philip regarda Livingston en face.) Non, je ne vais pas épouser Val.
— N'est-il pas vrai qu'au fond elle vous a fait chanter pour que vous vous fianciez avec elle et que vous l'épousiez ?
— Elle s'arrêtait près de la maison... elle pouvait être très serviable. Mais je n'ai jamais, jamais, envisagé de l'épouser.
— Vous a-t-elle donné l'impression que si vous ne l'épousiez pas, elle pourrait par inadvertance laisser échapper votre petit secret ?
— Ma foi, si-si-s'il transpirait, par inad-inad-inadvertance, comme elle disait, elle me rappelait qu'une f-f-femme ne peut témoigner contre son ma-ma-mari.
Livingston le laissa. Dans l'entrée, il grommela à son adjoint :
— Il a l'expérience d'un enfant de deux ans. C'est la dame qui détient les réponses.
L'adjoint avait l'air ennuyé.
— Monsieur, ils ne sont pas inculpés et ils sont épuisés.
— Et une jeune fille est morte, une vieille dame a été empoisonnée, trois enfants sont restés orphelins. Et tout cela s'est passé alors que Val Twyler, ou Mary V. Cook, était sur les lieux.

En mer

À deux heures, l'orchestre joua *Quand le bal sera fini* et les musiciens rangèrent leurs instruments. Gavin et Sylvie étaient assis au bar.
— Tu parles d'un bal, marmotta Gavin.
Sylvie regarda son vieil ami avec compassion.

— Tu broies du noir. Qu'est-ce qui se passe ?

— Rien qu'un million de dollars ne pourrait guérir. (Gavin but sa quatrième vodka.) Tu as l'air drôlement heureux.

Sylvie hésita, haussa les épaules, se pencha et lui murmura à l'oreille :

— Milton m'a demandé de le retrouver chez lui à Aspen la semaine prochaine, après qu'il aura déposé Violet à Miami. Il ne peut la déposer assez vite à mon gré.

— Crois-tu que c'est l'homme… je veux dire l'homme que tu peux harponner ?

— Ne sois pas cynique. Je le trouve vraiment formidable.

— Ne prends aucun engagement avant le mariage.

À deux heures et quart, Hardwick était prêt. Il s'était arrêté au casino, avait bu un verre dans le salon du Roi, puis dit amicalement bonsoir au barman. Ses bagages étaient dans le couloir.

Il enfila un sweat-shirt gris à capuche et un pantalon de survêtement assorti. Il prendrait l'escalier plutôt que l'ascenseur. Il serait désert à cette heure-ci. Si par hasard il rencontrait quelqu'un, on le prendrait pour un dingue de culture physique qui se rendait sur le pont pour y faire son dernier jogging en mer.

Il lui fallut moins d'une minute. Il atteignit le dernier étage et écouta. Le poste du steward où il avait volé la clé était situé à l'angle du couloir. Il n'y avait pas âme qui vive. Les dix secondes dont il avait besoin pour entrer dans la suite d'Exner et les dix autres pour en sortir et rejoindre l'escalier étaient les deux seuls moments critiques. Sans bruit, il parcourut le couloir comme une flèche et glissa la clé dans la serrure de la suite Camelot.

Nora Regan Reilly ne pouvait s'endormir. Elle remuait, se tortillait, se tournait, secouait son oreiller, buvait un peu d'eau dans le verre qui était sur sa table de nuit. À côté d'elle, Luke était profondément endormi.

Pourquoi était-elle si nerveuse ? Ridicule. Elle se rappelait qu'elle était toujours excitée comme une puce la dernière nuit des vacances. Et puis, ils allaient retrouver Regan. Ils prendraient un brunch ensemble à la Tavern on the Green, à Central Park, dans douze heures. Il ne restait plus que douze heures…

Oxford

La nuit avait été longue, très longue. Mais Val montrait enfin des signes de faiblesse. Elle ne cessait de regarder sa montre.

Pourquoi ?

— Vous n'avez sûrement pas de rendez-vous ? demanda Livingston. La plupart des gens ne se rencontrent pas avant sept heures.

Au cours des trois dernières heures, il avait interrogé Val sur le crime crapuleux en Grèce. Ils étaient revenus à plusieurs reprises sur le fait que Val avait essayé d'empêcher Helen Carvelous de retourner à la maison pour y prendre les lunettes de soleil qu'on lui avait prescrites. C'était la raison pour laquelle la police grecque avait la certitude absolue que Val était complice du cambriolage. De plus, le cambrioleur connaissait de toute évidence la combinaison du coffre de la chambre à coucher. Et Val ne cessait d'entrer et de sortir avec les enfants quand Helen Carvelous s'habillait pour un dîner. Helen Carvelous, qui ne se souvenait jamais de la combinaison, l'avait inscrite sur un papier qu'elle gardait dans sa coiffeuse. Mary V. Cook le savait.

— Cela fait de vous une complice du meurtre, lui rappela Livingston. Les prisons grecques ne sont pas très accueillantes. Vous êtes maintenant complice de la mort d'Athena Popolous pour non-dénonciation. À partir du moment où Philip vous a dit qu'il avait découvert le corps, il était de votre devoir de citoyenne de le signaler.

Elle regarda de nouveau sa montre. Des perles de sueur se formaient sur son front.

— Philip m'a dit qu'il n'avait pas l'intention de vous épouser. Franchement, j'aurais tendance à penser que cela ne devrait pas trop vous perturber. D'après ce que j'ai entendu dire de Cameron Hardwick, il doit être davantage votre type d'homme.

— Philip et moi sommes très amoureux. Philip est à juste titre bouleversé que je ne lui aie pas fait confiance.

— Ne vous racontez pas d'histoires, Miss Twyler. Cela serait mauvais pour lui… ça pourrait même lui coûter son poste de professeur. Mais, croyez-moi, vous ne serez pas la maîtresse de Llewellyn Hall quand Lady Exner mourra. Que se passe-t-il, Miss Twyler ?

Le visage de Val était devenu blanc comme un linge.

— Elle va mourir dans quelques minutes. Et Regan Reilly aussi.

En mer

Le téléphone sonna. Regan, un peu groggy, ouvrit les yeux et tendit la main, farfouillant pour trouver le récepteur. Des doigts se refermèrent sur son poignet. Une main s'abattit sur son visage. Elle sentit qu'on voulait enfouir sa tête dans l'oreiller. Électrisée, elle planta ses dents dans la main qui était pressée contre sa bouche. En jurant à voix basse, Hardwick relâcha sa prise. Regan parvint à pousser un cri alors que le téléphone continuait à sonner.

— Ça ne répond pas, monsieur, dit l'opératrice du bateau d'une voix somnolente. Elles ont probablement débranché pour la nuit.

— Il faut que vous établissiez la communication avec elles.

— Mais elles ne répondent pas, monsieur. Je pourrais faire glisser un message sous leur porte, dit la voix endormie sur un ton monotone.

Imbécile, pensa Livingston, furieux. Pas de temps à perdre à essayer de lui expliquer. La mère et le père de Regan… mieux vaut les joindre eux… Bon Dieu, quel était le nom du père… ?

— Il y a un autre Reilly à bord. Passez-le-moi.

— Nous avons deux autres Reilly, monsieur. Luke et…

— Luke, c'est ça. PASSEZ-LE-MOI !

Immaculata avait niché sa tête contre le torse rebondi de Mario. Il dormait, satisfait. Elle appréciait le luxe de l'immense lit, emmagasinant dans sa mémoire tous les détails de cette suite hors de prix et rêvant au plaisir des joyeuses retrouvailles avec Mario junior et la famille dont ils n'étaient plus séparés que pour quelques heures.

Elle se figea quand elle entendit un bruit faible mais distinct. Était-ce un cri ? Lady Exner ou cette gentille Regan faisait-elle un cauchemar ? En prenant garde de ne pas éveiller Mario, elle se glissa hors du lit, alla sur la pointe des pieds jusqu'à la porte, l'entrouvrit légèrement et écouta. Il n'y eut pas d'autre cri.

Quelqu'un bougeait dans l'autre suite. Lady Exner était-elle malade ? Peut-être devrait-elle frapper à la porte et proposer ses services. D'un autre côté, ils n'étaient pas censés être là. Trop mal à l'aise pour retourner se coucher, Immaculata s'immobilisa, indécise, la porte entrebâillée.

Le téléphone sonna. Comme une flèche, le bras de Nora saisit le récepteur.

— Allô. (Elle écouta.) Oh, mon Dieu, hurla-t-elle. Luke, Luke, quelqu'un va tuer Regan !

Alors que Luke bondissait hors du lit, Nora sanglotait.

— Je vous en prie, mon Dieu, faites que nous n'arrivions pas trop tard.

Pourquoi Veronica ne s'éveille-t-elle pas ? Elle pourrait appeler à l'aide, pensait Regan. Elle se tortilla pour se mettre sur le côté, essayant furieusement d'échapper à son assaillant. Elle essaya de crier une seconde fois. Le son était assourdi par un oreiller qu'on lui plaquait sur le visage. Avec ses pieds, elle se dégagea des couvertures. De toutes ses forces, elle bourra l'homme de coups de pied, le touchant au ventre. Alors qu'il se pliait en deux, elle aperçut vaguement son visage et reconnut celui sur qui elle avait demandé à Livingston d'enquêter. Cameron Hardwick !

En roulant sur elle-même, elle tomba du lit sur la moquette, bondit sur ses jambes et se précipita vers la porte. Son seul avantage était sa capacité à se mouvoir très rapidement. La pensée que Veronica devait avoir été droguée lui traversa brusquement l'esprit. Économise ton souffle, ne crie pas encore, pensa-t-elle avec rage. Si elle pouvait atteindre le couloir…

Elle avait la main sur le bouton. Elle le tournait quand un bras la ceintura, la souleva du sol, une main lui couvrant la bouche, et elle se sentit tirée en arrière. Un instant plus tard, la porte coulissante de la terrasse s'ouvrit. Une bouffée froide de vent nocturne lui frappa le visage. Mentalement, Regan pouvait voir les eaux sombres qui bouillonnaient très loin en bas.

Gavin et Sylvie étaient en train de se dire bonsoir sur le palier. Il crut voir une apparition. Nora Regan Reilly, pieds nus, vêtue en tout et pour tout d'une chemise de nuit moulante de couleur pêche, sanglotant comme une folle, essayait de se maintenir à la hauteur de son mari en pyjama, lequel s'arrêta, hésitant, se rendant compte que l'escalier n'allait pas plus haut. Nora repéra Gavin.

— Gavin, cria Nora. Regan, Lady Exner, comment vat-on chez elles ?

Luke le saisit par les épaules.

— Vous y êtes allé. Où sont-elles ?

Gavin se rendant compte qu'ils avaient l'air affolé ne perdit pas de temps en explications.

— Suivez-moi, cria-t-il.

Regan parvint à saisir la poignée extérieure de la porte de la terrasse. Elle s'y accrocha, bien qu'elle eût l'impression que ses doigts ne tiendraient pas le choc. Hardwick lui avait libéré la bouche et essayait avec sa main de détacher les doigts de Regan. Maintenant, elle pouvait crier. Elle eut l'impression que son cri angoissé était emporté par le vent. Hardwick réussit à lui faire lâcher la poignée et lui couvrit immédiatement la bouche avec sa paume. Elle jeta la tête de côté. Il perdit l'équilibre sur le pont glissant et ils tombèrent lourdement tous les deux.

C'était un cri, pensa Immaculata, c'était indubitablement un cri.

— Mario, appela-t-elle sur un ton pressant, Mario, réveille-toi.

Un instant plus tard, Mario se trouvait à ses côtés.

— Que se passe-t-il ?

Elle désigna du doigt la suite Exner.

— Il se passe quelque chose de bizarre là-dedans. C'est la deuxième fois que j'entends quelqu'un crier, j'en suis sûre.

À ce moment-là, des pas résonnèrent dans le couloir. Gavin Gray courait coude à coude avec un homme que Mario avait remarqué au restaurant. La femme de cet homme et Sylvie les suivaient de près.

Ils s'arrêtèrent à la porte de la suite Exner. Gavin tourna la poignée.

— C'est fermé à clé.

Stupéfait, Mario les vit, lui et l'autre homme, s'élancer de tout leur poids contre la porte.

Un autre faible cri.

— Oh, mon Dieu, c'est Regan, cria Nora.

Mario repoussa Gavin.

— Écartez-vous de là.

La porte vola en éclats lorsque Mario fonça dedans avec son épaule de colosse.

Mario et Luke entrèrent ensemble en titubant dans le vestibule. La suite était plongée dans l'obscurité et il faisait froid.

— Bon Dieu, où sont les interrupteurs ? demanda Luke.

— Regan ! cria Nora. Regan, où es-tu ?

Gavin chercha à tâtons les interrupteurs sur le mur à gauche de la porte. Quand il appuya dessus, la suite et le pont furent baignés de lumière.

La porte de la terrasse était ouverte. Horrifiés, ils virent Regan, le corps arc-bouté au-dessus du bastingage, luttant pour repousser Cameron Hardwick. Ses pieds battaient l'air, ses cheveux flottaient derrière elle tandis qu'il s'acharnait à la pousser.

Le cri de Nora fut l'arc, le corps de Luke la flèche. Traversant en courant le salon, il franchit précipitamment la porte donnant sur le pont, envoya un coup dans le dos d'Hardwick et, quand Regan tomba, parvint à refermer sa main sur sa cheville au moment où le reste de son corps glissait par-dessus le bastingage. Hardwick l'attaqua et ils tombèrent lourdement sur le pont tandis que Luke s'accrochait furieusement au pied de sa fille, luttant pour maintenir sa prise. Miraculeusement, il se sentit dégagé de ce poids.

— Je la tiens, cria Mario. Je la tiens.

Il abandonna Regan en sûreté sur le pont, puis il se jeta à terre pour aider Luke à maîtriser Cameron Hardwick qui se battait comme un diable.

— Elle va bien. (Immaculata pressait sur son ample poitrine Nora au bord de l'hystérie.) Mon Mario et le monsieur en pyjama marron l'ont sauvée.

Des gémissements venaient de l'immense lit.

— Oh ! là ! là ! Oh ! là ! là !

Sylvie se précipita pour tranquilliser Lady Exner.

— La pauvre femme va avoir une crise cardiaque.

Gavin, voyant que Regan allait effectivement bien, comprit qu'il avait une dernière chance. Il pourrait toujours dire qu'il cherchait un gilet de sauvetage.

Négligeant le tabouret, il poussa une chaise et monta dessus. Il fit tomber les gilets de sauvetage n'importe comment et tendit la main. Il était là. Il était dans ses doigts. Merci, mon Dieu.

— Cher Mr Gray, qu'avez-vous trouvé ?

Lady Veronica Exner était tout à fait réveillée.

Kenneth et Dale montaient l'escalier, Kenneth avec sa mallette de coiffeur sous un bras et une bouteille de champagne sous l'autre, quand deux officiers à l'air menaçant, chacun tenant fermement les bras de Cameron Hardwick à qui ils avaient passé les menottes, émergèrent du couloir qui conduisait à la suite de Lady Exner.

Dale s'arrêta.

— Qu'y a-t-il ?

Hardwick feignit de les ignorer.

Dale et Kenneth se regardèrent.

— Il s'est passé quelque chose.

Ils enfilèrent précipitamment le couloir, arrivèrent à la porte ouverte de la suite et ouvrirent tout grands les yeux de stupéfaction.

— Regan, dit Kenneth, vous ne nous aviez pas dit que c'était une soirée en pyjama. Nous aurions apporté plus de champagne.

Lady Exner, un bracelet étincelant au bras, dit d'une voix gazouillante :

— Mr Gray a trouvé le bracelet de Mrs Watkins. N'est-ce pas formidable ?

Dale se précipita vers Sylvie.

— Il a trouvé le bracelet ?

Sylvie lança à Gavin un regard de sympathie et de connivence.

— Il l'a trouvé, en quelque sorte.

— Mais il y a une récompense de cinquante mille dollars.

Gavin, qui avait eu l'air totalement découragé, se sentit ragaillardi. Cela ne serait pas la Costa del Sol, mais ce n'était pas à dédaigner.

Luke et Nora se tenaient à côté de Regan qui parlait au téléphone avec le commissaire Livingston. Maintenant que le choc était passé, la curiosité naturelle de l'auteur de romans policiers avait repris le dessus chez Nora.

Regan écoutait avec une extrême attention. Lorsqu'elle dit au rcvoir, Luke lui prit le téléphone des mains.

— Nous ne saurions trop vous remercier...

Nora demanda à Regan :

— Qu'est-ce qu'il t'a dit ?

La pièce devint soudain silencieuse. Veronica semblait avoir oublié le bracelet.

— Philip ? Est-ce qu'il a quelque chose à voir avec ça ?

— Oh non, non. C'était Val, la rassura immédiatement Regan. Val et Cameron ont eu une liaison épisodique durant des années. Il a assassiné la tante d'Athena en Grèce quand, en rentrant, elle est tombée sur lui pendant le cambriolage. Ils ont été tous les deux interrogés sur le crime. La police était persuadée que cela avait été organisé par quelqu'un de l'intérieur, et Val était la principale suspecte.

« Comme l'a dit Livingston, vous pouvez imaginer quel fut le choc d'Athena en voyant Val entrer dans un pub à Oxford et rejoindre Hardwick qui portait la montre de gousset de son oncle volée avec les autres bijoux. Selon la confession de Val, Hardwick avait sorti plusieurs fois la montre en l'attendant et ils craignaient qu'Athena ne l'ait vue. Hardwick était assis dans un box et n'avait pas remarqué qu'Athena était au bar avant que Val n'entre et ne la repère. Il était absolument évident qu'Athena avait tiré les conclusions qui s'imposaient. Autrement, pourquoi aurait-elle essayé de noter le numéro de la plaque d'immatriculation de Val sur la pochette d'allumettes ?

Regan soupira...

— Ils savaient que tout serait fichu si elle allait à la

police. Alors ils l'ont suivie quand elle est sortie, l'ont rattrapée...

— Pourquoi se trouvait-elle si près de ma propriété ? demanda Veronica.

— Livingston pense qu'Athena voulait demander conseil à Philip et qu'elle s'est dirigée vers Llewellyn Hall. Elle s'était attachée à lui et en avait fait son confident, contre son gré. Hardwick l'a tuée près de chez vous et ils voulaient se débarrasser du corps le plus vite possible.

Regan hésita.

— Veronica, il faut que vous compreniez que Philip ignorait totalement les plans de Val. Elle a empoisonné Penelope afin que vous fassiez seule cette croisière. Cameron Hardwick avait l'intention de s'assurer que vous n'atteindriez pas New York vivante. Vous morte et Val mariée à Philip, votre domaine aurait aussitôt été vendu à cette chaîne d'hôtels. Elle ne pouvait courir le risque que vous vous rapprochiez de vos parentes américaines et que vous changiez votre testament.

— Mais c'est elle qui a suggéré que vous veniez avec moi, protesta Veronica.

— J'étais devenue une menace. Elle ne savait pas exactement ce qu'Athena avait pu me dire sur la mort de sa tante. Elle savait que j'essayais de me souvenir de tout. Je tiens un journal. J'ai l'habitude des enquêtes.

— Je comprends. (D'après sa dernière question, il était évident que Veronica comprenait effectivement.) Nous avons connu Val un an après le cambriolage en Grèce. Elle a toujours vécu très modestement. Qu'a-t-elle fait de sa part des bijoux qui ont été pris dans le coffre de la tante d'Athena ?

Regan sourit.

— Veronica, si un jour vous voulez travailler dans mon agence, je vous engage. Hardwick était obsédé par cette montre et il a considéré que c'était sa part. Elle était inestimable, mais on l'aurait immédiatement reconnue s'il avait essayé de la vendre. Il l'a toujours gardée. Val a vendu les pierres de sa part de bijoux pour deux cent mille dollars et il a déposé l'argent dans un coffre à la banque. Ses dépenses ont été sous étroite surveillance policière pendant toutes ces années, et elle le savait. Elle a fait ce qu'elle considérait comme un marché avantageux avec son épisodique amant. Il devait se débarrasser de nous. En tant qu'épouse de Philip, elle pourrait mener le train de vie qu'elle désirait dès que Llewellyn Hall serait vendu. Et Hardwick garderait la montre et toucherait deux cent mille dollars en liquide.

Veronica hocha la tête.

— Je vois, je vois. Peut-être n'aurais-je pas dû attendre l'année prochaine pour annoncer la bonne nouvelle.

— Une nouvelle ? demanda Regan.

— Naturellement, je vais laisser Llewellyn Hall, les vingt hectares qui l'entourent et une rente à Philip. Le reste, je le donne à Saint-Polycarp qui devra l'utiliser pour fonder le centre de poésie Sir Gilbert Exner. Ce cher Philip pourra continuer à exercer sa magie sur ses fleurs. Et il va sans dire qu'il aura un poste de professeur à vie à Saint-Polycarp.

— C'est merveilleux, Veronica, dit Regan en se demandant comment les parentes qui l'attendaient sur le quai allaient réagir à cette nouvelle.

Tout le monde resta dans la suite Camelot, but du champagne et acclama la Statue de la Liberté quand ils entrèrent dans le port. Luke et Nora les invitèrent tous à prendre le brunch avec eux à la Tavern on the Green.

— Est-ce qu'on y admet les enfants ? demanda Immaculata pleine d'espoir.

— Bien sûr, dit chaleureusement Luke.

Sylvie demanda, inquiète :

— Est-ce que vous accepterez Violet ? Son avion pour la Floride ne décolle pas avant cinq heures.

— Elle a été la première à faire la liaison entre Cameron Hardwick et la Grèce. Croyez-moi, elle sera la bienvenue, dit Regan.

Dale se tourna vers Kenneth.

— Changeons nos réservations de vol et restons jusqu'à demain.

— D'accord.

La perspective d'un chèque de cinquante mille dollars, sans le cauchemar de flics toujours à ses trousses, avait transformé l'humeur de Gavin qui était devenu presque euphorique. Il avait passé le reste de la journée pendu au téléphone pour joindre tous les journaux. Qui sait, peut-être reprendrait-il « Les invités de Gavin » à la radio.

New York

Fort heureusement, le passage à la douane se fit rapidement. Le seul moment où ils frôlèrent la catastrophe fut celui où Veronica alla caresser un des bergers allemands dressés pour repérer la drogue.

— Des trésors, des trésors, murmurait-elle quand Regan tira brusquement sa main en arrière.

On pouvait reconnaître sans risque d'erreur le clan Buttacavola, pensa affectueusement Regan. Ils se tenaient juste devant la porte des douanes. Mario junior était le portrait craché de son père. Regan avait vu tant de photos de Roz, Mario III et Concepcione qu'elle aurait pu les reconnaître sur une vue aérienne du Yankee Stadium.

Immaculata s'abattit sur les enfants, écrasant le bouquet de roses que Mario III essayait de lui tendre.

— Attendez que je vous dise quel héros est votre grand-père, s'écria-t-elle en les étouffant de baisers.

— Maman a vomi, annonça Mario III en se dégageant de l'étreinte de sa grand-mère.

— Roz, est-ce que tu vas bien ? demanda Immaculata d'une voix inquiète.

— Des nausées matinales, grand-mère, claironna Roz avec un sourire allant d'une oreille à l'autre. Nunzio ou Fortunata arrivera à temps pour la Saint-Valentin.

— Aaaaaaahhhhhh !

Le cri de ravissement d'Immaculata couvrit le bruit de la circulation sur la West Side Highway.

Il était tout aussi facile de repérer la cousine de Veronica et ses deux filles. La mère portait une pancarte : BIENVENUE, TANTE VERONICA.

— Ah ! les voilà, ma chair et mon sang, s'écria Veronica en courant vers elles.

Elles firent toutes trois la révérence.

Ca ne vous servira pas à grand-chose, mes cocottes, pensa Regan.

— Hé, Regan, Regan.

En entendant la voix familière de Jeff, elle se retourna vivement. Un instant plus tard, il la soulevait dans ses bras. Par-dessus son épaule, elle vit le visage souriant de Kit.

— Je t'ai apporté des chocolats, dit Jeff. Un passager de première classe me les a donnés.

— Merci beaucoup ! Le dernier gars qui m'a offert des chocolats a essayé de m'envoyer la facture.

C'était formidable de les voir tous les deux.

Kit agitait une lettre.

— La première demande de donation pour Saint-Polycarp est arrivée par exprès.

Ils trinquèrent tous à la Tavern on the Green.

— Mon Dieu, ce que ces gosses peuvent manger, dit Kit à voix basse.

Violet Kohn, absolument ravie d'avoir eu raison, racontait à Kenneth et Dale à quel point Cameron Hardwick s'était montré incroyablement grossier quand il était leur serveur en Grèce.

— Figurez-vous que je l'ai surpris en train de me traiter de vieille chouette ?

Leurs expressions profondément choquées auraient fait honneur à Sir Laurence Olivier.

Regan devinait que Sylvie et Milton se tenaient la main sous la table.

Gavin se consacrait à Nora.

— Quand je reprendrai « Les invités de Gavin » à la

radio, je veux que vous soyez ma première invitée. Dites donc, on en aura des choses à dire aux auditeurs.

Luke murmura :

— Nora, n'oublie pas de régler le poste sur la bonne station avant de quitter la maison.

Veronica détourna son attention de ses parentes aux petits soins avec elle.

— Et je veux qu'on m'en envoie une cassette. Nora est vraiment un amour. Regan m'a dit que vous ne vouliez pas m'embêter en me faisant travailler sur l'histoire de ma vie pendant que nous étions sur le bateau. Quelle prévenance de votre part. Eh bien, maintenant, nous aurons l'occasion de passer du temps ensemble. (Elle leva son verre.) À un mois merveilleux avec mes parentes et amis et à une croisière de retour excitante et sans danger. Regan, croyez-vous que vous aimeriez me raccompagner ?

Regan en eut un hoquet.

— Ma foi, je-je-je ne sais pas, Veronica. (Mon Dieu, pensa-t-elle, je me mets à parler comme Philip.) Le commissaire Livingston me dit que Penelope meurt d'envie de vous rejoindre à New York. Peut-être devriez-vous lui donner sa chance.

— Vous avez raison, Regan. La pauvre chérie a passé un sale moment à cause de moi...

— Juste un détail, ajouta Regan. Dites-lui de ne pas apporter la recette de ses délicieux canapés. On ne la laisserait pas passer à la douane.

IMPRIMÉ EN FRANCE PAR BRODARD ET TAUPIN
Usine de La Flèche (Sarthe).
LIBRAIRIE GÉNÉRALE FRANÇAISE - 43, quai de Grenelle - 75015 Paris.

ISBN : 2 - 253 - 07666 - X 30/7666/8